Jean-François Amadieu, professeur à l'université Paris 1-Panthéon Sorbonne, est spécialiste de la gestion des ressources humaines et des relations sociales. Il a créé et dirige l'Observatoire des discriminations.

DU MÊME AUTEUR

Organisation et Travail
Coopération, conflit et marchandage
Vuibert, 1993

Le Management des salaires
(avec Nicole Mercier)
Economica, 1995

Gestion des ressources humaines
et relations professionnelles
(avec Jacques Rojot)
EMS, 1996

Compétence et organisation qualifiante
(avec Loïc Cadin)
Economica, 1996

Les Syndicats en miettes
Seuil, 1999

Le Poids des apparences
Amour, gloire et beauté
Odile Jacob, 2002
et « Poches Odile Jacob », n° 156

Les Clés du destin
École, amour, carrière
Odile Jacob, 2006

Jean-François Amadieu

DRH

LE LIVRE NOIR

Éditions du Seuil

TEXTE INTÉGRAL

ISBN 978-2-7578-3981-2
(ISBN 978-2-02-109933-1, 1re publication)

Pour Linda, Thomas et Gaspard,
qui m'ont apporté leur précieuse aide
et leurs encouragements. Pour Isabelle
et ses talents de dessinatrice.

Introduction

Voilà maintenant trente ans que je travaille avec les grandes entreprises françaises, notamment pour améliorer le dialogue social, mieux gérer les politiques salariales et lutter contre les discriminations. J'ai pu connaître les arcanes de la gestion des ressources humaines, accéder à des données confidentielles, recueillir de nombreux témoignages. Ces décennies de recherche me conduisent à dresser un tableau plutôt sombre du management : réseautage, usage de la graphologie et autres techniques occultes, les problèmes sont nombreux. Malheureusement, une chape de plomb pèse sur certaines pratiques, empêchant d'en parler librement. Dans certaines firmes, tout se passe comme si les dérives et dysfonctionnements du management ne devaient surtout pas être montrés du doigt, comme si une loi tacite l'interdisait. Pour autant, les choses commencent à bouger et quelques DRH améliorent leur pratique avec sincérité et un certain courage. Mais le chemin est encore long. Ce livre doit contribuer à ce nécessaire progrès. En révélant au grand public, mais aussi aux acteurs du monde de l'entreprise eux-mêmes, les carences du management français. Et en offrant des pistes d'amélioration.

Comment se décident vraiment les embauches ? De quoi dépendent réellement les salaires ? L'évaluation du personnel est-elle juste ? Pourquoi fait-on carrière ? Quelles sont les véritables raisons des réductions d'effectifs ?

Pour répondre à ces questions, on ne peut se contenter de décrire la merveilleuse boîte à outils des DRH, censée permettre, comme par enchantement, de recruter, récompenser et promouvoir les plus compétents et les plus performants des salariés. Chacun d'entre nous constate bien, dans son expérience quotidienne, que la vie professionnelle n'est pas le monde des Bisounours et que les injustices y sont légion. La réalité, c'est qu'on est embauché en raison de ses relations autant que de ses compétences ; que la graphologie a droit de cité parmi les méthodes de recrutement ; que les salaires et les carrières dépendent davantage des réseaux que des efforts ; que les rémunérations des dirigeants ont explosé, sans lien avec la performance. Ou encore, que les discriminations sont à l'œuvre partout, même là où on ne les attend pas.

Lorsque, au début des années 2000, je me suis intéressé pour la première fois aux discriminations à l'embauche, j'ai été frappé par le retard qu'accusait la France dans la mesure de celles-ci. Alors que dès les années 1960 en Grande-Bretagne, puis dans les années 1990 dans de nombreux pays, les chercheurs pratiquaient des *testings* – une forme d'expérimentation consistant à envoyer des CV factices à des entreprises –, cette méthode était consciencieusement négligée par les chercheurs français et nos pouvoirs publics, bien plus frileux que leurs homologues étrangers. J'ai alors introduit en France, à grande échelle, cette technique afin de mieux mesurer l'ampleur des discriminations dont sont victimes tant de personnes lors des recrutements.

À la même période, j'ai constaté une autre bizarrerie française : la question des discriminations en fonction de l'apparence physique n'était pas prise au sérieux. Aujourd'hui toujours, cette forme d'injustice reste négligée, alors qu'elle joue un rôle crucial dans le domaine de l'emploi. Encore une fois, tandis qu'à l'étranger des scientifiques de toutes disciplines étudiaient cette question, chez nous, le sujet était passé sous silence. Bien que les Français vivent au quotidien ce problème, universitaires, entreprises et pouvoirs publics ont tardé à s'en apercevoir.

La mise en évidence des discriminations grâce à de nouvelles méthodes et la prise en compte de leurs multiples dimensions (y compris l'apparence physique et vestimentaire) sont à l'origine des débats actuels sur les méthodes de recrutement et leur nécessaire modernisation. Mais, au-delà, c'est l'ensemble de la gestion des ressources humaines qui doit être examiné. Il faut notamment se demander comment sont réellement fixés les salaires ou ce que valent les systèmes d'évaluation, car, en ce domaine aussi, les injustices sont nombreuses.

Lever le voile sur la réalité de la gestion des ressources humaines, ce n'est pas seulement souligner les insuffisances du management de nos entreprises et administrations, c'est aussi combattre les inégalités sociales. C'est en effet dans le domaine de l'emploi que se joue une part importante de la construction d'une société juste. La sortie du chômage et l'intégration supposent de pouvoir passer le filtre du recrutement ; c'est dans les entreprises que se fabriquent les inégalités de revenu, c'est encore dans les firmes et les administrations que peut fonctionner un ascenseur social. Et c'est aussi au travail que se joue chaque jour une part essentielle du bien-être des Français : l'emploi et les salaires sont leurs premières préoccupations et les motifs principaux de réclamations auprès du Défenseur des droits.

Les Français ont, plus que leurs voisins européens, le sentiment que les inégalités sont importantes et progressent. Ce jugement pessimiste se nourrit d'une désillusion vis-à-vis du politique et des entreprises. Ainsi, à la question : « Comment jugez-vous la manière dont les inégalités et la pauvreté sont traitées en France ? », 81 % des Français répondent : « Mal. » Sur vingt-sept pays européens, la France se classe à une très médiocre 22e place[1]. Le monde du travail n'est pas mieux jugé : plus d'une personne interrogée sur deux reconnaît que la vie professionnelle exerce une influence néfaste sur son humeur, justifiant déprime ou irritabilité. La moitié des Français affirment que leur emploi a un impact négatif sur leur vie familiale et sentimentale, et 39 % sur leur vie sociale[2]. Surtout, les salariés se méfient de leurs DRH : dans les entreprises de plus de mille salariés, seule une minorité d'entre eux leur fait confiance. Ils prêtent davantage foi à leur équipe dirigeante (56 %), leur syndicat (60 %) et leur supérieur hiérarchique direct (69 %)[3]. Alors que les organisations syndicales sont fréquemment présentées comme désuètes

1. Devançant de peu la Grèce, la Lituanie, la Lettonie, la Roumanie et la Hongrie; voir le sondage Eurobaromètre du climat social, Sofres, octobre 2011.

2. Sondage OpinionWay sur les salariés français du privé et des entreprises publiques, 11-19 mai 2011.

3. Sondage Baromètre 2010 de la fonction DGRH-volet salariés, Sofres, octobre 2010.

et éloignées des préoccupations des travailleurs, la confiance que ceux-ci leur témoignent est assez surprenante. En fait, la confiance dans les syndicats n'a cessé de progresser depuis les années 1990. Dans le même temps, la popularité des grèves et des manifestations s'est également accrue : les sondages montrent un soutien record aux grévistes par l'ensemble des Français (plus de 90 % pour les conflits du secteur privé[4]). Les salariés et les fonctionnaires ne sont pas critiques et contestataires sans motifs.

Les DRH qui essuient ces critiques sont pourtant le plus souvent de bonne volonté. Ce livre n'est pas une charge contre des personnes qui s'efforcent de prendre les bonnes décisions. Simplement, en toute bonne foi, elles ne parviennent pas toujours à faire les bons arbitrages, parce qu'elles partagent des croyances et des idéologies qui les induisent en erreur. Sociologues et psychologues ont bien montré comment des individus intelligents, rationnels et animés des meilleures intentions pouvaient croire en des idées douteuses, fragiles ou fausses[5]. Le plus fréquemment, les décideurs pensent agir rationnellement tout en étant, sans le savoir, influencés par leur formation et certaines idées reçues. Ainsi, quand tant de recruteurs français utilisent la graphologie pour recruter, c'est par ignorance de l'inefficacité de la méthode. Nulle volonté de nuire ou de jeter de l'argent par les fenêtres, ici.

Managers et dirigeants pensent bien faire en adoptant les supposées « bonnes pratiques » que la mode

4. Voir notamment les nombreux sondages parus depuis vingt ans dont l'institut CSA a fait la synthèse.

5. Voir l'excellent ouvrage du sociologue Raymond Boudon, *L'Art de se persuader des idées douteuses, fragiles ou fausses*, Paris, Fayard, 1990.

impose. Cette dernière n'est pourtant pas toujours la meilleure des conseillères. Lorsque, au début des années 1980, les cercles de qualité[6] furent importés du Japon, il était très chic d'emprunter ce mode de management ; du coup, tout le monde s'y est mis. Quelques années plus tard, il n'en restait plus rien. Comme souvent, le secteur privé fut le premier à adopter la tendance puis à l'abandonner, le secteur public suivant avec un temps de retard. La fonction publique, nous le verrons, sert souvent de « vache à lait » des consultants pour diffuser de prétendues techniques *up to date*, censées symboliser le management moderne. L'engouement pour le thème de la « diversité » est l'illustration parfaite de ce phénomène de mode. Un DRH à la page se doit de demander son label diversité et d'expliquer à qui veut l'entendre que faire une place aux personnes « issues des diversités », comme on dit, est un indéniable facteur de performance. Immanquablement, dans le secteur public, on a suivi la tendance. Les DRH n'ont guère le choix, sauf à paraître ringards ; même s'ils ne sont pas tous convaincus des vertus supposées de la « diversité » ou s'ils sont conscients des effets pervers de cette mode.

Si les DRH suivent les tendances managériales, c'est avant tout parce que la communication est une composante non négligeable du métier. Le politiquement correct et les opérations de communication ne manquent pas dans le monde des ressources humaines : chacun affiche sa responsabilité sociale en se déclarant un fervent adepte de la diversité. Il importe, en effet, de

6. Il s'agit de réunir des salariés pour qu'ils réfléchissent aux moyens d'améliorer la qualité. La multiplication du nombre de groupes dans une entreprise peut devenir coûteuse.

diffuser une image favorable de l'entreprise, afin de renforcer les salariés dans leur sentiment d'appartenir à une organisation qui se soucie de son personnel et de son environnement social. Par ailleurs, les opérations d'affichage peuvent contribuer à modifier les stéréotypes sociaux (montrer que les personnes en situation de handicap ont toute leur place dans les entreprises, par exemple). On ne peut naturellement pas en vouloir aux entreprises de communiquer autour des thèmes de gestion des ressources humaines. On peut en revanche reprocher à certaines d'entre elles de ne faire que cela.

En fait, les DRH se contentent parfois de faire de la communication car ils n'ont pas la latitude d'action qui leur permettrait de résoudre bien des difficultés rencontrées dans les entreprises et les administrations. Les RH sont souvent la cinquième roue du carrosse. Il ne faut pas s'étonner que les ressources humaines soient considérées comme négligeables par beaucoup de managers, et souvent par les plus jeunes : la gestion des ressources humaines tend en effet à disparaître des programmes des écoles de commerce. On s'attache à enseigner le leadership, le management ou l'éthique, mais moins les techniques de la GRH, ce qui dévalorise cette fonction par rapport à la finance ou au marketing. La revalorisation indispensable du rôle des DRH passe par une profonde remise en cause et un assainissement des pratiques. Tant que la graphologie ou le tarot pourront encore être utilisés pour recruter et tant que de flagrantes discriminations perdureront, il sera impossible d'y parvenir. L'enjeu n'est pas d'apporter un simple supplément d'âme au management, il va bien au-delà. Il faut agir en profondeur en faveur de l'égalité et de la justice sociale.

Cet ouvrage retrace le parcours du combattant que constitue trop souvent la vie professionnelle d'un salarié français, des aléas du recrutement aux licenciements injustifiés en passant par les rémunérations fantaisistes. Il offre des clés pour comprendre ce qui facilite ou freine une carrière et cela commence par les étapes du recrutement.

1

Piston à l'embauche et discriminations

Pour les jeunes en quête d'un stage ou d'un premier emploi, les quinquagénaires licenciés cherchant à retrouver un improbable poste ou les mères célibataires peinant à vivre du RSA, le recrutement est une étape cruciale, paraissant parfois insurmontable. Nombre de Français doivent, à de multiples reprises, passer par le filtre de l'embauche. Or ce moment de leur vie, si décisif, est à l'origine de fortes discriminations, parfois d'humiliations, qui laissent à beaucoup le sentiment de participer à une injuste loterie. Que sait-on réellement du recrutement ?

Les candidats ne peuvent s'en faire qu'une idée approximative : même s'ils ont vécu ces situations ou en ont été les témoins, l'envers du décor leur échappe. Les recruteurs, de leur côté, connaissent évidemment mieux les rouages, mais une vision d'ensemble de type statistique leur manque. Souvent, ils ne sont eux-mêmes pas conscients de ce qui fausse le processus, ou du moins ne peuvent savoir jusqu'à quel point c'est le cas. Mettons donc au jour les mécanismes du recrutement. Car si certaines grandes firmes ont progressé, grâce à quelques DRH lucides et courageux, de profondes injustices demeurent.

Un candidat doit surmonter une succession d'obstacles avant d'avoir la chance d'être embauché. D'abord, ses relations lui permettront ou non d'avoir vent des postes à pourvoir et lui ouvriront éventuellement les portes d'une entreprise. Ensuite, son CV sera examiné, pas toujours avec impartialité. Si d'aventure il décroche un entretien, il devra surmonter les préjugés des recruteurs. On lui imposera même des tests biaisés ou farfelus, comme nous le verrons plus loin. L'accumulation des difficultés transforme le recrutement en véritable chemin de croix pour certains candidats. Par exemple, les réseaux avantagent certaines personnes et en pénalisent d'autres de façon parfaitement injuste. L'inégale répartition du « capital social », c'est-à-dire du nombre de relations amicales et professionnelles, vient renforcer les difficultés qu'ont certaines populations à trouver un emploi.

Du fils à papa aux merveilleux « réseaux sociaux »

Dans les années 1980, d'un candidat qui faisait jouer ses relations pour obtenir un travail on disait qu'il était pistonné, aujourd'hui, on dit de lui qu'il est organisé, dynamique, moderne et qu'il a su cultiver un réseau. À l'ère des réseaux sociaux sur le Net, ces derniers font l'objet d'une étrange et inquiétante réhabilitation. Loin d'apparaître comme des passe-droits, faussant le jeu du marché tout en renforçant les discriminations et les inégalités sociales, les réseaux deviendraient des opportunités extraordinaires. Chacun est sommé d'entretenir de nombreuses amitiés, sur le Net ou ailleurs, pour le bien de sa carrière.

Malheureusement, ceux qui, au sein de la République, devraient s'élever contre ces mécanismes contraires au principe d'égalité en font la promotion. Ainsi, la secrétaire d'État à la Jeunesse, qui fut présidente de la Halde, n'hésitait pas à faire l'apologie du piston sur Fun Radio, en février 2011. Après qu'un auditeur eut indiqué être discriminé à l'embauche, elle répondit : « Moi, ce que j'ai envie de faire, c'est encore de prendre le CV de Nabil, parce qu'on a des partenariats avec deux grandes banques, la Société générale et la BNP, et donner un coup de pouce. Quand on est des quartiers populaires, on n'a pas forcément le réseau [...]. En tant que ministre des Jeunes, ce que je fais quand je suis en déplacement, j'essaie de prendre deux ou trois CV, et je donne un coup de main. [...] Si ce soir je me dis que j'ai réussi à vous trouver un job, je pourrai me regarder dans un miroir. » L'auditeur lui objecta alors : « Votre proposition est très gentille, maintenant je n'ai pas envie d'entrer dans une société parce que Mme Bougrab m'a appuyé. Une des deux grandes banques que vous m'avez citées, j'ai postulé deux fois, une fois en tant que Nabil et une fois en tant que Marc. Marc a été retenu, mais pas Nabil... » Réponse de la ministre : « Je peux vous aider à décrocher le premier entretien qui est décisif. Faire en sorte que votre CV reste au-dessus de la pile, ça, c'est de mon ressort. » Cette consécration du piston au plus haut niveau par ceux qui ont eu en charge la lutte contre les discriminations laisse perplexe.

L'effet des relations personnelles sur les chances d'obtenir un emploi est resté longtemps bien peu étudié en France. Désormais, le voile est en partie levé sur cette facette du recrutement. À l'évidence, l'embauche n'est pas toujours une compétition à la loyale entre candidats valeureux qui s'efforcent de démontrer leurs compétences à des employeurs faisant jouer une saine concurrence. D'ailleurs, dans 60 % des recrutements une seule candidature est examinée[1]. Et mieux vaut être très tôt doté d'un bon réseau pour espérer tirer son épingle du jeu.

Pour les jeunes entrant sur le marché du travail, l'expérience, aussi minime soit-elle, est vitale[2]. En effet, avoir déjà travaillé dans une entreprise – que ce soit en stage, en apprentissage ou en job d'été – augmente considérablement les chances de s'y faire embaucher. Trois jeunes sur dix avaient déjà travaillé durant leurs études dans l'entreprise où ils ont été finalement recrutés. Mais comment trouve-t-on ce stage qui ouvrira toutes grandes les portes de l'emploi ? En connaissant quelqu'un dans l'entreprise, dans la moitié des cas. Et quand ce n'est pas le cas, ce sont les amis ou la famille qui connaissent quelqu'un dans cette entreprise.

Les inégalités s'amorcent donc très tôt ! Dès le stage obligatoire de découverte de l'entreprise, qui a lieu au collège en 3e, les jeunes peuvent plus ou moins compter sur l'aide de leurs parents. Dans les collèges en difficulté, ce stage d'une semaine est souvent trouvé avec peine : on a recours aux enseignants, car parents et amis manquent de réseaux[3]. L'activité proposée est

1. Guillemette de Larquier, « Des entreprises satisfaites de leurs recrutements ? », *Connaissance de l'emploi*, nº 70, 2009, p. 1-4.

2. Le CÉREQ étudie ainsi des cohortes de jeunes tous les trois ans. En 2007, il s'agissait de ceux sortis en 2004 (la « génération » 2004). Olivier Joseph, Alberto Lopez et Florence Ryk, « Génération 2004, des jeunes pénalisés par la conjoncture », *Bref du CÉREQ*, nº 248, 2008.

3. Sondage réalisé sous ma direction pour le compte du Réseau des entreprises au service de l'égalité des chances par OpinionWay, avril-juin 2012.

alors moins intéressante et laissera à ces collégiens une impression mitigée du monde de l'entreprise.

Dans une enquête[4] faite auprès d'étudiants de master en gestion, on a constaté que le stage obligatoire de fin de licence avait été recherché en faisant feu de tout bois (lecture des annonces, candidatures spontanées et relations, offres disponibles auprès de l'Université, etc.). Mais, finalement, les trois quarts des stages ont été obtenus par relations (seulement 15 % l'ont été en répondant à des offres sur Internet et 10 % par candidature spontanée). Dans plus de la moitié des cas c'est grâce à la famille, pour le reste ce sont les amis et plus rarement les relations professionnelles qui ont aidé. Les stages décrochés grâce à des contacts sont de surcroît six fois plus souvent à l'étranger. Or les expériences internationales sont évidemment très valorisées. Le réseau permet aussi d'obtenir de meilleurs stages, souvent assez bien payés.

On distingue finalement trois profils de jeunes en recherche de stage :

– les étudiants issus de milieux modestes ou moyens qui envoient beaucoup de CV, passent de nombreux entretiens infructueux et n'ont pas un réseau suffisamment efficace pour trouver un stage. Ce sont les « méritants » ;

– les enfants de cadres, dirigeants et professions libérales qui mobilisent un bon réseau en ayant tout de même cherché par eux-mêmes leur stage. Ils finissent par trouver à 83 % ce stage grâce à leurs accointances. Ce sont les « entreprenants » ;

4. Chloé Guillot-Soulez et Sophie Landrieux-Kartochian, « Stages et effets de réseaux », *Revue de gestion des ressources humaines*, n° 68, 2008, p. 30-48.

– les jeunes issus de milieux favorisés qui n'ont pas eu besoin de chercher leur stage (ils ont envoyé un seul CV). C'est le réseau qui a fonctionné, et il a permis d'obtenir dans un quart des cas le stage à l'étranger. Ce sont les « héritiers ».

Les étudiants sont extrêmement lucides sur cette situation : 91 % d'entre eux considèrent que l'accès aux stages est inégalitaire. Selon eux, c'est le réseau qui est la principale raison de cette inégalité, avant des facteurs comme le sexe, les origines ou le lieu de résidence. Ils soulignent aussi l'inégalité que représente la prime donnée aux étudiants des grandes écoles par le biais de la réputation et des réseaux d'anciens.

Les réseaux jouent donc un rôle crucial avant même la fin de la formation initiale[5], et continueront de le faire par la suite. Je me souviens d'avoir examiné à la loupe des centaines de recrutements d'ingénieurs débutants pour une entreprise de l'énergie. Comme toujours, à diplôme égal, ceux qui ont fait un stage dans cette entreprise ou chez un concurrent sont les mieux placés. Un diplômé de Centrale-Paris – un diplôme très bien noté – ayant fait son stage dans l'entreprise avait même joint à sa candidature une lettre de recommandation du tonton, lui-même ancien centralien de l'entreprise.

En outre, un tiers des jeunes apprennent qu'il y a une embauche possible chez leur premier employeur par une de leurs connaissances. Lorsqu'ils n'ont pas déjà

5. C'est pour cette raison que j'ai imaginé en 2006 de rassembler les patrons et DRH de bonne volonté dans un « Réseau des entreprises pour l'égalité des chances dans l'Éducation », dont je suis le vice-président. Soixante-douze entreprises associées au ministère de l'Éducation nationale y sont réunies pour développer et faire connaître tout ce qui peut aider les jeunes de milieu modeste à trouver des stages, découvrir les firmes, se préparer au recrutement, etc.

fait un stage dans l'entreprise où ils trouvent leur premier emploi, 39 % des jeunes y connaissent néanmoins une ou plusieurs personnes[6]. Au total, entre ceux qui ont déjà travaillé pour l'entreprise, par exemple comme stagiaires (en ayant fait jouer leurs relations pour cela), et ceux qui connaissent quelqu'un dans l'entreprise, environ 70 % des jeunes recrutés ne sont pas des inconnus pour leur futur employeur. Ce qui évidemment exclut les Français disposant des moins bons réseaux.

Des réseaux très inégalement répartis

On ne devrait pas se réjouir du développement du recrutement via des réseaux de toutes sortes, car il en résulte une aggravation des inégalités dans l'accès aux emplois. En effet, ces réseaux varient en intensité selon les origines nationales, l'ancienneté de l'immigration et les positions sociales des relations. Ainsi, les personnes originaires d'Europe du Sud ont des réseaux plus étendus que les personnes originaires d'Afrique, du Maghreb ou de Turquie. Conséquemment, elles accèdent plus aisément à l'emploi[7]. C'est aussi en partie à cause de ces recrutements par relations que les femmes se trouvent cantonnées dans certains emplois ou secteurs et peinent à faire carrière. *In fine*, les femmes sont moins bien payées que les hommes en

6. *Op. cit.*, Olivier Joseph, Alberto Lopez et Florence Ryk.

7. Domingues Dos Santos, « Travailleurs maghrébins et portugais en France : le poids de l'origine », *Revue économique*, n° 56, 2005, p. 447-464, ainsi qu'Olivier Joseph, Alberto Lopez et Florence Ryk, « Génération 2004, des jeunes pénalisés par la conjoncture », *Bref du CÉREQ*, n° 248, 2008. Stéphane Jugnot, « L'accès à l'emploi à la sortie du système éducatif des descendants d'immigrés », INSEE, octobre 2012, p. 61-75.

étant « ségréguées » dans des emplois moins rémunérateurs[8]. Lorsque l'on compare la situation des hommes et des femmes, l'expression « fils à papa » est parfaitement adaptée pour décrire la situation du recrutement. Car si, à niveau d'étude similaire, le métier des parents modifie les chances de devenir cadre[9], ce sont surtout les garçons qui profitent du soutien de papa. D'une part parce que les filles réduisent leurs chances en ne cherchant pas à tirer le maximum des contacts professionnels de leur père. D'autre part parce que les réseaux des parents sont plus efficaces pour les garçons ; les parents en font davantage pour aider professionnellement leur fils, tout comme ils ont dépensé plus d'argent et consacré plus de temps durant sa scolarité.

Les hommes sont mécaniquement dotés de réseaux plus larges composés de contacts plus influents. Informations et recommandations émanent majoritairement d'autres hommes, au statut social plus élevé. Il n'en va pas différemment avec les nouveaux réseaux sur la toile : ils s'organisent autour d'individus ayant un statut social similaire. Le rendement des réseaux est donc évidemment inégal et, à ce jeu, les personnes issues de milieux modestes, ceux qui sont issus de l'immigration ou encore les femmes ne peuvent pas espérer rivaliser. Dans ces conditions, il serait mensonger de faire croire que le réseautage est la solution miracle et qu'il suffirait de doter les minorités visibles ou les femmes de réseaux qui leur soient dédiés. Le discours dominant sur les vertus supposées des réseaux sociaux conforte en réalité les

8. Troy Tassier, « Referral hiring and gender segregation in the workplace », *Eastern Economic Journal*, n° 34 (4), 2008, p. 429-440.

9. Philippe Lemistre, « Égalité des chances ou des résultats : l'influence du genre », *Formation et emploi*, n° 93, 2006, p. 67-77.

inégalités existantes. Qu'on ne s'y trompe pas : les effets de l'origine sociale sont souvent le fruit de maillages de relations développés sur plusieurs générations. Il s'y ajoute de puissants réseaux de grandes écoles. Dans ces conditions, multiplier ses « amis » sur Facebook ou ses contacts sur Viadeo et LinkedIn apparaît assez dérisoire.

La France n'est pas le seul pays où les amis et la famille jouent un rôle éminent dans l'accès à l'emploi. En 2004, le Nobel d'économie Kenneth Arrow estimait qu'aux États-Unis 60 % des emplois étaient obtenus via des relations amicales et familiales (soit au-delà de l'estimation courante à cette date qui est de 50 %[10]). En Espagne, on estime que près de 40 % des emplois sont trouvés via les amis ou la famille et 47 % en Italie[11]. À tel point qu'à réseau similaire il n'y a plus aucune discrimination entre les hommes et les femmes, et pas davantage entre les personnes d'origines « ethniques » ou « raciales » différentes. Mais il est évident que les femmes et les personnes noires ont des réseaux réduits. Il est par exemple démontré aux États-Unis que les Hispaniques reçoivent moins d'informations que les Blancs sur les opportunités d'emploi[12].

Le contact est dans certaines firmes la seule clé d'accès à l'emploi. Dans une firme de haute technologie américaine, un chercheur[13] a noté que, sur une

10. Kenneth J. Arrow et Ron Borzekowski, « Limited network connection and the distribution of wages », *Feds Working Paper*, n° 41, 2004.

11. Luigi Pistaferri, « Informal networks in the Italian labor market », *Giornale degli Economisti e Annali di Economia*, 58 (3-4), 1999, p. 354-375.

12. Steve McDonald, Nan Lin et Dan Ao, « Networks of opportunity : gender, race and job leads », *Social problems*, n° 56 (3), 2009, p. 385-402.

13. Trond Petersen, Ishak Saporta et Marc-David L. Seidel, « Offering a job : meritocracy and social networks », *American Journal of Sociology*, n° 106 (3), 2006, p. 763-816.

période de dix ans, 68 % des candidats ayant reçu une proposition d'embauche avaient été recommandés par un ami à l'intérieur de l'entreprise et plus de 13 % n'étaient pas des inconnus, car ils travaillaient pour des entreprises partenaires. En France aussi, dans certaines firmes, la cooptation est la règle et cette méthode est parfois encouragée avec des primes versées aux salariés. Les Américains utilisent depuis longtemps la technique de la lettre de recommandation ou de la prise de références. Cette méthode donne un avantage à ceux qui ont été appréciés par leur enseignant ou leur ancien employeur, mais aussi par un salarié de l'entreprise d'accueil. Le problème est donc qu'il faut avoir un ami qui vous recommande (de préférence bien placé), ce qui est d'autant plus facile que vous appartenez à un milieu social plutôt favorisé. La situation défavorable des groupes minoritaires sur le marché du travail s'explique donc par l'inefficacité de leur tissu de contacts. Répétons-le, laisser les réseaux prospérer profite aux plus favorisés et non aux plus modestes.

Ceux qui disposent d'un bon maillage amical et familial ont non seulement plus de facilité à décrocher un job, mais en plus celui-ci est mieux payé et de meilleure qualité, ce qui se traduit par des démissions moins fréquentes. Dans une grande enquête menée en 2007-2008 en Allemagne sur dix-huit mille chômeurs, les chercheurs ont constaté que les personnes les plus connectées (amis, famille, connaissances) prétendent à de meilleurs salaires que les autres ; elles sont également convaincues qu'elles trouveront vite un travail[14]. Car ce

14. Marco Caliendo, Ricarda Schmidl et Arne Uhlendorff, « Social networks, job search methods and reservation wages : evidence for Germany », *International Journal of Manpower*, n° 32 (7), 2011, p. 796-

qui compte, en matière de réseau, n'est pas uniquement le nombre de membres, ce sont aussi deux éléments clés : la variété et la structure du réseau. Un réseau efficace est cumulatif : il croise école, famille, amis, cercles en tous genres, religion, politique, etc. Mieux vaut également avoir un réseau réduit, composé de personnes proches et influentes, qu'un très grand nombre de « vrais faux amis ». Si dans le second cas on a l'avantage d'avoir plus d'informations, on est aussi plus nombreux à les partager et une compétition apparaît entre les membres du réseau. Dans le premier cas, à l'inverse, les personnes informées sont moins nombreuses, et surtout les membres sont plus à même de procurer un emploi[15].

À ce jeu, il est évident que les personnes d'origine sociale modeste qui ne sont pas mariées avec une personne dotée d'un important capital social et qui, de surcroît, n'ont pas accès à l'annuaire d'une grande école sont par définition défavorisées. De même, les personnes récemment immigrées ont des réseaux familiaux et d'amis moins nourris et, surtout, bien moins efficaces. En somme, ce qui fait souvent la différence entre les hommes et les femmes, entre ceux qui sont issus de l'immigration et les « Français de souche », c'est le réseau qui peut être mobilisé pour trouver un travail.

---

824. Idem en Suède : Alireza Behtoui, « Informal recruitment methods and disadvantages of immigrants in the swedish labour market », *Journal of Ethnic & Migration Studies*, n° 34 (3), 2008, p. 411-430.

15. Lori A. Beaman, « Social networks and the dynamics of labour market outcomes : evidence from refugees resettled in the US », *Review of Economic Studies*, n° 79, 2012, p. 128-161.

L'origine sociale : un motif de discrimination étonnamment négligé

La position sociale et le réseau des parents jouent à l'évidence un rôle dans le recrutement et, nous le verrons, dans les déroulements de carrière et la fixation des salaires. Pourtant, cet aspect des inégalités, guère à la mode, ne suscite pas une grande curiosité dans les entreprises ou auprès des chercheurs et consultants étudiant la « diversité ». En dehors de la question des jeunes issus des zones urbaines sensibles, on ne trouve rien dans les bilans sociaux et dans les rapports sur la diversité au sujet des origines sociales des salariés. Et encore, lorsque la question des personnes venant des quartiers défavorisés est évoquée, c'est d'une part parce qu'elles sont « jeunes », d'autre part parce que les entreprises y voient une manière euphémisée de traiter de questions « ethno-raciales », et enfin parce que les pouvoirs publics avaient explicitement invité les firmes à prendre des engagements à ce sujet.

Dans les enquêtes les plus officielles concernant les discriminations dans le domaine de l'emploi – menées par exemple par la Commission européenne, le Défenseur des droits (la Halde) et l'OIT –, la question de l'origine sociale n'est même pas abordée. Cet « oubli » est d'autant plus étrange que les conventions[16] de

16. D'autres textes internationaux mentionnent également l'origine sociale. La Déclaration universelle des droits de l'homme des Nations unies de 1948 qui précise que « chacun peut se prévaloir de tous les droits et de toutes les libertés proclamés dans la présente Déclaration, sans distinction aucune, notamment de race, de couleur, de sexe, de langue, de religion, d'opinion politique ou de toute autre opinion, d'origine nationale ou sociale, de fortune, de naissance ou de toute autre situation. » La Convention de sauvegarde des droits de l'homme et des libertés fonda-

l'Organisation internationale du travail mentionnent très explicitement ce critère !

L'OIT donne une liste précise des critères de sélection prohibés dans une convention de 1958 concernant la discrimination dans les domaines emploi-profession. La liste comprend : « la race, la couleur, le sexe, la religion, l'opinion politique, l'ascendance nationale ou l'origine sociale ». La France, comme tous les pays européens, a depuis longtemps ratifié cette convention (C-111). L'organisation va plus loin : « Dans le prolongement de la Charte des Nations unies et de ses Pactes associés, et en conformité avec son mandat, l'OIT a élevé en 1998 la non-discrimination dans l'emploi et la profession au rang de droit fondamental, opposable à tous les États indépendamment de leur ratification des Conventions internationales qui lui sont consacrées. »

L'origine sociale est bien un motif de discrimination. La Halde a clairement rappelé que « ce critère fait partie de l'ordre juridique national en raison des engagements internationaux d'effet direct auxquels la France a souscrit[17] ». La Convention européenne des droits de l'homme contient d'ailleurs une liste de motifs prohibés de discrimination dans laquelle on retrouve « l'origine sociale », « la fortune ou toute autre situation ». Nombre de législations nationales, dans les pays membres de l'Union européenne, intègrent le critère de l'origine sociale (en Europe de l'Est) ou de la fortune (en Belgique). C'est également le cas au Canada (Québec), où le critère de l'origine sociale est reconnu.

---

mentales reprend à l'identique ce texte dans son article 14 concernant l'interdiction de discrimination.

17. Voir Halde, délibération n° 2011-121 du 18 avril 2011.

Alors que nous connaissons, dans le système éducatif, la profession des parents, y compris parmi les étudiants de l'enseignement supérieur (pourtant majeurs, autonomes financièrement et pouvant résider à leur propre domicile), lors du recrutement, dans la fonction publique ou dans le secteur privé, cette information n'est jamais disponible. Encore étudiant à Sciences-Po, l'origine sociale d'un individu est connue et chacun sait son importance ; candidat à un stage ou à un emploi, cette information n'est plus disponible. Pourtant, qui peut sérieusement soutenir que la profession des parents ne facilite pas l'accès à un stage ou à un emploi ?

Cette absence de l'origine sociale ne semble étonner personne. Même lorsque l'OIT elle-même omet cet aspect essentiel dans les études qu'elle soutient pour évaluer la mise en œuvre de ses principes. Chaque année, le Défenseur des droits, en collaboration avec l'OIT, publie les résultats d'un sondage pour connaître la perception des discriminations. Les résultats sont intéressants, mais il se produit, année après année, un étrange phénomène. Plusieurs motifs importants de discrimination sont oubliés, dont l'origine sociale, qui n'est jamais proposée aux personnes interrogées. Les sondeurs explorent pourtant bien des sujets. Ils demandent ainsi aux gens si être homosexuel, ou encore transsexuel, produit des réactions d'ostracisme dans leur vie professionnelle. Et si une éventuelle séropositivité nuit à leur carrière. Mais pas si leur origine sociale les pénalise ou les avantage. Quand on sait à quel point la profession du père est primordiale pour trouver un emploi et faire carrière, on reste pantois ! Le plus incroyable n'est pas que des sondeurs oublient l'origine sociale, mais que l'OIT et le Défenseur des droits ne s'y intéressent pas du tout (rien en cinq éditions du sondage entre 2008 et 2012). Que la question de l'identité de genre – la « transsexualité » – mérite un focus et pas l'origine sociale en dit long sur la dérive à laquelle on assiste. Non pas que tous les sujets ne méritent pas d'être observés. Mais comment un élément aussi central que l'origine sociale, figurant de surcroît depuis 1958 dans une convention de l'OIT, peut-il être passé délibérément et durablement sous silence ?

Ce n'est pas un cas isolé. Dans une enquête réalisée pour le BIT par le cabinet Vigeo[18] sur la mise en œuvre en Europe des conventions de l'OIT, les aspects de la discrimination qui sont retenus s'inspirent, disent les auteurs, desdites conventions, mais l'étude oublie les origines sociales. Les auteurs expliquent que l'origine sociale est « un des critères les plus complexes à délimiter ». Du reste, ils la définissent curieusement de manière restrictive comme l'appartenance à une « caste[19] ». On est loin de la question pourtant simple de l'influence de la profession du père sur les chances d'avoir un stage ou de faire carrière. Il n'y a pas de « caste » en Europe comme il y en a en Inde ; mais ce n'est évidemment pas une raison pour éviter la question simplissime de la position sociale dans la nomenclature PCS (Professions et catégories sociales).

18. Vigeo, « Non-discrimination et égalité dans l'emploi et la profession : comment les principes de l'OIT sont-ils observés par les entreprises européennes », BIT Paris, 2008.

19. L'origine sociale selon Vigeo « concerne l'appartenance d'une personne à une catégorie socioprofessionnelle ou à une caste lorsqu'elle conditionne son avenir professionnel soit en lui interdisant d'occuper des emplois déterminés, soit en lui assignant seulement certains emplois. Ces situations peuvent se rencontrer dans les sociétés rigidement hiérarchisées ou partagées en castes dont certaines sont considérées comme "inférieures" et cantonnées dans certains emplois subalternes. »

L'OIT est pourtant très claire sur ce qu'il faut entendre par « origine sociale ». Et cela ne se limite pas aux castes indiennes ! L'Organisation précise : « L'origine sociale peut être principalement envisagée en termes de mobilité sociale, définie comme la possibilité pour une personne de *passer d'une classe ou d'une catégorie sociale à l'autre.* Des préjugés et des préférences fondés sur l'origine sociale peuvent encore subsister lorsque les possibilités des individus en matière d'emploi et de profession varient d'après une division rigide de la société en classes, ou lorsque certaines "castes" sont considérées comme inférieures et cantonnées aux travaux les plus subalternes. Dans les sociétés où la mobilité sociale est large, où les stratifications rigides ont disparu, et malgré les mesures adoptées pour accroître les possibilités de formation des catégories défavorisées par leur origine, un certain nombre de phénomènes font obstacle à l'égalité de chances[20]. » Elle explique ainsi, s'agissant des lois canadiennes : « La question de la discrimination fondée sur "l'origine sociale" se pose lorsque l'appartenance d'un individu à une classe ou à une catégorie socioprofessionnelle conditionne son avenir professionnel soit en lui refusant d'occuper certains emplois ou fonctions, soit en lui assignant au contraire certains emplois. Le motif d'"origine sociale" est différent des motifs de race, d'ascendance, de citoyenneté, d'origine ethnique et de lieu d'origine[21]. »

20. Convention C111 (rapport III, partie 4B), session de la conférence 83, « Égalité dans l'emploi et la profession », 1996.

21. CEACR : Observation individuelle concernant la Convention (n° 111) concernant la discrimination (emploi et profession), 1958 Canada (ratification : 1964), Document n° (ilolex) : 062011CAN111, 2011.

D'ailleurs, la norme internationale SA 8000, à laquelle peuvent librement adhérer les firmes internationales soucieuses de responsabilité sociale, distingue clairement des motifs de discrimination ayant trait à cette dimension sociale : « race, nationalité, origines sociales, caste, naissance, religion, handicap, sexe, orientation sexuelle, responsabilités familiales, situation de famille, appartenance syndicale, opinion politique, âge ou toute autre condition susceptible de donner lieu à une discrimination ». Une telle négligence du critère de l'origine sociale est donc tout à fait illégitime. Elle conduit à fermer les yeux sur un motif majeur de discrimination et une source fondamentale d'inégalités.

Car, nous allons le voir, tant les Français dans leur ensemble que les DRH eux-mêmes témoignent de l'importance de ces discriminations pourtant négligées.

Les véritables facteurs d'inégalité et de discrimination

Depuis dix ans, on en sait beaucoup plus sur la manière dont sont examinées les candidatures. D'abord, grâce à ce que nous disent les victimes et témoins des discriminations. Ensuite, à partir des témoignages des recruteurs. Enfin, grâce à des observations statistiques et à des tests d'envois de candidatures fictives (les *testings*). Et, le moins que l'on puisse dire, c'est que dans le tri des CV et à l'occasion des entretiens d'embauche les discriminations sont monnaie courante.

Les sondages donnent une première idée du problème. Les sondeurs (et leurs commanditaires) omettent malheureusement, nous l'avons vu, de multiples motifs de discrimination. Certaines inégalités, à la mode ou considérées comme sérieuses, sont sans cesse mises en évidence, tandis que d'autres sont constamment oubliées en dépit de leur importance. Les discriminations dont sont par exemple victimes les femmes à forte corpulence ou les hommes de petite taille n'émeuvent pas grand monde. Alors même qu'elles concernent un grand nombre d'individus, en France et en Europe, elles restent moins nobles, moins légitimes et moins sérieuses que d'autres. Lorsqu'on laisse le choix aux sondés de mentionner les inégalités et les discriminations qu'ils constatent tous les jours, on obtient un panorama qui ne ressemble en rien à celui que l'on tente de nous imposer. Qu'on en juge !

À la question : « Quels sont les critères qui peuvent désavantager les candidats à un emploi quand l'entreprise a le choix entre deux candidats de compétences et qualifications égales ? », voici comment répondent les Français et les Européens à qui on propose douze motifs possibles[22] :

Critères de discrimination à l'embauche selon les Français et les Européens (en %)

	Français	Européens
Look, façon de se présenter, de s'habiller	67	48
Âge	55	48
Couleur de peau, origine ethnique	64	38
Handicap	50	37
Apparence physique générale du candidat	53	36
Façon de parler, l'accent	47	30
Expression d'une conviction religieuse	36	22
Genre	23	19
Orientation sexuelle	23	18
Le fait que le candidat fume ou pas	12	16
Nom	49	13
Adresse	19	9

22. Eurobaromètre, « La discrimination dans l'UE », Sofres, 2009.

L'apparence, vestimentaire ou physique, est le premier critère de sélection aux yeux des Européens et surtout des Français. Or la façon de se vêtir n'est pas explicitement incluse parmi les motifs de discrimination prévus dans la loi française. Rien n'empêche donc les employeurs de préférer un candidat portant une cravate plutôt que celui doté d'un piercing sur le visage. Et ils ne s'en privent pas ! Dans un sondage que j'avais fait réaliser en 2003, et repris au niveau européen[23], une immense majorité des Français indiquait que l'apparence comptait plus qu'avant et que l'obésité était rédhibitoire. Inutile de dire que depuis dix ans la situation n'a pas dû s'améliorer. Le questionnaire montrait bien que le sentiment de discrimination à cause de l'apparence ne se limite pas à l'embauche : les déroulements de carrière, l'évaluation, la détermination des salaires ou le licenciement n'obéissent pas non plus à une simple logique de compétence et de performance.

La couleur de peau et l'origine ethnique sont mentionnées en second lieu par les Français. Ce ressenti est d'ailleurs confirmé par toutes les études par testing[24].

Les Français identifient ensuite clairement l'âge et le handicap comme des facteurs de discrimination. Les tests par envoi de CV confirment là encore largement la perception du grand public. C'est surtout pour l'âge que la situation est mauvaise et ne progresse pas. Par âge, il faut en fait comprendre « senior », c'est-à-dire les personnes âgées de plus de 45 ou 50 ans.

23. Jean-François Amadieu, « Les discriminations sur l'apparence dans la vie professionnelle et sociale », Sofres-Observatoire des discriminations, ADIA, 2003.

24. Sauf l'étrange étude du CREST et de Pôle Emploi de 2011 qui conclut à l'inverse que les candidats issus d'Afrique sont nettement favorisés, nous y reviendrons.

L'impression dominante est en effet que les jeunes ont la préférence des employeurs. En outre, les Français ne paraissent pas convaincus que les incitations au recrutement de personnes en situation de handicap, via le quota obligatoire de 6 %, soient suffisantes.

Étonnamment, le nom et le prénom se situent à un niveau élevé dans la hiérarchie des discriminations perçues. On pourrait croire que c'est avant tout parce que le nom est évocateur d'une origine nationale ou d'une appartenance religieuse, mais il ne faut pas oublier qu'il est également un marqueur social[25]. Se prénommer Jordan ou Charles-Henri, s'appeler M. Martin ou avoir une particule sont autant de signaux du milieu d'origine.

Enfin, l'adresse, qui ne figure pas non plus dans la liste des motifs de discrimination de la loi française (certains proposent de l'ajouter), est également mentionnée. Les employeurs s'y attachent souvent, car ils craignent les retards ou la fatigue liés à l'éloignement du domicile. Mais certains employeurs ont aussi une vision stéréotypée des lieux d'habitation : telle commune du 93, tel quartier, telle rue a mauvaise réputation et les employeurs pensent que les codes vestimentaires, la façon de parler et les comportements y sont différents. Les enquêtes de l'Observatoire des discriminations confirment ce sentiment des Français, nous y reviendrons.

Le look, la façon de se présenter, de s'habiller, l'accent et la façon de parler, l'apparence physique, le nom, l'adresse sont tous des marqueurs d'une apparte-

25. Jean-François Amadieu, *Les Clés du destin*, Paris, Odile Jacob, 2006. Jean-François Amadieu et Pascale de Lomas, *Prénoms. L'encyclopédie de tous les prénoms*, Paris, Flammarion, 2012.

nance à un milieu et signalent une origine sociale. Ces facteurs d'inégalité des chances à l'embauche ne sont malheureusement pas toujours explicitement considérés comme des discriminations.

Par comparaison, l'orientation sexuelle, le genre ou la religion ne paraissent pas être des éléments si décisifs aux yeux des répondants (mais il s'agit bien entendu seulement de leur perception de la situation). En somme, la hiérarchie des facteurs de discrimination ne ressemble guère au tableau que l'on cherche à nous imposer. Et les discriminations ont une double face : elles avantagent dans certains cas et pénalisent dans d'autres. En voici quelques exemples :

Effet perçu d'une caractéristique personnelle sur les discriminations à l'embauche par catégorie de salariés (en %)

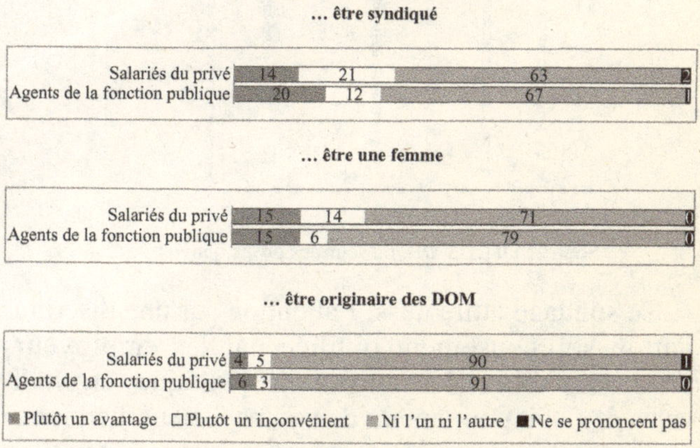

(Source : OIT/CSA/Défenseur des droits, janvier 2012.)

Au-delà de l'opinion globale sur les discriminations et les inégalités à l'embauche, que disent les victimes de discrimination ?

Lorsque l'on interroge les Français déclarant avoir été victimes de discrimination (cette fois dans la vie professionnelle et pas seulement à l'embauche), on découvre que sexe, âge, grossesse/maternité et apparence physique sont souvent évoqués.

Motifs invoqués par les victimes de discrimination (en %)

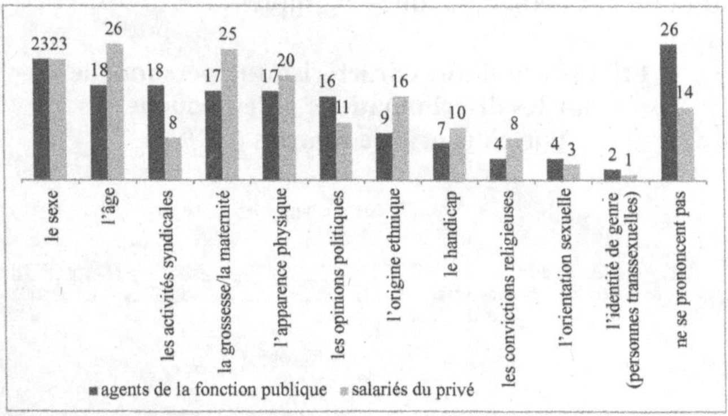

(Source : OIT/CSA/Défenseur des droits, janvier 2012.)

Ce sondage attire aussi l'attention sur une discrimination soigneusement oubliée par les employeurs privés et publics : les convictions politiques et syndicales. Il s'agit pourtant du deuxième facteur mentionné par les victimes de discrimination dans la fonction publique ! On se demande où sont les enquêtes, mesures statistiques et plans d'action pour agir contre cette forme de discrimination.

Les recruteurs eux-mêmes corroborent ce premier tableau[26]. Bien qu'ils ne soient pas les plus prompts à mentionner les travers de leur activité, 70 % des consultants reconnaissent que l'âge peut être un motif de discrimination pour leurs clients, davantage que le sexe, le nom de famille ou l'origine sociale. Pour 30 % d'entre eux, l'âge « critique » se situe entre 45 et 49 ans et, pour 70 %, au-delà de 50 ans. Selon la moitié des consultants, il est impossible ou difficile de faire changer d'avis le client sur la question de l'âge. Dans ces conditions, les cabinets de conseil ont évidemment tendance à suivre les souhaits des clients.

Recueillir le sentiment des Français, des recruteurs et des victimes révèle donc une conscience aiguë des discriminations dans notre pays. Mais existent-elles réellement ? Les déclarants pourraient en effet surestimer ou sous-estimer les discriminations dont ils sont victimes ou témoins.

Des testings révélateurs

À entendre certains recruteurs professionnels au milieu des années 2000, on aurait pu croire encore longtemps que la sélection se faisait sur des bases purement objectives, c'est-à-dire sur les compétences ou, comme on le dit désormais, sur les « talents ». Mais la mise en évidence des discriminations à l'embauche grâce aux testings a sérieusement écorné le mythe. Dès

26. Voir notamment l'enquête réalisée en 2007 auprès de plus de quatre-vingts cabinets représentant environ mille sept cents consultants spécialisés par Oasys consultants/IGS, « Cabinets de chasse de tête et de recrutement : entre tabous et idées reçues, quelles pratiques et quelles contributions réelles ? »

lors qu'une discrimination de grande envergure à l'embauche était établie, il fallait bien admettre que les recruteurs professionnels et les patrons avaient injustement écarté des candidats. Ces mises à l'écart étaient parfois délibérées (par exemple pour les candidats âgés, les femmes enceintes ou les personnes issues de l'immigration) et, le plus souvent, inconscientes. Les méthodes de sélection utilisées pour recruter (tri des CV, entretiens, tests) avaient laissé toute latitude à ceux qui souhaitaient discriminer de le faire. En permettant, par exemple, de lire sur le CV le nom d'un candidat, on ouvrait la porte au rejet des candidatures de personnes aux patronymes africains.

C'est l'entreprise de travail temporaire ADIA qui, paradoxalement, a pris le risque d'apporter son soutien au premier test scientifique à grande échelle que j'ai mené en 2004. C'est donc une boîte privée, et non les pouvoirs publics, qui a joué en ce domaine un rôle pionnier.

Ces testings révélèrent aux Français un problème de taille : le manque d'objectivité des techniques de tri des candidats. Les spécialistes savaient depuis longtemps que le recrutement à la française nécessitait une sérieuse remise à plat, mais on ne parvenait pas à convaincre. Comment prouver et montrer aux yeux de tous que les infaillibles et très professionnelles méthodes des recruteurs n'avaient pas l'efficacité que l'on prétendait ? La mise en évidence d'incontestables discriminations dans le choix des candidats a permis d'avancer dans cette direction ; il reste toutefois encore bien du chemin à parcourir.

Encore les testings sous-estiment-ils l'ampleur des discriminations. Nous l'avons vu, une première discrimination de grande envergure a déjà opéré, puisque la majorité des postes est pourvue via des réseaux, sans même passer par la case marché de l'emploi. Ensuite, un poste peut très bien donner lieu à compétition (il est publié et des candidats seront même convoqués à des entretiens), alors que les jeux sont déjà faits, sans que les candidats sachent qu'ils servent de faire-valoir. Enfin, les testings portent en général sur le premier stade de l'embauche (le tri de CV), alors que les discriminations sont évidemment importantes lors des entretiens (avec les services RH et les managers) ou lors du passage des tests. Pour les personnes d'origine africaine, le Bureau international du travail a constaté que 85 % de la discrimination avait lieu dès le départ, lors de la sélection des CV. Mais il faut souvent attendre l'entretien pour que se manifeste un rejet en fonction de l'apparence physique ou de l'état de grossesse.

Si l'on s'en tient toutefois au stade du tri des CV, ces expériences demeurent riches d'enseignements. Et le moins que l'on puisse dire, c'est que tous les candidats ne sont pas sur un pied d'égalité. Tout d'abord, les seniors paraissent avoir en moyenne les chances les plus faibles de recevoir une réponse positive après l'envoi d'une candidature. Pourtant, les offres d'emploi excluant les seniors ne sont jamais incluses dans les tests : souvent les postes à pourvoir sont en effet explicitement réservés à des débutants ou des personnes ayant une faible expérience. Prudentes, les entreprises ne font plus guère paraître des petites annonces fixant un critère précis d'âge. Lors de notre campagne de testings de 2004-2005, ces annonces délictueuses étaient fréquentes : 17 % pour les postes de commerciaux en 2004 et encore 14 % en 2005. En moyenne, sur tous les types de postes, près de 6 %

d'entre elles comportaient une limite d'âge[27]. Elles avaient donné lieu à des plaintes de victimes et à une action de la Halde dès sa création. Les annonces aussi grossièrement illégales sur le critère d'âge sont aujourd'hui rares, mais le jeunisme n'a pas disparu, au contraire. J'ai constaté, grâce aux testings, que pour des postes de commerciaux en région parisienne un candidat de 50 ans avait entre quatre et cinq fois moins de chances de recevoir une réponse positive après l'envoi de sa candidature qu'un jeune de 27-28 ans. En moyenne nationale, et pour tous types d'emplois du secteur privé, en 2006, ses chances étaient environ trois fois inférieures à celles d'un candidat de 28-30 ans. Au-delà de 45 ans, on n'intéresse plus, et si l'on n'a pas un réseau pour rebondir, le chômage de longue durée est au rendez-vous. Le jeunisme ambiant n'arrange rien, la priorité paraissant être le chômage des jeunes et le rajeunissement de l'encadrement. L'allongement de la vie professionnelle, compte tenu des âges plus tardifs de départ à la retraite, ne peut que rendre plus vif ce problème. Se livrer à des plaidoyers pour la jeunesse et son accès plus rapide aux responsabilités, comme il est souvent de bon ton de le faire aujourd'hui, dévalorise les parcours d'ascension sociale par la promotion interne et au long de la vie au profit de nominations de jeunes diplômés.

27. En 2001, le Centre d'étude de l'emploi évaluait à 20 % la proportion d'annonces fixant illégalement un critère d'âge. Cf. Emmanuelle Marchal et Géraldine Rieucau, « Candidat de plus de 40 ans, non diplômé ou débutant s'abstenir », *Connaissance de l'emploi*, n° 11, 2005.

Taux de convocation à un entretien d'embauche (base 100 pour le candidat de référence)

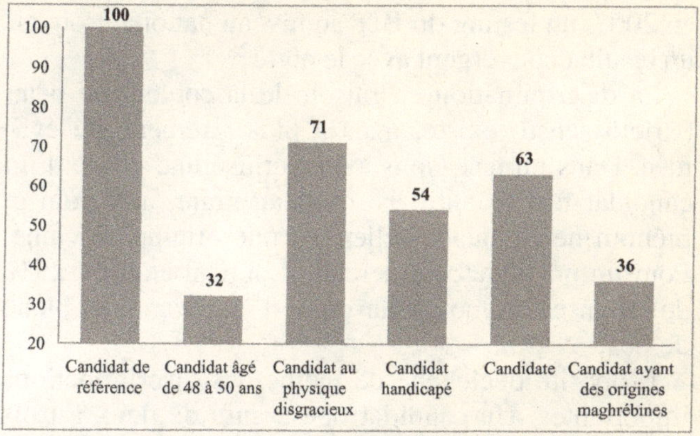

(Source : Baromètre ADIA-Observatoire des discriminations, 2006.)

Avec mes équipes, nous avons également testé la discrimination en fonction des origines nationales. Pour des postes de commerciaux en région parisienne, un candidat aux nom et prénom marocains, dont une photo est jointe, avait cinq fois moins de chances d'être retenu qu'un candidat de référence (homme de 28 ans aux nom et prénom de type français, blanc de peau), *a priori* le plus attractif pour les recruteurs. Sur des postes similaires, une jeune femme d'origine maghrébine résidant en grande banlieue avait trois fois moins de chances, bien que son CV soit cette fois supérieur aux autres, ce qui montre l'absurdité de ces discriminations. En moyenne nationale (sur un échantillon représentatif des emplois, secteurs, tailles d'entreprise et régions), un homme ayant un nom et un prénom à consonance africaine (sans photo) a environ 64 % de chances en moins qu'un candidat aux nom et prénom « français de souche » de poursuivre le recrutement après l'envoi de sa candidature. Publié la même année, en 2007, un testing du BIT au niveau national trouvait un résultat convergent avec le nôtre[28].

La discrimination en raison de la couleur de peau (stricto sensu) existe, mais a plus rarement été évaluée. Dans un test, nous avons utilisé une photo d'un candidat factice antillais, de peau noire, aux nom et prénom ne signalant nullement une origine africaine. Pour un poste de commercial, il obtient environ 25 % de réponses en moins par rapport à un candidat blanc de peau[29].

L'obésité déclenche de même des discriminations importantes. Un candidat obèse aura de deux à trois fois moins de chances de décrocher un poste de commercial. Dans un autre test, toujours mené par l'Observatoire des discriminations, on a constaté que les chances étaient également divisées par deux pour des postes de télévendeurs, qui pourtant ne sont pas en contact visuel avec la clientèle. On mesure l'ampleur des préjugés à l'égard des personnes en surpoids,

28. Ce test BIT, mené par ISM Corum, porte néanmoins sur un échantillon d'emplois déséquilibré. Ainsi, malgré un contexte de chômage, le taux de succès des candidats est curieusement très élevé (plus de 50 % des candidats hexagonaux et plus de 27 % de ceux qui ont une autre origine). Par ailleurs, ce test comporte un autre biais important : il utilise des photos de candidates ou candidats (non rendues publiques) sans que les visages aient fait l'objet d'une évaluation de leur degré de séduction. De même, ces acteurs se rendent à des entretiens sans que leur apparence physique générale ait été évaluée (là encore on ignore quelle est l'apparence des candidats). Le test peut être largement faussé par cette négligence.

29. La discrimination courante est sans doute plus élevée, car dans notre test de 2005 l'évaluation de la beauté des visages à laquelle nous avons procédé montre que notre acteur noir avait un visage apprécié de notre échantillon d'évaluateurs.

notamment concernant leur personnalité et leur état de santé.

De la même manière, un visage disgracieux sur un CV déclenche une discrimination : ce sera trois fois moins de chances pour un emploi de commercial et - 30 % en moyenne nationale. Quant aux beaux visages, ils confèrent à ceux qui en sont dotés de plus grandes probabilités d'être retenus. Avoir la gueule de l'emploi et séduire les recruteurs est une exigence. Or il est scientifiquement prouvé que certains visages inspirent confiance, tandis que d'autres sont associés au rôle de leader ou encore évoquent une grande intelligence[30].

L'effet du handicap est plus complexe. Pour des emplois en contact avec la clientèle, le candidat handicapé est rejeté d'emblée, sans examen de la candidature. Ainsi, dans notre test sur les commerciaux de la région parisienne, les faux CV mentionnant un handicap obtenaient quinze fois moins de réponses positives ! En revanche, peut-être sous l'effet de la loi de 2005, leur taux de succès est meilleur en moyenne nationale, notamment dans les grandes firmes. Alors que nous estimions en 2006 que les chances étaient en moyenne divisées de moitié pour les personnes handicapées, dans quelques grandes firmes dotées d'une cellule handicap active et attentive, leur taux de succès au stade du tri de CV est voisin, voire plus élevé, que celui des autres candidats.

Nous avons enfin testé l'influence de l'adresse du domicile : habiter au Val Fourré à Mantes-la-Jolie,

30. Jean-François Amadieu, *Les Poids des apparences. Beauté, amour et gloire*, Paris, Odile Jacob, 2002.

c'est avoir 40 % de chances en moins de passer le stade de l'envoi de son CV pour un poste de commercial en région parisienne[31].

Ce sombre constat est donc sans appel. Pourtant, les entreprises rechignent à l'admettre.

Des entreprises dans le déni face à une vérité qui dérange

Rares sont les compagnies rendant publiques leurs performances lors des testings, et les études ne mentionnent habituellement pas les noms de celles dans lesquelles des inégalités de traitement des candidatures apparaissent. À l'évidence, les entreprises n'aiment pas communiquer sur des résultats qui ne sont pas à leur avantage. Lorsque Louis Schweitzer, alors président de la Halde, avait décidé de faire du « *naming and shaming* », c'est-à-dire donner les noms des mauvais élèves en matière d'égalité des chances à l'embauche, il savait qu'il ne susciterait pas l'enthousiasme.

Le président de la Halde avait en particulier provoqué de très vives réactions en décidant, en 2008, de rendre public le détail de testings réalisés sur quinze entreprises du CAC 40 et cinq gros intermédiaires de l'emploi. Les firmes dans lesquelles une difficulté sérieuse était évidente entreprirent de « casser le thermomètre ».

31. Observatoire des discriminations, 2004. Voir aussi, dans le même sens, Yannick L'Horty, Emmanuel Duguet, Loïc du Parquet, Pascale Petit et Florent Sari, « Les effets du lieu de résidence sur l'accès à l'emploi : un test de discrimination auprès de jeunes qualifiés », *Économie et Statistiques*, n° 447, 2012.

Certes, ces tests révélaient de mauvais résultats pour trois entreprises (MercuriUrval et Crédit Agricole sur l'âge, ACCOR jobs sur le patronyme) et des scores médiocres pour plusieurs autres. Mais, en moyenne, ils étaient moins calamiteux que ce à quoi on aurait pu s'attendre. Sur quatre mille six cent quatre-vingt-onze candidatures envoyées, le taux de réponses positives moyen était de 14 %, mais les candidats n'avaient pas tous les mêmes chances d'être contactés pour la suite du recrutement :

– globalement, les candidats susceptibles d'être discriminés en raison de leur origine (nom et prénom de type africain) avaient 23 % de chances en moins que les candidats de référence d'être convoqués en entretien pour un poste identique ;

– les candidats susceptibles d'être discriminés en raison de leur âge (âgés de 43 à 45 ans) avaient 42 % de probabilités en moins.

Ces écarts sont significatifs et imputables au critère de discrimination examiné. Ils sont comparables à l'écart de 51 % au détriment des candidats susceptibles d'être discriminés en raison de leur origine qu'avait fait apparaître le test réalisé en France à l'initiative du BIT. La discrimination observée sur les métiers de la vente et dans la restauration n'est pas une surprise. La discrimination en raison des patronymes y est particulièrement forte[32].

Bien que les résultats fussent légèrement moins médiocres qu'attendus, aucune entreprise ne voulait reconnaître ne serait-ce qu'un seul cas d'inégalité de traitement. Pour ces firmes, chaque cas où un

32. Voir à cet égard les tests du BIT, d'ISM-CORUM, de l'Observatoire des discriminations et de la Halde.

candidat au patronyme africain ou âgé n'avait pas été retenu s'expliquait parfaitement. Par un très étrange phénomène, ces dernières auraient évité une discrimination par ailleurs si fréquente, si l'on en croit toutes les enquêtes (BIT, Conseil d'analyse stratégique, équipes universitaires). Et cette fois, contrairement aux autres testings, la Halde s'était entourée d'un luxe inhabituel de précautions : traçabilité complète et archivage des envois et réceptions de mails, enregistrements audio des appels reçus sur plusieurs centaines de lignes téléphoniques créées pour l'occasion, vérifications par plusieurs experts indépendants de la méthode, pour s'assurer en particulier que les CV étaient bien comparables entre deux candidats, que les échantillons étaient suffisants et que les traitements statistiques étaient bons, etc. À la différence de ce qui se fait habituellement dans le monde entier, cette fois les moindres détails des milliers de tests qui avaient été effectués furent, comme prévu, communiqués aux entreprises évaluées (offres d'emploi, CV, lettres, copies des mails, captures d'écrans, enregistrements téléphoniques, etc.). Ce processus inédit et contradictoire, qui soumet, dans une absolue transparence, les détails de l'expérimentation, autorisait les entreprises à s'expliquer. À l'issue de ce laborieux processus contradictoire, une liste de cas d'inégalités de traitement a été dressée. Les firmes mises en cause prirent argument de leur diversité : « Certes, dans certains cas nous n'avons pas souhaité recruter votre candidat au nom africain, mais nous en avons pris un autre en dehors de votre test » ou : « Nous sommes très divers et comptons déjà 25 % de candidats au nom africain dans nos recrutements. » Une banque expliqua que la Halde avait testé surtout le recrutement de chargés de clientèle, seuls postes où l'entreprise préférait des personnes peu expérimentées. Le refus des candidats de 43-45 ans n'était alors nullement une discrimination à ses yeux. Pourtant les annonces mentionnaient bien que les candidats devaient être expérimentés. Il aurait fallu ajouter : « Mais pas trop ! » Enfin, deux entreprises prirent argument d'un détail du test qui aurait bouleversé les résultats : les lettres de motivation qui accompagnaient les CV des candidats. Pour éviter que le test ne soit détecté par les firmes, une lettre n'était pas systématiquement jointe au CV (sauf quand elle était obligatoire). On pourrait croire que le fait d'envoyer une lettre ou non change la destinée d'une candidature. Pas pour ce type de test. En effet, les postes auxquels postulent les candidats factices sont le plus souvent peu qualifiés, et les lettres envoyées sont, en tout état de cause, très ordinaires, afin de ne pas fausser l'examen des candidatures. La banalité extrême des lettres n'en fait donc pas un argument pour les candidats factices (c'est même plutôt l'inverse[33]). D'ailleurs, si l'on en croit certains recruteurs, la lettre n'a pas l'effet que l'on veut souvent lui attribuer. À la suite d'une enquête réalisée auprès de mille sept cents consultants en recrutement[34], 69 % d'entre eux déclarent ne pas avoir d'opinion sur la qualité des lettres de motivation qu'ils reçoivent, car il ne s'agirait plus d'un critère déterminant à leurs yeux. La lettre de

33. L'analyse statistique que nous avons menée démontre que l'envoi d'une lettre de candidature ou pas ne saurait expliquer l'écart des taux de succès au détriment des candidats au nom africain ou âgés de 43-45 ans. C'est, à ma connaissance, la première fois qu'une telle analyse sur des milliers de candidatures, avec ou sans lettre, a été menée.

34. Oasys consultants/IGS, « Cabinets de chasse de tête et de recrutement : entre tabous et idées reçues, quelles pratiques et quelles contributions réelles ? », 2007.

motivation est considérée comme « trop souvent standard » et peu informative. Dans une recherche plus récente menée par mon équipe, nous avons constaté que les lettres de grande qualité ou très médiocres peuvent influencer la décision, mais en aucun cas des lettres « moyennes » et peu originales, ce qui est évidemment le cas dans les testings. On le voit, cet argument ne tient pas la route.

Même si les grandes entreprises s'en défendent vigoureusement, elles n'ignorent pas que les seniors ne sont pas une cible de leurs recrutements. Le cabinet de recrutement MercuriUrval a rendu publique une enquête sur l'emploi des seniors visant à montrer « son engagement sur le sujet[35] ». Cette étude portait sur quatre-vingt-quinze entreprises ayant élaboré ou mis en place un plan « senior », conformément à l'obligation légale. Elle confirme que la question du recrutement des seniors est peu traitée par les entreprises. Dans les trois quarts des plans seniors (négociés ou unilatéraux), la question de l'embauche des seniors n'est pas abordée. Et lorsque cette question est évoquée, elle n'a pour le moment pas fait l'objet de mise en œuvre. Seules 6 % des entreprises disent avoir fait quelque chose en ce domaine pour faciliter un meilleur accès des seniors ! Ce chiffre, très modeste, prouve bien qu'au-delà des déclarations d'intention (ne concernant qu'un quart des firmes) il y a peu de réalisations concrètes. Comme le note MercuriUrval : « Ce chiffre souligne bien, malgré les bonnes intentions, la difficulté du passage à l'acte sur ce sujet sensible. » La très grande majorité des grandes

35. Cette entreprise avait fait l'objet d'un testing de la Halde auparavant.

entreprises rencontre des difficultés pour embaucher des seniors ou, pour dire les choses de manière plus claire, ne le souhaite tout simplement pas. On comprend dès lors pourquoi elles refusent de mesurer précisément les discriminations à l'embauche sur ce thème, craignant la mauvaise publicité sur leurs pratiques de recrutement.

Certaines entreprises ont été transparentes en publiant les résultats de testings, alors que ceux-ci n'étaient pas à leur avantage. En reconnaissant que leur processus de recrutement devait encore progresser, elles ont fait montre d'un certain courage. C'est le cas de Védior (Randstad[36]), puis de Casino, sous l'impulsion du même DRH, Yves Desjaques. Plusieurs firmes ont restitué le détail à leurs organisations syndicales, mais peu d'éléments à l'extérieur. D'autres ont publié les chiffres qui leur convenaient, gardant les mauvais résultats pour elles. Mais, le plus souvent, rien ne filtre, alors même qu'elles sont plusieurs dizaines à avoir commandé ces *auto-testings*. Dans quelques cas, la transparence est toute relative. C'est le cas d'Adecco, qui a cherché à atténuer ses mauvaises performances en ce domaine. Un article de *20 Minutes* du 12 mars 2010 évoque l'initiative audacieuse consistant à rendre publics les résultats de ce test mené en 2009. Mais l'entreprise ne fournit aucune information précise et se borne à ceci : « Un déséquilibre global et significatif est toutefois apparu en faveur des candidatures d'origine “hexagonale ancienne” au désavantage des

36. Jean-François Amadieu, « Analyse statistique des personnels en situation de handicap au sein du groupe La Poste et au sein du groupe Védior », *Rapport annuel de l'Agence entreprises et handicap*, 2006.

candidatures évoquant une origine "maghrébine" lors des tests portant sur les postes de cadres, sur les postes en restauration et vente, et sur les postes de CDD-CDI. Sur les critères du sexe et de l'âge, les recruteurs ont eu tendance à reproduire dans leurs recrutements l'image féminine ou masculine des métiers, et à favoriser les candidatures féminines de 45 ans au désavantage de celles de 25 ans. » Il existe donc chez cet intermédiaire de l'emploi des différences de traitement statistiquement significatives dans un bon nombre de cas et des écarts moins importants pour d'autres emplois.

On a du mal à imaginer que des résultats attestant d'une parfaite égalité de traitement n'auraient pas fait l'objet d'un large affichage. Encore ces tests négligeaient-ils un aspect crucial du recrutement : la prime aux physiques avenants.

Quand look et mascara font la différence !

À quelques exceptions près, les entreprises comme les chercheurs accordent peu d'importance au fait que les recrutements se font sur la bonne tête des candidats. Pourtant, nous l'avons vu, les Français sont particulièrement conscients de l'influence de l'apparence. Et les testings prouvent qu'ils ont raison.

Une étude internationale récente, réalisée en Israël, a montré que, pour un homme au visage séduisant, les chances d'être contacté après avoir envoyé sa candidature sont multipliées par deux par rapport à un homme au visage ordinaire ou de près de 50 % par rapport à un homme qui ne joint pas de photo à son

CV[37]. Pour les femmes, en revanche, les belles seraient discriminées par rapport à celles qui ne mettent pas de photo (25 % de chances en moins de recevoir une réponse positive) et très légèrement par rapport aux femmes au visage ordinaire. Le recrutement est en effet essentiellement assuré par des femmes qui concevraient une forme de jalousie envers ces candidates attirantes. D'autant plus, expliquent les chercheurs, que les femmes chargées de recruter seront en contact avec les candidates (en particulier pour des emplois dans de petites entreprises[38]).

En France, en moyenne, mieux vaut tout de même avoir un visage attrayant, y compris lorsque l'on est une femme. Nous avons comparé, avec mes équipes, le taux de réponses positives obtenu par des CV assortis d'une photo de femme tantôt séduisante, tantôt plus ordinaire. Le succès de la belle candidate était significativement plus élevé, y compris, ce qui est plus surprenant, pour un poste de comptable[39].

Plus récemment, nous avons pu confirmer l'effet très favorable de la minceur chez les femmes par rapport à une situation de surpoids pour des postes d'accueil. De même, un homme en surcharge pondérale ou au visage disgracieux reçoit beaucoup moins de réponses après l'envoi de son CV qu'un autre dont

37. Bradley J. Ruffle et Ze'ev Shtudiner, « Are good-looking people more employable ? », *Working Papers 1006*, université Ben-Gourion du Negev, Département d'économie, 2010.

38. La culture israélienne est particulièrement « masculine », selon Geert Hofstede, ce qui pourrait expliquer que l'on ne trouve pas les mêmes résultats en France.

39. Hélène Garner-Moyer, *L'Impact de l'apparence physique en gestion des ressources humaines*, thèse de doctorat sous la direction du professeur Jean-François Amadieu, université Paris 1 Panthéon-Sorbonne, 2007.

la photo signale un physique standard. Quelle serait sa perte de chances par rapport à un homme au visage plaisant et au corps parfait ? Le test n'a pas été réalisé, mais il montrerait sans doute un écart très important pour tout type d'emploi et effarant pour des postes en contact avec la clientèle.

Une étude nord-américaine a mis les pieds dans le plat en montrant que le maquillage influence considérablement le jugement que l'on porte sur les compétences et la personnalité des femmes. Nancy Etcoff, l'universitaire à l'origine de l'enquête, a mis en place un protocole expérimental pour tester notre réaction à des visages de femmes plus ou moins maquillées. On demandait aux enquêtés si la personne avait l'air compétente, sympathique, attirante ou digne de confiance. La chercheuse a constaté qu'une femme avait bigrement intérêt à se maquiller pour se rendre à un entretien d'embauche : elle aura l'air plus compétente et plus sympathique ! L'idéal est qu'elle soit maquillée de manière « professionnelle » (le troisième visage ci-contre). C'est préférable à tous les points de vue par rapport à un maquillage de type « naturel » (deuxième visage). Un maquillage « glamour » (quatrième visage) rend plus attractive, mais n'inspire pas confiance. Enfin, se présenter sans maquillage est catastrophique, précision utile pour les femmes, peu nombreuses, qui croiraient, naïvement, que le mascara et le rouge à lèvres ne sont pas des critères de recrutement (disons un élément de ce que l'on nomme la « bonne présentation »).

Sans maquillage/naturel/professionnel/glamour

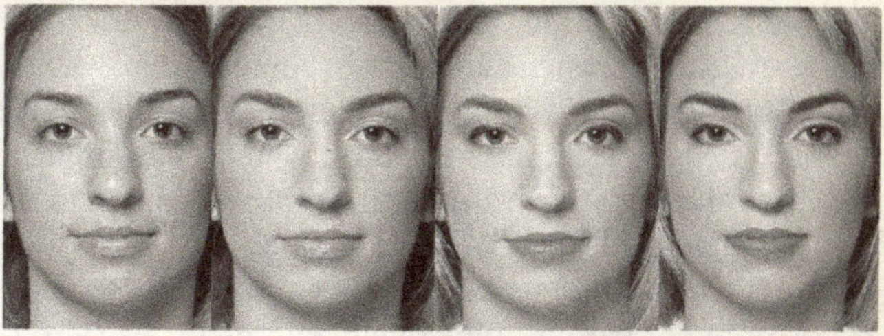

(Source : Nancy Etcoff *et al.*,
« Cosmetics as a feature of the extended human phenotype :
modulation of the perception of biologically important facial signals »,
Plos One, nº 6 (10), 2011.)

En dépit de ces résultats, seuls 3 % des recruteurs admettent regarder la photo en premier lorsqu'on leur soumet un CV[40]. Rares sont aussi ceux qui avouent être influencés par le visage du candidat. Il est pourtant impossible que l'œil ne se porte pas spontanément sur la photo du candidat et tout aussi impossible qu'une première impression ne se forme pas, inconsciemment, lors de ces fractions de seconde.

Le look – la façon de se vêtir et de s'apprêter – est de loin le premier facteur de choix des employeurs. C'est vrai en Europe, et plus encore en France. Si pour les femmes, nous l'avons vu, le maquillage doit être savamment dosé, pour les hommes, mettre une cravate relève souvent d'une norme sociale incontournable et présente dans tous les cas un avantage pour le candidat. Piercings

40. Voir l'enquête menée par le Groupe Robert Half en 2011 auprès de deux mille cent quatre-vingt-sept répondants (ressources humaines, financiers ou dirigeants), notamment en charge du recrutement au sein de leurs entreprises dans neuf pays (Allemagne, Autriche, Belgique, France, Italie, Luxembourg, Pays-Bas, République tchèque, Suisse).

et tatouages sont très souvent rédhibitoires. Mieux, on s'aperçoit que le « déguisement » du candidat modifie tellement la perception des recruteurs que des personnes métisses, qui pourraient sembler de couleur noire, paraîtront plus blanches… si elles mettent un costume et une cravate. C'est le résultat saisissant d'une étude menée aux États-Unis, où l'on mesurait comment réagissaient des évaluateurs à qui il était demandé de dire si des visages étaient plutôt « blancs » ou « noirs ». Clairement, le costume fait paraître plus blanc, en raison des stéréotypes associés au fait d'avoir un statut social plus élevé.

Le visage du centre semble plus blanc aux yeux des répondants avec un costume-cravate

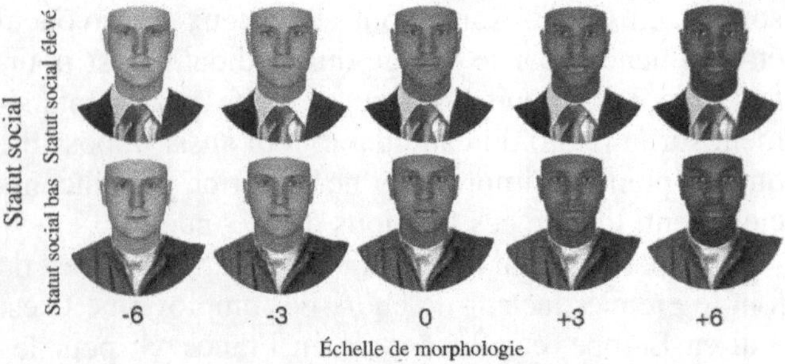

(Source : Jonathan B. Freeman *et al.*, « Looking the part : social status cues shape race perception », *Plos One*, n° 6 (9), 2011.)

L'apparence physique exerce donc une influence parfois surprenante et toujours considérable. Non seulement à travers nos préjugés visuels sur les CV avec photo, mais de façon encore plus évidente lors de l'entretien.

L'entretien de recrutement : une injuste loterie

Lors d'un entretien, la communication non verbale joue un rôle absolument crucial, dont nous avons tendance à négliger l'ampleur. Le jugement de l'évaluateur sera fondamentalement altéré par sa perception sensorielle du candidat. Disséquons ces entretiens-couperets, qui sont, dans la grande majorité des cas, la seule épreuve de sélection.

Dès le pas de la porte franchi, la silhouette du candidat laisse une impression qui se dissipera peu par la suite. Comme le dit l'adage : la première impression est toujours la bonne. Dommage pour les femmes à forte corpulence, les hommes chétifs et tous ceux qui ont un look vieillot ou mal ajusté !

Vient ensuite le moment décisif de la poignée de main. Si la poigne est molle ou, pire, si la main est moite, c'en est fini des chances de décrocher l'emploi. Pour des postes de dirigeants ou de commerciaux, c'est rédhibitoire, si l'on en croit les recruteurs, car elle suggère le stress et son contact est peu agréable.

Attention également à la démarche : certains recruteurs rusés m'ont raconté qu'ils demandent aux candidats de les suivre dans des escaliers et couloirs, en observant s'ils suivent promptement ou de manière lente et nonchalante.

Puis la voix (accent, façon de parler) servira ou non le candidat. Et il ne s'agit pas seulement de la qualité de l'expression orale, mais aussi, par exemple, de cet accent régional qui fait tellement provincial dans le cabinet d'audit parisien. Dans le même temps, le recruteur a formé un jugement esthétique sur le visage et la silhouette du candidat. Souvent, il n'écoute pas vraiment celui qui est assis en face de lui, et ce qu'il entend est interprété à l'aune de son *feeling* sur le candidat. Les effets de l'apparence faussent considérablement les jugements lors des entretiens, ce dont peu de recruteurs ont pleinement conscience. Par exemple, des visages donnent l'impression que la personne est intelligente, émotionnellement stable ou qu'elle a le sens des responsabilités. C'est seulement une impression, mais elle est tenace et répandue.

Les expériences psychologiques[41] montrent que l'on prête toutes les qualités à certaines personnes sur leur seule bonne tête : ils sont créatifs, honnêtes, sociables, excitants, travailleurs, accessibles, heureux, etc. Les plus beaux sont-ils vraiment si parfaits ? Certains visages donnent l'air d'un capitaine de bateau dans la tempête et d'autres d'une personne sympathique et intelligente mais moins combative. Ainsi le visage de gauche paraît celui d'un leader dominant.

Image de gauche A : masculin, dominant, leader solide
Image de droite B : attirant, sympathique, indulgent, intelligent

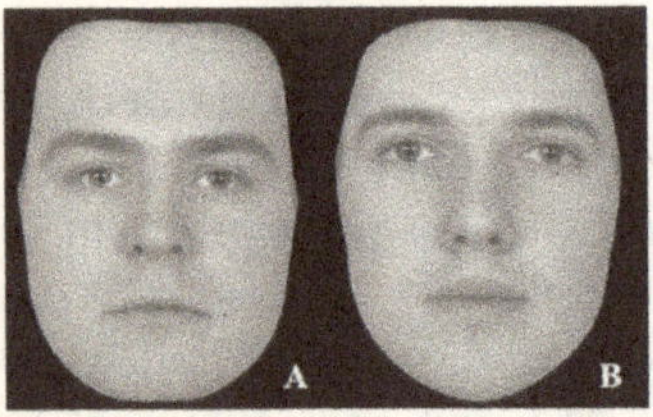

(Source : Little AC, Burriss RP, Jones BC & Roberts SC (2007), « Facial appearance affects voting decisions », *Evolution and Human Behaviour, 28, 18-27.*)

41. Voir par exemple : Cristoph Braun *et al.*, « Beautycheck, Ursachen und Folgen von Attraktivität », Report, 2001.

J'ai mis en ligne et utilisé dans des entreprises des tests de mesure des stéréotypes associés aux visages (à partir d'une méthode créée par des chercheurs de Harvard). Plusieurs milliers de ces tests ont été passés (notamment sur le site *Observatoiredesdiscriminations.fr*) : les compétences et la personnalité d'un homme au visage un peu gros sont très nettement dévaluées par rapport à celles de l'homme au visage plus mince. Dans ces tests, conçus pour que l'on ne puisse répondre de manière « politiquement correcte », nos préjugés apparaissent au grand jour.

On l'a compris, soit la magie et la séduction opèrent déjà, soit c'est l'indifférence ou la répulsion. Et les recruteurs auront à cœur de confirmer leurs pressentiments à travers leurs questions, comme pour se prouver qu'ils avaient vu juste dès le premier regard.

Des recruteurs bien curieux !

Aux jugements à l'emporte-pièce lors du premier contact s'ajoutent les opinions se forgeant à partir de questions souvent déplacées, voire illégales. Il est ainsi presque entré dans les mœurs de questionner les candidates sur leur situation matrimoniale et leurs enfants (actuels ou à venir) ou encore sur le travail de leur conjoint. Je me souviens de ce recruteur de cadres d'hypermarchés qui m'expliquait benoîtement : « Si le mari gagne bien sa vie, sa femme cadre avec enfants sera-t-elle présente sur son lieu de travail à des heures tardives ? [...] Du coup je pose la question et ne recrute pas une femme dont le mari gagne bien sa vie. » Il ajoutait que les femmes en convenaient volontiers ! Dans une autre grande entreprise de transport, un recruteur m'expliquait sa petite technique : il demandait au candidat qui était le secrétaire général de la CFDT. Si un candidat donnait la bonne réponse sans hésiter… il était suspect d'intérêt pour le syndicalisme. Autre exemple, les recruteurs s'enquièrent du personnage célèbre préféré du candidat : « Êtes-vous plutôt de Gaulle, Zidane ou Che Guevara ? » On devine le but d'une telle question ! Le fonctionnaire à qui on demande s'il déménagera pour se rapprocher de son travail répondra « oui » avec détermination, sauf à ne jamais décrocher le poste. L'imagination des recruteurs est ici sans limites, chacun y allant de sa trouvaille personnelle, censée permettre de mieux cerner le candidat, sa personnalité et ses motivations.

Les patrons et les recruteurs sont souvent certains d'être très habiles dans l'art de recruter et sont convaincus de découvrir plein de choses sur vous lors des entretiens d'embauche. Dans une série d'interviews filmées passionnantes, réalisées par David Abiker et mises en ligne sur le site de *Cadremploi* depuis 2009, on peut se faire une idée assez édifiante de ce que les dirigeants croient détecter dans les entretiens. Alain Minc nous explique être ainsi absolument persuadé de cerner très vite ses interlocuteurs : « L'intelligence, il ne faut pas une heure ; l'intelligence, ça se jauge en une minute, même en moins d'une minute, c'est pas là-dessus qu'on se trompe[42]. » Pour les candidats, point de salut : le QI s'étale dans votre regard. Mais il n'est pas le seul, loin s'en faut, à penser pouvoir déceler des talents cachés et une personnalité grâce à son œil affûté.

L'entretien de recrutement est utilisé dans la quasi-totalité des recrutements des entreprises du secteur

42. Interview en ligne en 2012 sur le site *Cadremploi.fr*.

privé. Il s'agit pourtant d'une technique de sélection très subjective. Comme nombre de recruteurs l'expliquent, lors de l'entretien doit se produire un «*fit*», une rencontre, comme une « séduction réciproque ». Ils se fient à leur *feeling*, persuadés qu'ils sont d'avoir un don pour détecter le candidat idéal. Dans ces conditions, on comprend que l'entretien soit discriminant et qu'il ne permette pas forcément de repérer les plus compétents pour le job. C'est le préjugé et l'entre-soi érigés en méthode de recrutement, puisqu'on recrute celui qui nous plaît et donc, naturellement, celui qui nous ressemble. Qui pense sérieusement pouvoir déceler dans les yeux des candidats ou son « *body language* » sa productivité future ?

J'ai analysé, pour une grande entreprise de services, plus de sept mille trois cents comptes rendus d'entretiens menés par neuf cabinets de recrutement. Dans 18 % des cas, il est fait mention de l'âge et dans 16 % des informations sur la vie privée du candidat sont demandées (enfants, mariage, problèmes personnels, profession des parents, origine sociale ou nationale, etc.). La plupart du temps cela dessert le candidat : « À 33 ans, la candidate a un parcours atypique. Née en France, elle effectue ses études au Mali. Elle revient en France [...]. Après un an passé chez X, elle retourne au Mali, suite à la naissance de son premier enfant [...]. Sa deuxième grossesse est difficile [...]. À noter que cette candidate vient de perdre son frère et qu'elle est particulièrement affectée. On relève par conséquent une importante tristesse de fond qui semble entraver le fonctionnement global. » Un autre candidat « a un complexe non assumé dû à son origine sociale ». Plus grave encore, les recruteurs se livrent régulièrement à des diagnostics « approfondis » de la personnalité des candidats au cours de ces entretiens, alors qu'ils n'utilisent le plus souvent aucun test de personnalité.

Les entretiens conduisent, aux États-Unis, à écarter les membres des minorités noires et hispaniques. Malheureusement, ce phénomène se produit aussi avec plusieurs autres procédures de recrutement. C'est en particulier le cas des tests de personnalité et des *assessment centers*, pourtant présentés comme des techniques fantastiques.

Les tests de personnalité servent-ils à quelque chose ?

J'assistais il y a quelques années, avec un DRH, à une soutenance de mémoire d'un cadre en formation qui portait sur le recrutement de commerciaux à l'intérieur de son entreprise. On avait fait passer un test de personnalité à des employés de bureau de l'entreprise pour savoir si certains d'entre eux pouvaient devenir commerciaux. Mais les supérieurs hiérarchiques de quelques employés recalés au test avaient pistonné leurs poulains et obtenu qu'ils deviennent malgré tout commerciaux. Or, au bout d'une année, ces salariés ajournés/recrutés avaient atteint leurs objectifs de commerciaux comme les autres recrutés, pourtant meilleurs au test. Faut-il en conclure que les tests de personnalité ne permettent pas de prédire ce que sera la performance de quelqu'un ? Bien qu'ils soient très utilisés en France – pour les cadres, en particulier –, leur validité est discutable. Il est évident que l'on n'embarque pas des marins dans un submersible sans s'assurer qu'ils supportent ce mode de vie, mais l'utilisation plus large des tests de personnalité est-elle toujours nécessaire ?

Les résultats de ces tests tombent parfois comme un couperet, scellant définitivement le sort d'un candidat. On ne se demande toutefois guère s'ils sont utiles au recrutement, et pas davantage s'ils sont injustes et discriminants. Les entreprises accordent une confiance aveugle aux fournisseurs de tests et aux cabinets de recrutement qui en utilisent. Elles seraient d'ailleurs bien en peine de dire pourquoi elles utilisent un test disponible sur le marché plutôt qu'un autre. Est-il bien utile d'évaluer la « personnalité » des cadres ? Pense-t-on sérieusement que, dans les secteurs où la pénurie d'ingénieurs est notoire, les entreprises qui rivalisent d'astuces et de carottes pour attirer les candidats s'y fient ? Croit-on sans rire que le sort des X-mines et des jeunes diplômés d'HEC soit suspendu à ces tests et qu'ils risquent de se retrouver sur le carreau ?

Personne ne sait en France si les tests sont biaisés au détriment de certaines origines nationales ou en faveur de certaines catégories de population. Les résultats des enquêtes menées aux États-Unis devraient inciter à une certaine prudence de ce côté de l'Atlantique : on s'est aperçu que ces tests pouvaient conduire à écarter systématiquement des types de candidats pourtant compétents. Par exemple, les femmes échouent fréquemment à certains questionnaires, tandis que les personnes de plus de 45 ans ou encore les personnes d'origine africaine ont des difficultés à répondre à d'autres types de questions. J'ai examiné les résultats d'examens de ce type dans une grande entreprise industrielle française. En comparant les performances aux épreuves psychotechniques destinées aux ouvriers et aux techniciens, j'ai constaté que les candidats les plus âgés étaient désavantagés, tout comme les personnes d'origine africaine ou turque. Dès lors que certaines questions conduisent à écarter systématiquement certains candidats, sans pour autant que cela soit le signe d'une différence de compétence, est-il pertinent d'y avoir recours ? Ne devrait-on pas s'en débarrasser, comme c'est déjà le cas dans d'autres pays ?

Au minimum, il faudrait commencer par jeter un œil sur les tests utilisés, car de curieuses questions sautent aux yeux. Voici, par exemple, ce que l'on trouve dans un test de personnalité d'un grand cabinet de recrutement parisien travaillant pour les plus grandes firmes : « Je ne me fais aucun souci pour ma santé », « Il est arrivé dans le passé que ma famille me reproche mes fréquentations », « Le mariage est une institution dépassée », « Au cours de mon adolescence j'ai été renvoyé d'un établissement scolaire ».

Une grande firme d'électricité recrute ses agents de maîtrise à l'aide de deux tests. Dans le premier, dit de « culture générale », on assiste à un florilège de questions saugrenues franchement pas indispensables pour l'emploi : « Le titre du dernier film d'Harry Potter ? » ou : « La conchyliculture est l'élevage de ? » On sait aussi que les origines culturelles de chacun faussent largement l'équité de ce genre de test. Dans le deuxième, dit « psychotechnique[43] », on demande par exemple au futur agent de maîtrise s'il est d'accord avec la proposition : « Vous avez un mode de vie qui vous plaît en dehors du travail. » Pour passer avec succès ce test, mieux vaut être content de son sort – syndicaliste contestataire s'abstenir : « Vous êtes suffisamment payé pour vivre correctement », « Vous

43. Il s'agit en fait du *Questionnaire de valeurs professionnelles* de Donald E. Super, vendu notamment par l'organisation de référence française : ECPA.

avez de bonnes conditions de travail », « Vous appréciez les conditions dans lesquelles est fait votre travail », « Vous avez un patron attentif et coopératif », « Un patron juste et équitable », « Un patron qui agit loyalement envers vous », ou encore : « Vous envisagez avec plaisir des changements ». Défense de trouver son travail stressant et son chef trop collant ! On est aux antipodes de la prise en compte des notions de harcèlement, de risque psychosocial ou de pénibilité.

S'il ne faut pas nécessairement en conclure que les tests doivent être rejetés, il convient toutefois de procéder à leur réexamen. Nous devrions systématiquement nous demander si ce qu'ils mesurent est toujours indispensable pour occuper l'emploi proposé. Or, aux États-Unis comme en France, ce marché n'est pas régulé. Il n'existe pas de procédure de certification. Les marchands de tests se bornent à évoquer un étalonnage, tout en s'abritant derrière l'ancienneté et la large diffusion de leurs épreuves pour attester de leur validité. On chercherait en vain des résultats émanant des fabricants de tests concernant les performances selon les caractéristiques des individus. Il n'est pourtant pas sans conséquence pour une firme d'utiliser un test auquel les femmes échoueront toujours (c'est le cas avec les épreuves psychomotrices, par exemple), des tests cognitifs qui pénalisent automatiquement les seniors ou bien des tests psychotechniques ou de personnalité qui condamnent les personnes originaires d'Afrique.

Les *assessment centers* – évaluation de candidats à partir de différents types de tests (jeux de rôle, tests de personnalité, exercices…) –, souvent présentés comme le *must* du recrutement, sont en réalité biaisés du point de vue culturel et du genre[44]. Les femmes s'en sortent un peu mieux que les hommes. En revanche, pour les Noirs, les écarts sont très importants en leur défaveur, et pour les Hispaniques, le désavantage est plus léger, mais néanmoins significatif. Si l'on suivait les conclusions des *assessment centers*, le taux d'embauche des Noirs serait trois fois inférieur à celui des Blancs. Ce n'est évidemment pas acceptable. D'autant que c'est à peine mieux que les résultats de simples tests cognitifs[45], alors que ces centres coûtent dix fois plus cher !

Non seulement les entreprises ont recours à des tests exerçant une discrimination insidieuse, mais elles cherchent également très souvent à trier les candidatures à partir de critères prohibés.

44. Michelle A. Dean, Philip L. Roth et Philip Bobko, « Ethnic and gender subgroup differences in assessment center ratings : a meta-analysis », *Journal of Applied Psychology*, n° 93, 2008, p. 685-691.

45. Philip L. Roth *et al.*, « Ethnic group differences in cognitive ability in employment and educational settings : a meta-analysis », *Personnel Psychology*, n° 54, 2001, p. 297-330.

2

Des recruteurs bien curieux

Les questions indiscrètes des entreprises

En France, obtenir des candidats des informations qui sont sans liens avec les exigences des postes à pourvoir est interdit et risque, consciemment ou non, de déclencher des décisions discriminatoires. Le code du travail précise que « les informations demandées, sous quelque forme que ce soit, au candidat à un emploi ne peuvent avoir comme finalité que d'apprécier sa capacité à occuper l'emploi proposé ou ses aptitudes professionnelles. Ces informations doivent présenter un lien direct et nécessaire avec l'emploi proposé ou avec l'évaluation des aptitudes professionnelles. » (Article L. 1221-6.)

En dépit de la clarté du droit, les recruteurs manifestent une grande curiosité à l'égard des candidats, y compris sur des aspects bien éloignés des aptitudes professionnelles. Ils cherchent souvent à satisfaire leur indiscrétion dès la parution de leurs petites annonces ; c'est le cas lorsqu'ils demandent aux candidats d'envoyer leur photo. Ils ne travaillent pourtant pas tous pour des sociétés de casting ou des clubs de strip-tease !

À titre d'exemple, citons les questionnaires pour les postes d'accueil à remplir en ligne sur les sites d'agences spécialisées. Ces sociétés s'enquièrent de longue date – et en toute impunité – de la taille ou des mensurations des candidats (surtout des candidates, en fait). Ces informations ne paraissent pourtant pas nécessaires pour occuper les postes de travail en question. Surtout, elles subordonnent l'obtention des emplois proposés à un critère discriminatoire : l'apparence physique.

Sur le site web de Tendance Hôtesses, les candidats sont invités à communiquer en pièce jointe carte d'identité, numéro de Sécurité sociale et RIB, alors qu'il est totalement interdit, selon la CNIL, de demander ces trois documents avant l'embauche. Les candidats doivent ensuite obligatoirement mentionner leur taille (au moins 1,50 m), les tailles de veste, de pantalon, de jupe ainsi que leur pointure. Des photos (en pied et portrait) sont évidemment requises. Obligatoire aussi la nationalité, les candidats pouvant même se découvrir une nationalité réunionnaise, martiniquaise ou guadeloupéenne ! Le plus grave, c'est que cette agence a une liste impressionnante de grandes entreprises françaises, mais aussi de collectivités locales comme clients.

La curiosité des recruteurs ne s'arrête pas là dans les « agences d'hôtesses ». Les candidats sont aussi interrogés sur leur âge. Ce qui est habituel, hélas, mais la particularité ici c'est que l'on ne peut aller au-delà de 40 ans dans le menu déroulant (au moins les candidats plus âgés sont-ils rapidement mis au parfum). Par exemple, une candidate qui serait née avant 1970 se trouve exclue de la procédure de candidature, sans même avoir communiqué avec l'employeur. Cette pratique est pourtant pénalement répréhensible. Ces sites avec formulaires à renseigner semblent être construits comme de véritables filtres à candidats indésirables. Dans la même veine, des menus déroulants permettent au candidat d'indiquer sa taille… en lui interdisant de mesurer moins d'1,50 m ou même 1,60 m. Pas question donc d'être trop petites pour ces jeunes filles.

Si certaines agences souhaitent connaître les détails de la morphologie de leurs candidats, ce pourrait être en raison des uniformes qu'elles sont susceptibles de mettre à la disposition de leurs employés. Cependant, dans la majorité des cas, lorsque l'on s'enquiert de la taille de confection, celle-ci fait allusion quasi exclusivement à des vêtements féminins. De toute façon, quelle qu'en soit la raison, demander la taille et le poids des candidats est illégal.

Dans ce secteur, il n'est pas rare de recruter exclusivement des femmes. Les noms d'entreprises, comme la communication et les photos, ne font souvent référence qu'à des hôtesses, non à des hôtes. On voit mal des hommes pouvoir candidater en répondant à des questions sur les mensurations et les tailles de jupes (font-ils du « 90/60/90 » ?).

Voici comment se présente le formulaire d'embauche de l'agence Dorian qui a notamment travaillé pour l'opération Vélib à Paris : « Depuis plus de vingt ans, le sourire et le professionnalisme de nos hôtesses sont notre garantie. Bilingues ou trilingues, elles gèrent parfaitement toutes les exigences de leur métier. Elles sauront mettre en valeur et personnifier avec élégance votre entreprise. » Sur ce site, comme sur les autres sites d'hôtesses, on ne trouve jamais de photos d'hôtes pour illustrer les activités de l'entreprise. Les « hôtesses » qui candidatent doivent fournir toute une série d'informations. Dans un premier temps, plusieurs questions fort indiscrètes et tout à fait prohibées sont posées dans la rubrique « état civil et coordonnées » : le numéro de Sécurité sociale, la situation de famille (marié, pacsé, concubinage, union libre, célibataire, veuf(ve)), le nombre d'enfants. L'étape suivante porte sur les « détails personnels » (comme si les précédents n'étaient pas personnels !) : la couleur des cheveux et des yeux, l'endroit précis où se trouve un éventuel piercing ou tatouage (fesses, poitrine, ventre ou bas du dos sont des options possibles), le type de coiffure, la taille en centimètres, le poids, le tour de poitrine, le bonnet de poitrine, la taille de hanche, de veste, de jupe, de pantalon, de robe, et enfin la pointure de chaussures. On demande aussi au passage si la personne est fumeuse. La candidate peut ensuite sélectionner le type de poste qu'elle recherche, et la lecture de la liste montre que cette entreprise est loin de ne recruter que pour des discothèques ou des salons de l'érotisme (« accompagnement, distribution, traduction, animation commerciale, hôtessariat, discothèque, service et restauration »).

Rappelons-le, il est illégal de poser ces questions, tout comme d'exiger qu'un poste de standardiste d'accueil soit réservé à une femme de moins de 35 ans mesurant plus d'1,70 m. Le travail d'accueil et de standardiste n'est pas assimilable à du mannequinat. Les agences spécialisées posent les mêmes questions à toutes les candidates, sans faire la différence entre celles qui seront mannequins et défileront au salon de la lingerie (ce qui explique l'accent mis sur l'apparence physique) et celles qui seront à l'accueil d'un siège d'entreprise.

Exemple de site d'agence d'hôtesses

L'agence	Nos activités	Vos hôtesses	Recrutement	Demande de devis	Nos uniformes

RECRUTEMENT

Nous recrutons toute l'année et dans toute la France :

- Des hôtesses d'accueil standardistes pour le département Accueil en entreprise
- Des hôtes et hôtesses d'accueil pour des salons, congrès, assemblée générale, séminaires, événements sportifs, cocktails…

• Vous êtes âgée de 18 à 35 ans
• Vous mesurez au minimum 1,70 m pour les hôtesses et au minimum 1,80 m pour les hôtes.

• Vous parlez une ou plusieurs langues étrangères
• Vous avez une excellente présentation
• Vous êtes dynamique et sérieuse
• Vous êtes totalement disponible

Nous vous invitons à remplir le formulaire de candidature ci-dessous et nous vous contacterons rapidement après étude de votre candidature.

Veuillez joindre une photo en portrait et/ou en pied.
(Nous n'acceptons pas les photos d'identité.)
Nous ne traitons aucune candidature sans photos.

Immanquablement, de jolies jeunes filles filiformes illustrent l'activité, montrent les uniformes et rappellent aux candidats qui n'auraient pas compris quel est le profil recherché.

Cette agence n'est pas un cas isolé : les sites d'hôtes et hôtesses affichent la couleur sans crainte. On aimerait savoir pourquoi les grandes entreprises, qui se piquent de diversité, ne demandent pas à ces prestataires, avec lesquels elles travaillent régulièrement, de se mettre en conformité avec la loi et d'être plus sensibles à la diversité en acceptant des seniors, des femmes un peu rondes et des personnes de petite taille.

Jusqu'à la décision de la Cour de cassation [1] condamnant Garnier et Adecco, on pouvait penser,

1. Arrêt du 23 juin 2009, n° 0785109. *Bulletin des arrêts*, Chambre criminelle, juin 2009.

après tout, qu'il n'était pas prouvé qu'en demandant ses mensurations, son âge ou son sexe à un candidat, on le discriminait pour autant. On peut disposer d'informations sans les utiliser pour écarter certains candidats. Mais il faut évidemment être assez naïf pour imaginer que l'on s'enquiert de l'apparence physique (via la photo, les mensurations et la taille), de l'âge, de la nationalité – et j'en passe – pour finalement ne pas s'en servir ! Inutiles, car il ne s'agit pas d'aptitudes, ces renseignements ne doivent tout simplement pas être fournis. En vérité, l'objectif est de trier les candidatures, parfois de façon automatique, comme SOS Racisme l'a souvent souligné et démontré.

Dans l'affaire Garnier-Adecco justement, la directrice générale adjointe d'une société chargée par Garnier d'organiser des opérations Fructis Style (un produit coiffant) a fait adresser le 12 juillet 2000 à Adecco un courriel en vue de recruter pour des animations dans des hypermarchés. Les candidats devaient correspondre au « profil Fructis – jeune femme de 18 à 22 ans, taille maxi 40, BBR ». La mention « BBR », qui signifie « bleu, blanc, rouge », était fréquemment utilisée dans les entreprises de travail temporaire pour spécifier que la personne à recruter ne devait pas être typée (d'Afrique, par exemple). Le juge a constaté que le produit à promouvoir ne supposait pas de ne montrer que des personnes européennes ou de peau blanche. Mais, dans cette affaire, il n'y avait pas de preuves formelles que certaines personnes avaient effectivement été discriminées lors du recrutement, les candidats recalés ne pouvant pas être retrouvés. Peu importe, a estimé la Cour de cassation, car il est établi, sans ambiguïté, que l'intention était bien de sélectionner les candidats de manière discriminatoire. Le délit de refus d'embauche n'est pas établi, mais le délit d'offre d'emploi discriminatoire, au sens de l'article 225-2 5° du code pénal, l'est en revanche. Dans cette affaire, plusieurs critères discriminatoires figuraient dans l'offre (les souhaits exprimés par Garnier) : une femme jeune, mince et « BBR ». La Cour de cassation ne s'est prononcée que sur la discrimination en raison de l'origine (« BBR »), mais ses conclusions auraient été similaires s'agissant de l'âge ou de la taille des présentatrices. Pourquoi la promotion de ce produit coiffant supposait-elle de ne pas avoir plus de 22 ans et d'être svelte ?

Il est certain que les informations demandées servent bel et bien à discriminer des candidats, sinon elles ne seraient pas collectées. C'était évident dans l'affaire précédente, et c'est le cas pour certaines agences qui, encore aujourd'hui, recrutent des présentatrices pour de grandes entreprises. Les firmes industrielles n'ont pas pour habitude de demander aux ouvriers qui candidatent quelle est leur taille de pantalon et les hypermarchés ne demandent pas – en général – aux caissières leur taille de jupe. Il est clair que l'apparence physique est un critère majeur de recrutement pour les entreprises proposant des prestations d'accueil ; c'est pour cela qu'elles demandent aussi ouvertement les mensurations. S'imagine-t-on que les informations demandées sur les candidats viseraient à favoriser les femmes obèses, recruter en masse des seniors et des candidats immigrés africains ? Serait-ce le cas, il s'agirait tout de même d'une discrimination. Bien entendu, personne n'ignore qui sont les véritables gagnants et les grands perdants de cette sélection.

Madame ou mademoiselle ?

Au printemps 2009, dans une étude[2] portant sur toutes les firmes du CAC 40, j'avais remarqué que celles-ci se montraient bien curieuses, posant des questions parfois déplacées aux candidats. D'abord, « Madame ou mademoiselle ? » était « incontournable » pour la moitié des entreprises. L'obligation faite depuis le 21 février 2012 de supprimer cette distinction entre madame et mademoiselle dans les formulaires administratifs a provoqué une évolution partielle des questionnaires de recrutement, puisque désormais sept entreprises sur quarante font encore la distinction et seules quatre rendent cette question obligatoire. En réalité, c'est évidemment une façon détournée de demander à une femme si elle est mariée ou pas. Les testings ont montré que, si les hommes mariés avec enfants sont appréciés, les femmes dans la même situation ou souhaitant des enfants suscitent la méfiance. Elles risqueraient, pensent les recruteurs, d'être moins mobiles et disponibles. D'ailleurs, un homme est dispensé d'une telle inquisition, c'est « Monsieur » dans tous les cas. On ne pose pas cette question pour les besoins de la correspondance à adresser aux candidates ou dans la perspective des contacts éventuels (coup de téléphone, entretien) : 79 % des entreprises se dispensent d'interroger les femmes sur ce point sans que cela nuise à leurs échanges.

2. Jean-François Amadieu, « CV anonymes et questions des entreprises aux candidats : où en est-on ? », *Observatoiredesdiscriminations.fr*, 2009 ; Jean-François Amadieu, « CV anonymes et questions des entreprises aux candidats : où en est-on trois ans après ? », *Observatoiredesdiscriminations.fr*, 2012.

En entretien, les femmes sont aussi fréquemment interrogées sur leur situation matrimoniale, leur conjoint ou même leur désir d'avoir des enfants. On a bien du mal à voir en quoi ces questions seraient si importantes. Les grandes firmes ont fait des progrès, mais dans les entreprises plus petites les questions sur la situation matrimoniale et les enfants sont monnaie courante.

Nationalité, âge et autres indiscrétions

Les recruteurs éprouvent aussi le besoin de connaître la nationalité des candidats. Certes, on observe un léger progrès avec huit entreprises du CAC 40 sollicitant cette information en 2012 contre quatorze en 2009. Sans doute est-ce parce que la nationalité étrangère est un atout pour travailler dans certains pays où l'entreprise est implantée, pourrait-on se dire. Toutefois, la question est posée à des candidats qui postulent en réponse à des emplois situés en France. La CNIL précise que la vérification de la nationalité, ou du titre de séjour, doit être faite par l'employeur lors de l'embauche, et non lors de la sélection des candidats. Pourtant, deux entreprises interrogent sur le titre de séjour. Dans plusieurs entreprises, la notion de nationalité est du reste assez étrange, puisque les candidats peuvent choisir comme nationalité la « Guadeloupe », la « Martinique » ou la « Réunion » ! En 2008, j'avais même fait modifier au plus vite le site de recrutement d'une entreprise du CAC 40 dans lequel le menu déroulant proposait aux candidats une nationalité assez surprenante : « Arabe » !

Les questions posées aux candidats sur les sites de recrutement du CAC 40 portent évidemment aussi sur l'âge. Dans 20 % des firmes, il est demandé l'âge des candidats, et cette information est obligatoire chez Renault et Vallourec. Pour mémoire, cette proportion atteignait 43 % en 2009. Quand on sait que les candidats seniors ont beaucoup moins de chances de succès, on comprend que cette question n'a rien d'anecdotique. Malheureusement, l'âge est de toute façon systématiquement visible sur les CV.

Le candidat est, en outre, souvent sommé de répondre aux questions suivantes :

– « permis de conduire » chez Vinci et le « moyen de transport » chez Carrefour ;

– « travaille déjà dans l'entreprise », ce qui n'est pas toujours bien vu (quatre entreprises contre sept auparavant).

On observe donc une tendance à la baisse de la curiosité des employeurs… en tout cas en apparence. Nombre d'informations qu'il fallait hier soutirer du candidat sont disponibles aujourd'hui sur la toile grâce à l'indiscrétion des réseaux sociaux, nous y reviendrons. Inutile de poser des questions sur une hypothétique nationalité africaine ou une naissance outre-mer d'un candidat quand il suffit de le « googler » pour constater sa couleur de peau.

Plusieurs grandes entreprises françaises invitent les candidats à ne pas mettre de photos sur leur CV, ce qui est un point très positif (mais rien n'empêche de regarder la trombine des candidats sur Internet). Il faudrait que toutes formulent cette recommandation. Néanmoins, alors que beaucoup d'entre elles se sont engagées à promouvoir la diversité et ont obtenu un label diversité, leur avancement sur le chemin de l'« anonymation » des candidatures ou du moins du respect de la vie privée est inégal.

Le site Internet des entreprises est l'aspect le plus visible du processus de recrutement, il ne résume toutefois pas leur politique en ce domaine, ni leurs résultats. Certaines entreprises peuvent être en conformité avec la loi sur leur site internet (lorsque le recrutement est centralisé, par exemple pour les cadres ou techniciens) et déviantes localement (parfois pour les ouvriers ou employés dont l'embauche est décentralisée). D'autres firmes se montrent aussi particulièrement performantes pour certains de leurs questionnaires d'embauche sur le terrain : Carrefour offre ainsi l'exemple d'une excellente refonte de ses formulaires de recrutement papier. D'autres encore paraissent masquer des informations pour une partie des recrutements, pour lesquels une « anonymation » est décidée, mais pas pour tous les recrutements. Bien entendu, ce n'est pas parce qu'une entreprise est respectueuse de la loi au stade du questionnaire d'embauche qu'elle ne discrimine pas lors du choix des candidats et, à l'inverse, ce n'est pas toujours celles qui posent beaucoup de questions qui discriminent le plus. Reste que les pratiques des grandes entreprises devraient être exemplaires, tant il est vrai qu'elles jouent un rôle d'entraînement, et *a fortiori* depuis qu'elles bénéficient de labels de bonne conduite.

Quand les mauvaises pratiques sont sanctifiées

Comment expliquer que de grandes entreprises utilisent si fréquemment des questionnaires (papier ou en ligne) aussi indiscrets et parfois illégaux ? C'est d'abord une question d'habitude : demander sur un formulaire si on a affaire à une demoiselle ou à une dame est usuel en France. Les recruteurs n'ont guère d'intention malveillante en le demandant, ils suivent simplement une pente naturelle. Ensuite, le droit a parfois évolué : l'apparence physique n'est ainsi un motif de discrimination que depuis la loi de 2001. Par ailleurs, les cabinets de conseil et de recrutement ont longtemps utilisé des questionnaires indiscrets ou illégaux, pour la simple raison qu'ils étaient consacrés par la CNIL elle-même. En effet, la Commission nationale informatique et liberté avait élaboré, en mars 2002, un questionnaire type avec le Syndicat patronal des professionnels du recrutement (SYNTEC), dans lequel figuraient des questions « obligatoires » portant sur l'âge, la nationalité, la situation matrimoniale (seul, en couple), et dans lequel la photo était impérativement demandée. Son label offrait toute garantie de sérieux au questionnaire en question, qui visait, expliquait la CNIL, à servir de modèle aux cabinets et aux entreprises. Comment reprocher aux praticiens d'avoir, du coup, utilisé ce questionnaire ?

Enfin, la position ambiguë de ceux qui prétendent lutter contre les discriminations a contribué à pérenniser ces mauvaises pratiques. Dans un débat à l'Institut Montaigne en octobre 2010, je soulignais la récurrence problématique des questions sur la nationalité lors du recrutement. La présidente de la Halde, Jeannette Bougrab, rétorqua que cette pratique était bien normale, car il était plus coûteux pour une entreprise de recruter une personne de nationalité étrangère. Les bras m'en tombèrent : en matière de discrimination, un employeur ne peut pas alléguer, pour justifier d'un choix discriminant, qu'un recrutement lui coûtera plus cher. La patronne du salon de coiffure de Châteaubriant qui explique au juge qu'elle ne recrute pas une candidate africaine car ses clientes n'aiment pas les personnes noires est condamnée, peu importe que son chiffre d'affaires s'en ressente éventuellement. Et que dire du patron refusant d'embaucher une femme enceinte ? J'ai vu des collectivités locales demander à des candidats s'ils avaient des enfants, pour choisir les candidats les moins coûteux (dans la fonction publique on verse un supplément familial de traitement qui dépend du nombre d'enfants).

Les ravages du jeunisme

Le plus souvent, nous l'avons vu, les recruteurs souhaitent connaître l'âge du candidat pour ne recruter que les plus jeunes, comme sur ces sites de recrutement cherchant uniquement de belles et jeunes hôtesses. Le jeunisme sans retenue auquel on assiste est déconcertant : les employeurs discriminent massivement les seniors. Le test de la Halde de 2008 avait montré que les candidats de 43-45 ans avaient 42 % de chances en moins d'avoir une réponse positive après leur envoi de CV que les candidats de 28 ans. À la vue de ces résultats, les deux plus mauvais élèves, une grande banque et un intermédiaire de l'emploi, ont naturellement protesté. Mais, bien entendu, aucune grande entreprise de bonne foi n'ignore que le recrutement des seniors n'est pas le point fort de la politique de « diversification » des recrutements. Cette vérité n'est d'ailleurs pas dissimulée par certaines entreprises, qui l'indiquent dans leurs rapports.

Les plans seniors, que les entreprises ont été contraintes de mettre en place ou de négocier, ne comportent quasiment jamais de volet relatif à l'embauche des plus de 45 ans. En réalité, elles ne souhaitent guère les recruter et préfèrent mettre l'accent sur le maintien dans l'emploi, les fins de carrière ou la formation des salariés vieillissants. Comme la loi donnait une liste de thèmes possibles de négociation sur les seniors, dans laquelle les entreprises pouvaient piocher, elles ont évidemment opté pour les thèmes qui étaient les moins délicats.

De Facebook aux barbouzes : une curiosité sans limites

Il est devenu courant de glaner sur le Net, ou ailleurs, des informations à l'insu des candidats. Classiquement, les entreprises se renseignent auprès des anciens employeurs, mais aussi, de façon plus surprenante, auprès de l'entourage et des amis du candidat. Un grand laboratoire pharmaceutique français pratique de longue date cette méthode pour s'assurer des bonnes mœurs des recrutés – dont par ailleurs les convictions catholiques et de droite sont particulièrement appréciées.

Ce laboratoire, comme d'autres firmes, aurait eu recours aux services d'officines de renseignement. Nous ne parlons pas des firmes dans lesquelles une accréditation est obligatoire pour les activités sensibles, telles que la Défense ou le nucléaire, mais d'entreprises aux activités tout ce qu'il y a de plus banal. C'est donc en toute illégalité que ces compagnies font examiner la vie privée des candidats ou des salariés en poste. Consomment-ils des stupéfiants ? Commettent-ils des délits ? Sont-ils de gauche ou syndiqués ? IKEA faisait récemment l'objet d'une enquête pour avoir mené ce type de recherche. Dans le commerce de détail, les managers sont fréquemment incités à s'assurer de la probité des salariés, certaines formations au management de ce secteur leur recommandent même d'enquêter sur le train de vie des salariés ; gare à la rutilante voiture de sport stationnée sur le parking !

Les entreprises ont tendance à être un peu moins indiscrètes dans leurs questionnaires en ligne. Mais, d'une part, des versions papier plus intrusives sont encore souvent utilisées, d'autre part, beaucoup de questions prohibées seront posées lors des entretiens et, enfin, de nouvelles mines d'informations se développent rapidement. Internet est ainsi de plus en plus utilisé par les recruteurs. Cet outil leur permet même d'en savoir davantage que par le passé. En 2010, 70 % des responsables RH interrogés aux États-Unis ont déclaré avoir déjà écarté un candidat à cause de sa réputation en ligne, 41 % au Royaume-Uni, 16 % en Allemagne et 14 % en France[3]. Outre-Atlantique, ils sont 79 % à exploiter les données en ligne sur les candidats dans leurs évaluations, contre 23 % des professionnels des RH interrogés en France. Dans l'hexagone, il s'agit d'une consultation prévue dans les processus formalisés de recrutement dans 21 % des

3. Microsoft/Cross Tab Marketing Service, « Online reputation in a connected world », 2010.

cas contre 75 % aux États-Unis, ce qui donne une idée de ce qui nous attend.

Les professionnels RH estiment d'ailleurs qu'ils seront de plus en plus souvent amenés à tenir compte des données en ligne : 65 % de nos recruteurs pensent que la réputation des candidats sur la toile sera scrutée systématiquement, ou la plupart du temps, d'ici à cinq ans. En particulier pour les cadres, pour qui « l'e-reputation » est cruciale, selon une majorité d'employeurs. Désormais, les recruteurs en arrivent à penser qu'un salarié incapable de bien communiquer sur la toile et dépourvu d'une ribambelle de *friends* est un dangereux sociopathe rétif aux nouvelles technologies.

Les Français sont bien conscients de ces intrusions des employeurs, puisque les trois quarts d'entre eux pensent que les recruteurs utilisent fréquemment ou occasionnellement Internet pour s'assurer de leur réputation. Les jeunes âgés de 18 à 24 ans sont même certains à 45 % que leur réputation sur la toile a eu un effet (positif ou négatif) pour accéder à une école ou décrocher un emploi. Au total, en France, une personne sur dix pense avoir été refusée lors d'un recrutement à cause de ce média.

Il faut dire que la variété des contenus permet d'en savoir long sur les candidats, ce dont ne se privent pas les services de RH.

Types d'informations glanées sur la toile par les recruteurs (moyenne pour la France, le Royaume-Uni, l'Allemagne et les États-Unis)

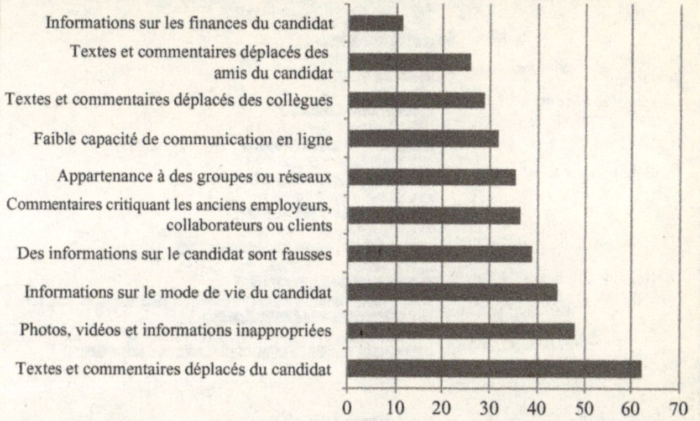

(Source : calculé à partir de Microsoft/Cross Tab Marketing Service, *ibid.*)

À ces multiples données, plus ou moins privées, s'ajoute le rôle insoupçonné joué par les visages des amis sur les réseaux sociaux. C'est prouvé, avoir des amis beaux sur son réseau est préférable au fait d'avoir des amis au visage plus ordinaire[4]. Non seulement il faut d'ores et déjà éviter de se montrer en fêtard souvent soûl et de déblatérer sur son chef, mais il faudra à l'avenir aussi s'entourer de belles gueules !

Aux yeux des candidats cependant, tous les sites ne devraient pas être utilisés pour recruter. Par exemple, si 62 % des recruteurs vont sur les réseaux sociaux, seulement 35 % des gens trouvent cela normal. Le tableau suivant illustre bien l'écart qui s'est creusé entre la pratique des recruteurs et son acceptation par le public.

4. Katharina C. Damaschke, Piet Kommers, « Motives and relevance of online friendships », *International Journal of Web Based Communities*, vol. 8, n° 2, 2012, p. 266-280.

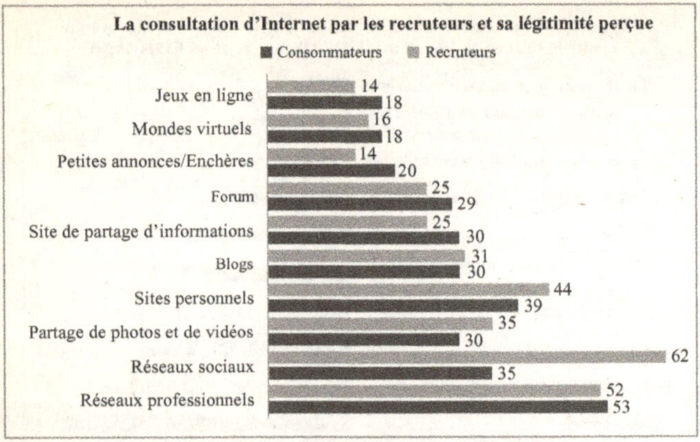

(Source : *ibid.*)

Alors que l'on était parvenu à limiter les intrusions dans la vie privée et le recueil d'informations discriminatoires, via les CV, les questionnaires et les entretiens, elles resurgissent amplifiées et parfaitement masquées grâce au Net. Inutile désormais de demander une photo ou de questionner sur les origines, la situation de famille, les engagements associatifs ou politiques, les passions et que sais-je encore : tout est en ligne !

Les nouveaux tests : drogue, tabac, ADN

Les entreprises s'engagent de plus en plus souvent sur la voie d'une forme de flicage. On a ainsi vu se développer ces dernières années les tests de détection de certaines consommations. La pratique est classique aux États-Unis : 43 % des entreprises y font passer des tests de dépistage de drogue à leurs candidats et dans 98 % des cas, si le test est positif, la personne n'est pas recrutée. Par la suite, un quart des tests positifs entraînent le licenciement[5]. Des vérifications de la consommation d'alcool y sont également assez courantes. Les entreprises vont jusqu'à effectuer des tests ADN. Heureusement, la loi française a inclus les « caractéristiques génétiques » dans la liste des motifs de discrimination. Cela a permis d'enrayer une dérive qui n'aurait pas manqué de se produire, compte tenu de la banalisation des tests génétiques grand public et de la diffusion fréquente des modes managériales venant des États-Unis. En France, les entreprises demandent aux candidats s'ils sont fumeurs (il s'agit pour elles d'éviter les pauses à répétition et les problèmes de santé éventuels) : 12 % des Français pensent qu'un fumeur n'a pas les mêmes chances à l'embauche qu'un autre candidat à compétence égale[6].

Il s'agit d'une des formes d'immixtions croissantes dans la vie privée du salarié. Au nom de certaines normes de consommation, les mœurs du candidat seraient autant d'indices de sa fiabilité. Dans la chimie, des firmes se focalisent sur les accidents et petites infractions de la vie quotidienne, révélateurs selon elles de conduites à risque. Du Pont de Nemours utilise depuis les années 1950 une méthode qui inspire d'autres firmes industrielles, l'idée étant que la sécurité *off the job* est aussi importante que la sécurité *on the job*. Dans le secteur des transports, on s'intéresse bien entendu aux points sur le permis. Gare à ceux qui perdent des points sur leur permis ou se blessent en tondant leur pelouse… et le racontent à leurs amis. Des

5. Michael G. Aamodt, *Industrial/Organizational Psychology: an Applied Approach*, Wadsworth Publishing, 2006.
6. Source Sofres, Eurobaromètre, 2011.

prestataires spécialisés comme la société Midot (fondée en 1985) font passer des tests d'intégrité aux candidats. Il s'agit de questions du type : « Combien de fois avez-vous conduit en ayant bu de la bière, l'année dernière ? », « Votre compte bancaire a-t-il été bloqué ne serait-ce qu'une fois dans les trois dernières années ? » Un million de personnes ont été examinées dans plus de huit cents sociétés dans vingt-huit pays, dont la France. Plusieurs grandes entreprises comme Adecco, Manpower, Avis, Pepsi sont clientes. Pour s'assurer de la fiabilité des candidats, plutôt que de vérifier les informations données, des entreprises et administrations étrangères passent même au détecteur de mensonge les candidats. Midot propose ce service de *polygraph* et n'est pas la seule. Aux États-Unis ou au Mexique, le marché s'est développé à destination des entreprises et dans les pays de l'Est, en Asie et en Inde, les firmes et les administrations recourent volontiers à ces tests. En Europe, des firmes proposent ce service en Allemagne, à Malte, en Espagne, en Grande-Bretagne, comme IWA-group ou Distress Services. En France même l'utilisation du détecteur de mensonge reste extrêmement marginale… mais pour combien de temps ?

Les mœurs d'un individu ne peuvent être prises en considération pour décider de rejeter une candidature. Sauf exception[7], un candidat a le droit de faire ce qu'il veut lorsqu'il n'exerce pas sa profession : fumer, boire plus que de raison, jouer au poker, faire son tiercé, fréquenter des clubs libertins, aimer les rutilantes voitures de sport, etc.

7. Un magistrat se doit par exemple d'être exemplaire en dehors de son travail. Un conducteur de bus ne doit pas être soûl à 6 heures du matin en prenant son travail.

On comprend, dès lors, la nécessité qu'il y a à adopter un outil très efficace contre ces dérives : le CV anonyme.

Le CV anonyme : un accouchement difficile

L'anonymation des CV, c'est-à-dire le fait de supprimer au moins nom, prénom, adresse, âge et photo sur un curriculum, part d'une idée simple. Nous avons la certitude que le jugement d'un évaluateur est faussé, parfois inconsciemment, lorsque celui-ci dispose de certaines informations. Par exemple, une photo peut déclencher la sympathie, tandis qu'une autre suscitera le rejet ; un prénom signale une origine nationale ou une appartenance religieuse qui sera peut-être dépréciée. Dans ces conditions, il suffit de supprimer cette information pour rendre le recrutement plus objectif, au moins au stade du tri des CV, qui est une étape importante dans les recrutements. Cette idée de bon sens n'est pas nouvelle : c'est celle des examens et concours. Si ces épreuves sont anonymes et que seule une partie est orale, c'est précisément dans un souci d'équité. Pour ses recrutements, la fonction publique a également de longue date pratiqué, au moins en partie, l'anonymation.

Fort de ce constat, et du lobbying que nous avions entrepris, notamment avec SOS Racisme et Claude Bébéar, le Parlement a voté la loi du 31 mars 2006 mettant en place cette anonymation dans toutes les entreprises de plus de cinquante salariés[8]. Cette loi a

8. Le code du travail précise ainsi : « Dans les entreprises de cinquante salariés et plus, les informations mentionnées à l'article L. 1221-6 et

été vite torpillée. D'un côté, le gouvernement ne publia pas les décrets d'application, ce qui la rendait inopérante ; de l'autre, le patronat obtint de renvoyer aux calendes grecques l'anonymation en proposant une grande négociation sur la diversité. On décida dans cet accord interprofessionnel que les entreprises seraient libres d'expérimenter la méthode. Bien entendu, très rares furent les bons élèves.

Finalement, la présidence de la République lança avec plusieurs firmes une expérimentation assortie d'un bilan. Cette fois, il y eut quelques volontaires. Il était temps ! Car dans le bilan sur l'anonymation que j'avais réalisé en avril 2009 auprès des firmes du CAC 40, seules trois entreprises l'avaient implanté complètement pour tous leurs recrutements : Unibail Rodamco, PSA et Sanofi Avantis. Les candidats d'Unibail étaient invités à postuler par un courrier électronique sans nom et sans photo, tandis que chez PSA et Sanofi, les mentions relatives au patronyme, à la résidence, à l'âge et à la nationalité n'étaient pas visibles du recruteur. AXA, pour sa part, n'anonymait que sur les postes de commerciaux. Toutes les autres entreprises demandaient les noms et prénoms des candidats sans masquer, semble-t-il, ces informations aux recruteurs.

---

communiquées par écrit par le candidat à un emploi ne peuvent être examinées que dans des conditions préservant son anonymat. Les modalités d'application du présent article sont déterminées par décret en Conseil d'État. » (Article L. 1221-7.)

Pourquoi ces réticences et cette volonté d'obtenir des informations sur les candidats, alors qu'elles n'ont rien à voir avec leurs compétences ? Pourquoi patrons et DRH sont-ils opposés si systématiquement à une mesure frappée au coin du bon sens ? Et ce alors que, dans le même temps, ils accélèrent leur engagement en faveur de la diversité, signant en masse la charte et se bousculant pour bénéficier du précieux label. La mesure la plus évidente pour améliorer le recrutement, dont un enfant de 5 ans comprendrait la logique, ne trouve pas grâce à leurs yeux. Cette réticence ne peut pas s'expliquer par l'ignorance des avantages du système (les DRH ont passé leur bac avec copie cachetée), ni par des considérations techniques ou de coût (les grandes entreprises ont informatisé leur recrutement). Qu'un patron de PME trouve ce système irréaliste et compliqué, c'est une chose, mais que des DRH des firmes du CAC 40 s'y opposent, voilà qui est déjà plus étrange. Pour le comprendre, il faut regarder de plus près le raisonnement que tiennent bien souvent les mentors de la « diversité ».

Selon eux, l'objectif prioritaire est d'avoir des effectifs « divers ». Pour l'atteindre, il suffit, dès lors, de mettre en place des mesures dites de « promotion de la diversité », pouvant aller jusqu'à la discrimination positive (Yazid Sabeg, l'ancien commissaire à la diversité, en est par exemple le chantre). Dans cette logique, il importe évidemment de connaître très précisément l'identité et toutes les caractéristiques des candidats, puisque c'est en fonction de cela que le choix se fera. Comme on nous l'explique, il s'agit, à compétences égales, de choisir une personne appartenant aux minorités visibles, la couleur de peau permettant de décider qui sera embauché. On ne s'étonne pas du coup de ces réactions de Patrick Lozès, alors président du CRAN (Conseil représentatif des associations noires) : « Anonymer » les CV est une méthode « indigne », « stupide », « pas sérieuse », « inefficace » et « pire que le mal[9] ». Et d'ajouter encore : « CV anonyme, dont le message très violent est de dire que pour rentrer dans une entreprise il vaut mieux cacher son nom, son prénom et son visage[10]. »

On se demande si la même appréciation serait formulée s'agissant de l'anonymation des copies d'examen ? Trouve-t-on « très violent » et « indigne » d'interdire aux étudiants ou lycéens de mettre leur nom ou leur photo sur leur copie ? Le lobbying communautaire et le rêve d'une discrimination positive ne voisinent pas toujours facilement avec une authentique lutte contre les discriminations !

Une curieuse enquête contre le CV anonyme

En avril 2011, la mise en œuvre du CV anonyme a finalement été enterrée, cette fois avec l'aide d'une drôle d'étude menée par le CREST, en partenariat avec Pôle Emploi. Dans cette évaluation, réalisée à la demande du gouvernement, les chercheurs recommandent de ne pas « généraliser » le CV anonyme. Il est curieux que la Représentation nationale, après qu'elle s'est exprimée toutes tendances confondues,

9. Patrick Lozès, *Mediapart*, 25 mars 2009.
10. Blog de Patrick Lozès sur *NouvelObs.com*, le 7 octobre 2010.

voie son action entravée, d'abord par l'absence de disposition réglementaire, puis par une évaluation qui conseille au gouvernement de ne pas mettre en application la loi.

Cette désinvolture à l'égard du Parlement n'est pas le seul problème que pose cette étude. Il existe une autre difficulté de taille : ses résultats ne permettent absolument pas de conclure à l'inefficacité du CV anonyme pour lutter contre les discriminations, c'est même l'inverse !

Pour évaluer les effets du CV anonyme, Pôle Emploi a adressé des CV anonymes à un premier échantillon d'entreprises (le groupe « test »). Les candidats issus de l'immigration africaine reçoivent alors presque quatre fois moins de réponses positives des employeurs que les autres (4,6 % de convocation aux entretiens contre 17,8 %). Mais, contrairement à ce que peut faire penser l'étude, cette différence dans les taux de succès entre les candidats n'est pas due à une discrimination : elle s'explique par l'hétérogénéité des CV. En effet, les chercheurs du CREST indiquent que les CV des candidats issus de l'immigration comportaient plus de « fautes d'orthographe » ou de « trous » dans les parcours. Sans doute les diplômes, les spécialités ou les expériences étaient-ils également différents.

Pour les besoins de la comparaison, des CV tout aussi variables en qualité que les précédents sont envoyés, de manière non anonyme, à d'autres entreprises (le groupe dit « témoin »). Cette fois – surprise ! – les recruteurs retiennent fréquemment des CV moins attractifs, en donnant leur chance aux candidats issus de l'immigration. Alors qu'avec des CV anonymes les candidats issus de l'immigration avaient 74 % de chances de moins d'être convoqués en entretien, cette fois, l'écart est ramené à 19 %. Les entreprises dénichées par les chercheurs, avec l'aide de Pôle Emploi, ont donc une préférence systématique pour les candidats issus de l'immigration ou des ZUS. À structure de CV similaire, ils auraient donc presque quatre fois plus de chances d'être recrutés que les autres, si leur identité était connue du recruteur !

Ainsi, non seulement il n'y aurait pas de rejet des candidats issus de l'immigration, mais, au contraire, les recruteurs observés pratiqueraient la discrimination positive à grande échelle. Mais ces étranges employeurs sont-ils vraiment représentatifs ?

Toutes les études menées, tant en France qu'à l'étranger, ont montré que tel n'était pas le comportement habituel (qu'il s'agisse d'enquêtes par sondages, de testings ou d'études statistiques). Il est prouvé qu'en moyenne un candidat aux nom et prénom de type africain a trois fois moins de chances de recevoir une réponse positive après l'envoi de sa candidature[11]. Lorsque des recruteurs sont en présence de candidatures quasi identiques, ils se détournent des candidats issus de l'immigration. Mais, dans l'étude du CREST, curieusement, les recruteurs préfèrent les postulants issus de l'immigration aux autres, quitte à retenir très fréquemment de moins bons CV !

En fait, ces résultats étonnants s'expliquent aisément : les employeurs enquêtés étaient « volontaires » ou « informés » de l'analyse qui allait être réalisée dans leur entreprise. Comment imaginer, dès lors, qu'ils n'aient pas souhaité se comporter de manière vertueuse ? Les auteurs de l'enquête eux-mêmes

11. C'est ce que montrent les enquêtes réalisées par le BIT-ISM Corum, l'Observatoire des discriminations et le Conseil d'analyse stratégique.

reconnaissent – du bout des lèvres – que cela peut fausser « partiellement » les résultats.

De plus, anonymer ne saurait conduire à davantage de discriminations, car cela oblige à ne juger qu'en fonction des compétences, alors que la discrimination consiste précisément à prendre en considération un critère prohibé dans la décision d'embauche (que ce soit en faveur ou en défaveur d'un candidat). Faut-il le rappeler, choisir un candidat uniquement parce qu'il porte un nom de type africain, c'est discriminer le candidat au nom de type européen et, circonstance aggravante, alors même que le CV de ce dernier est meilleur, si l'on en croit l'étude du CREST et Pôle Emploi. De très nombreux candidats de meilleure qualité n'ont, semble-t-il, pas été retenus en raison de leur adresse et de leur patronyme, par un phénomène de discrimination positive. Cela démontre qu'en l'absence d'anonymation une discrimination apparaît inévitablement, dans un sens ou dans l'autre. La discrimination positive reste une discrimination tant que la Constitution française n'aura pas été modifiée. Le président de la République Nicolas Sarkozy, qui souhaitait cette révision, y a renoncé à la suite de la mission confiée à Simone Veil sur le sujet.

Non seulement la manière dont l'anonymation est enterrée est déconcertante, mais on peut se demander si une quelconque évaluation des effets de l'anonymation était nécessaire. Si une information servant à discriminer est supprimée, elle ne saurait évidemment exercer un quelconque effet. Ce que cette étude soutient est contraire à l'expérience réitérée des associations de lutte contre toutes les formes de discrimination, aux sondages d'opinions et aux testings. Peut-on vraiment faire reposer la décision d'appliquer la loi sur une étude si éloignée des résultats de la recherche et de l'expérience quotidienne ?

Même si cette enquête avait été bien menée, elle devrait conduire à se poser une autre question : selon l'étude, l'anonymation profiterait aux candidats résidant en ZUS et issus de l'immigration, mais par contre désavantagerait les femmes par rapport aux hommes. Pourquoi, dans ces conditions, ne pas préconiser l'anonymation ? Un bien curieux choix est ainsi fait en faveur d'une catégorie plutôt qu'une autre. Si les chercheurs qui ont préconisé d'enterrer le CV anonyme avaient examiné l'effet d'autres informations nominatives, comme les photos figurant sur les CV, quel résultat auraient-ils obtenu ? Pense-t-on sérieusement que les femmes obèses, dont la photo figure sur un CV, auraient eu plus de chances que les autres, parce que les recruteurs auraient été submergés par l'empathie, comme ils sont censés l'être face à des profils issus de l'immigration ? Et si l'effet de la photo avait défavorisé les personnes en surpoids, quelle conclusion les chercheurs et les pouvoirs publics en auraient-ils tirée ? Qu'il faut garder les photos tout de même ? Et qu'en serait-il d'une personne obèse avec des origines africaines ? On voit bien toute l'absurdité qu'il y a à opérer un tri dans les multiples facteurs de discrimination, pour considérer que certains méritent d'être traités et pas les autres.

Les auditions pour recruter des musiciens d'orchestre symphonique illustrent bien l'intérêt de l'anonymat. En effet, désormais, les auditions se font très souvent à l'aveugle, les joueurs étant masqués par un écran ou un rideau, essentiellement pour que l'on ne sache pas si le candidat est un homme ou une femme. Les principaux orchestres américains procèdent ainsi depuis le début des années 1970[12]. L'écran augmente considérablement les chances pour les femmes d'être recrutées, car il neutralise les préjugés défavorables des chefs d'orchestre à leur égard. Si l'on veut trouver les meilleurs, il vaut donc mieux dissimuler derrière un rideau le musicien, et c'est bien ce qui compte. Celui qui sera ensuite musicien dans une fosse d'orchestre doit être d'abord évalué sur ce qu'il joue, et non sur son sexe, son âge, sa couleur de peau, sa coupe de cheveux ou son embonpoint. Le même principe n'est-il pas valable pour d'autres professions ?

Tandis que le CV anonyme est cloué au pilori, de nouvelles pratiques de recrutement se développent, censées donner leur chance aux minorités visibles, et plus généralement aux groupes discriminés. Le CV vidéo, par exemple. L'idée : lorsque le recruteur verra le visage et entendra le candidat, son point de vue deviendra plus favorable, érodant ses préjugés. Naturellement, on peut imaginer qu'une présentation habile, travaillée et soignée peut atténuer certains stéréotypes nés de la lecture d'un simple dossier. Mais c'est oublier que la communication non verbale, en particulier l'apparence physique des candidats, conduit inévitablement à des discriminations. Le CV vidéo fait remonter en amont du processus de recrutement la présentation physique du candidat. Sa voix, son physique (visage, taille et poids), ses gestes deviennent alors encore plus déterminants. On peine à voir en quoi les discriminations peuvent être enrayées par une telle technique aux antipodes d'un traitement anonyme et

12. Claudia Goldinet et Cecilia Rouse, « Orchestrating impartiality : the impact of blind auditions on female musicians », *American Economic Review*, n° 90 (4), 2000, p. 715-741.

objectif des candidats. Elle séduit pourtant quelques grandes firmes françaises, attirées sans doute par sa prétendue modernité.

Puisque des discriminations fréquentes ont lieu lors du tri des CV et que les diplômes jouent un rôle crucial, nombre de professionnels de la gestion des ressources humaines pensent qu'il faut dépasser la lecture des CV, voire ne pas les lire du tout. Selon eux, on devrait s'attacher à mesurer les compétences des candidats par d'autres moyens. Pourquoi pas, en effet, si c'est pour s'appuyer sur des tests professionnels objectifs. Il est évident que des candidats peuvent avoir les capacités à tenir certains postes pour lesquels ils n'ont ni expérience ni diplôme. Certaines aptitudes peuvent être détectées par des tests adaptés, autorisant de passer outre à un manque de diplômes. Le problème, c'est d'éviter les dérives qui ne manquent pas d'apparaître lorsque le CV devient secondaire. D'une part, il est évidemment absurde de considérer que l'expérience et les diplômes ne renseignent pas sur des connaissances, des savoir-faire ou une capacité de travail. D'autre part, les techniques de sélection qui viennent se substituer au CV peuvent être inefficaces, discriminantes, voire humiliantes. Une compagnie d'assurance (GAN-Prévoyance) et un cabinet de recrutement (RST conseil) ont autorisé qu'on filme leur processus de recrutement, qui s'appuie justement sur différentes techniques sans CV. Dans le documentaire, diffusé en 2011 sur la RTBF et France 2 (*La Gueule de l'emploi*), on voit des candidats contraints de participer à des jeux de rôle infantilisants alors qu'ils ne savent pas pour quel poste ils sont rassemblés et que l'on se désintéresse de leur CV. Cette sélection s'avère « humiliante pour les candidats », selon les termes d'Alain Gavand, fondateur du cabinet de recrutement du même nom et de l'association À compétence égale. Selon lui, ce documentaire « suscite évidemment une indignation légitime, mais n'étonne personne car les audits dans les services recrutement des entreprises et les enquêtes auprès des candidats que j'ai pu mener révèlent des pratiques encore hétérogènes ». Une hétérogénéité telle que certains DRH adoptent des techniques alternatives de recrutement complètement farfelues, dont la graphologie constitue la figure de proue.

3

De la graphologie au tarot de Marseille

La graphologie : une bien étrange exception française

La France a le rare privilège d'être le pays au monde où se pratique le plus la graphologie. Malheureusement, l'analyse de l'écriture manuscrite ne permet absolument pas de détecter la personnalité des individus. De multiples études scientifiques se sont penchées sur la question, leur conclusion est limpide et sans ambiguïté : la graphologie ne vaut rien, y compris pour recruter[1].

Un professeur de psychologie de l'université de Bordeaux, Marilou Bruchon-Schweitzer, qui connaît particulièrement bien les recherches concernant la graphologie, résume ainsi ce qui est acquis : « La graphologie permet-elle de connaître la personnalité du

1. Efrat Neter et Gershon Ben-Shakhar, « The predictive validity of graphological inferences : a meta-analytic approach », *Personality and Individual Differences*, n° 10, 1989, p. 737-745 ; Barry L. Beyerstein, « Graphology, a total write-off » dans Sergio Della Sala, *Tall Tales About the Mind and Brain : Separating Fact from Fiction*, Oxford University Press, 2007 ; Geoffrey Dean, « The bottom line : effect size » dans Barry L. Beyerstein et Dale F. Beyerstein, *The Write Stuff : Evaluations of Graphology, the Study of Handwriting Analysis*, NY, Prometheus Books, 1992 ; Benjamin Thiry, « Graphologie et personnalité selon le modèle en cinq facteurs », dans *Psychologie française*, n° 53, 2008, p. 399-410.

scripteur et de prédire ses compétences professionnelles ? La réponse est négative et sans ambiguïté. D'après les études disponibles (environ une centaine menées dans divers pays et sur des groupes professionnels différents), la relation entre écriture et personnalité (et entre écriture et réussite professionnelle) est soit très faible (et non significative), soit nulle[2]. » Elle ajoute qu'il est « *urgent d'abandonner cette technique dans le processus de sélection du personnel* ».

Des chercheurs se sont amusés à faire étudier des lettres manuscrites par des graphologues et des néophytes, qui ne connaissent rien à l'interprétation des écritures. Il s'avère que les non-spécialistes font aussi bien que les graphologues experts, et même mieux dans certains cas – les psychologues et les juristes, notamment. C'est logique, car les jugements sont formulés à partir des autres éléments du dossier. Les graphologues établissent, de fait, souvent leurs diagnostics en disposant du CV du candidat ou à partir de textes qui ne sont pas identiques d'un candidat à l'autre. Voilà qui est bien pratique pour ces pseudo-experts.

Mais, si un graphologue n'a entre les mains qu'un texte neutre (le même pour chaque candidat) et pas de CV, alors son jugement n'a aucune validité. Il est faux d'expliquer, comme le font en général les cabinets de recrutement qui vendent ces analyses, que cette méthode serait un simple complément enrichissant l'analyse globale. Cette explication, toute commerciale, sauve les recruteurs du ridicule. En réalité, une

2. Marilou Bruchon-Schweitzer, « Doit-on utiliser la graphologie dans le recrutement ? », dans C. Levy-Leboyer *et al.*, *RH : les apports de la psychologie du travail*, Paris, Éditions d'Organisation, 2001.

entreprise n'améliorera en rien sa sélection en payant un test graphologique.

Cela n'a pourtant pas empêché sa large diffusion en France. Dans le secteur privé, l'observation de l'écriture était même jusqu'à il y a peu un passage obligé : en 2007, 70 % des cabinets de recrutement l'utilisaient[3] !

Le plus déconcertant n'est pas que des managers, peu au courant de la validité scientifique des techniques de sélection du personnel, fassent faire des analyses graphologiques, ou en pratiquent eux-mêmes, mais c'est que les professionnels du recrutement y recourent. Après tout, on ne peut reprocher aux individus de s'adonner à des pratiques dont ils ignorent soit les dangers, soit la nullité. Chacun est libre de dépenser son argent comme il l'entend. Mais l'argent consacré à la graphologie, comme à d'autres techniques ésotériques, serait mieux dépensé autrement. Par ailleurs, est-ce bien respectueux des candidats ?

À la vérité, l'argument massue pour acheter tout de même ces pseudo-analyses est le suivant : elles sont très largement pratiquées en France, et par des entreprises de référence. C'est là une des principales raisons du maintien de pratiques de gestion totalement anachroniques, discriminantes, scientifiquement non pertinentes, critiquables, voire illégales. À partir du moment où les autres ont eu recours – et de longue date – à la graphologie et ne s'en plaignent pas, c'est que ces analyses présenteraient un intérêt. Les consultants s'arrangent toujours pour valoriser les clients

3. Une enquête sur les pratiques des cabinets de recrutement menée pour leur syndicat professionnel, par le cabinet de conseil Oasys Consultants et le groupe IGS.

nombreux et prestigieux qui leur ont fait confiance. De façon amusante, en Israël, en Belgique et en Suisse – où l'on pratique également, quoique dans de moindres proportions, la graphologie –, l'analyse d'écriture est vendue comme la référence en France. Les processus d'imitation expliquent la survie de la graphologie et parfois sa diffusion au-delà de nos frontières. Ainsi Bertram Durand, président du Syndicat européen des graphologues professionnels, explique : « Depuis plus de cent trente ans qu'elle est utilisée en France, notre méthode a pu être testée et faire ses preuves. Si les milliers de DRH bénéficiant de notre expertise n'étaient pas assurés que celle-ci leur apporte un enrichissement de leurs connaissances du candidat, ils ne dépenseraient pas d'argent dans des études graphologiques[4] ! » Un argument imparable, qu'ont en commun toutes les techniques ésotériques et les pseudo-sciences.

La graphologie doit sa survie à la vigilance insuffisante des entreprises et des pouvoirs publics quant aux pratiques des prestataires qu'ils emploient. Les cabinets de recrutement conservent la confiance de leurs clients, alors même qu'ils ont à leur catalogue des services d'analyse d'écriture. On pourrait pourtant considérer qu'un prestataire capable de s'adonner à de telles techniques témoigne, sinon d'une absence de compétence, du moins d'une volonté de gagner de l'argent à tout prix, même en vendant ce à quoi il ne croit pas un seul instant. Certains organismes de formation, ayant pour clients les plus grandes entreprises françaises, n'hésitent pas à proposer des cours de graphologie et

4. Kheira Bettayeb, « La graphologie : science ou gadget ? », *Courrier Cadres*, n° 15, 2008, p. 55-57.

de morphopsychologie. Le CNFDI (Centre national privé de formation à distance), par exemple, propose des formations intitulées « Ressources humaines graphologie ». L'essentiel des formations y est consacré à la graphologie et à la morphopsychologie, il y en a pour tous les goûts : formations en salle de cinq jours, à distance de plusieurs mois avec ouvrages fournis de graphologie et morphopsychologie, etc. Même la formation des conseillers en recrutement, plus généraliste, comporte son volet graphologie : « L'objectif du CNFDI est de vous apporter des connaissances solides et concrètes en matière de techniques de recrutement (bilan des compétences, CV, petites annonces, tests, graphologie…). » Idem pour la formation en « coaching-développement personnel », dans laquelle on enseigne, évidemment, « les techniques d'approche de la personnalité (graphologie, caractérologie…) ». Pour former un attaché DRH, on ne saurait se passer d'un cours consacré aux « fondements de la graphologie ». Cette entreprise a pourtant été sélectionnée par le ministère des Petites et Moyennes Entreprises pour le prix Gazelles 2006, récompensant les futurs champions de l'économie française. Cette consécration des pouvoirs publics et la liste prestigieuse de ses clients privés (Accor, Adecco, Alstom, AXA, etc.) et de la sphère publique (EDF, France Télécom, Haras nationaux entre autres) lui permettent de proposer un large éventail de « formations ». Reste à espérer que ces entreprises n'ont pas toutes financé des formations à la graphologie à leurs collaborateurs. Ceux qui ont choisi cet organisme de formation ignoraient peut-être qu'une grande partie de l'offre était consacrée à la graphologie et la morphopsychologie, mais le moins que l'on puisse dire est que cet organisme de formation affiche la couleur. Vraisemblablement, dans ces entreprises de très grande taille, la décision d'envoyer un salarié dans ce type de formation a été prise localement. Hélas, nombreux sont les consultants ou organismes de formation portant plusieurs casquettes. Parfois, ce sont carrément des formations à la numérologie qui sont dispensées. Le plus scandaleux, c'est que ces organismes sont agréés et que leurs formations sont imputables sur les fonds de la formation continue. Quant aux cabinets de recrutement, ils peuvent pratiquer toutes ces techniques non fondées scientifiquement et, dans le même temps, être membres de leur syndicat professionnel, SYNTEC, qui leur fait signer une charte éthique. De nombreux cabinets de recrutement pratiquant aussi l'évaluation en cours de carrière, la formation et le coaching s'adonnent actuellement à la graphologie. Ils alignent la liste de leurs clients qui sont de très grandes entreprises.

Les pouvoirs publics ont également une responsabilité dans la caution et le soutien apportés à des formations aux contenus grotesques.

L'AFNOR au secours des graphologues

Si la graphologie a pu subsister en France, alors qu'elle essuyait des critiques nourries depuis la fin des années 1980, c'est pour une raison bien simple : elle a été consacrée par une norme… parue au *Journal officiel* de la République française, rien de moins ! Un décret publié au *JO* du 28 novembre 2001 [5] légitime l'utilisation de l'analyse d'écriture, en la reconnaissant

5. Norme homologuée AFNOR NF X 50-767.

« outil d'aide à la sélection professionnelle ». Les travaux d'homologation de la norme « cabinet conseil en recrutement » ont été menés par la Commission de normalisation (AFNOR), des cabinets de conseil en recrutement regroupant des professionnels du conseil en recrutement, des représentants du ministère du Travail, du MEDEF, de l'APEC, de l'ANPE, des DRH et… les syndicats de graphologues professionnels.

Pour faire valoir la qualité de service des cabinets, le groupement patronal SYNTEC Recrutement a souhaité, comme il l'explique, « aller plus loin dans ses travaux et a développé avec AFNOR Certification, organisme certificateur, une certification de service sur la base de la norme NF X 50-767, la certification NF SERVICE Conseil en recrutement ». La fameuse norme offrirait des garanties de sérieux aux clients des cabinets de recrutement, car les techniques d'évaluation des candidats sont régulièrement contrôlées par AFNOR Certification. Problème : la graphologie en fait partie ! En mars 2012, on trouve dans la liste des cabinets certifiés NF des cabinets qui pratiquent, ou font pratiquer, de la graphologie pour leurs clients, et qui sont également membres du syndicat patronal SYNTEC. Le plus souvent, les cabinets acceptent de faire des tests graphologiques à la demande du client, sans s'en vanter sur leur site internet.

La communauté des graphologues a donc cette chance, unique au monde, d'avoir vu sa pratique validée par une norme officielle. Certes, le texte distingue les techniques d'évaluation qui peuvent être nommées « tests » et les simples « outils », comme la graphologie. Mais, en pratique, cela n'enlève rien à cette invraisemblable onction de la graphologie par l'État. Les graphologues s'abritent du coup avec bonheur derrière cette certification. Pour une pratique de recrutement dont le professeur de droit Gérard Lyon-Caen, dans un rapport remis au ministre du Travail, avait préconisé l'interdiction pure et simple dix ans plus tôt, c'est effectivement plus qu'une planche de salut. Si ce n'est pas un tremplin – car nombre de recruteurs et de DRH ne tombent pas dans le panneau –, c'est au moins un socle solide. La graphologie a encore quelques belles années devant elle.

Comment en est-on arrivé là, alors même que la graphologie aurait pu être interdite il y a quelques années et que la communauté scientifique porte un jugement très sévère sur cette pratique[6] ?

On se doute bien que des travaux d'homologation réalisés par des DRH de bonne volonté, des cabinets de recrutement vendant souvent des études graphologiques à leurs clients et des graphologues de métier ne risquaient pas de conduire à enterrer une pratique que de nombreux professeurs d'Université ou de grandes écoles auraient d'emblée écartée.

En outre, les Français, imprégnés de culture bureaucratique, sont de grands amateurs de normes et labels en tout genre. Que la technique de recrutement soit inepte n'a pas d'importance, puisque l'essentiel est

6. Dans le premier numéro de la *Revue de gestion des ressources humaines*, à la fin des années 1980, mon collègue professeur à HEC, Gilles Amado, avait dénoncé les pratiques magiques et régressives en GRH, dont la graphologie. Dans cette publication scientifique, aucun expert n'a jamais fait la promotion de la graphologie. On ne peut pas en dire autant de la revue *Personnel* gérée par des praticiens de la GRH regroupés dans l'association ANDRH. Ayant été à l'origine du label AFNOR sur le recrutement, cette association a laissé se faire la promotion de la graphologie dans sa publication. J'ai ainsi souvenir d'un article de la revue écrit par des étudiants d'une école de commerce bretonne vantant les mérites de la graphologie, quand le professeur d'HEC Gilles Amado et les collègues universitaires étrangers expliquaient que cette technique n'était pas sérieuse.

d'avoir scrupuleusement décrit la procédure. On est dans l'obligation de moyens, pas de résultat. Le souci avec la norme AFNOR-Recrutement, c'est qu'elle préconise aussi un mauvais moyen de recrutement.

Les pouvoirs publics, qui confient à l'AFNOR le soin de labelliser les entreprises dans le domaine de la GRH, et qui consacrent au *Journal officiel* de la République française les normes établies par elle, devraient s'assurer, par un contrôle adapté, de leur pertinence. Il y a urgence à refonder la manière dont les normes et labels sont élaborés et attribués. Sans quoi, graphologues et autres pseudo-experts pourront continuer d'abuser de notre crédulité tout en lésant certains candidats.

L'effet Barnum

Des générations d'étudiants ont été formés à la gestion des ressources humaines en apprenant que la graphologie était une technique de recrutement comme une autre. Comment ces futurs managers auraient-ils pu, contre leurs professeurs, deviner que la graphologie était aussi contestable ?

Les étudiants de l'université Paris IX Dauphine et les managers formés au MBA de cette prestigieuse université peuvent ainsi lire dans le manuel de gestion des ressources humaines de leur professeur, au paragraphe concernant les tests de personnalité : « L'analyse graphologique de la personnalité est répandue, et très largement considérée comme un instrument utile. [...] Les tests sont des instruments assez peu utilisés (à l'exception de la graphologie). [...] Certains tests de personnalité effectivement utilisés par les entreprises ou les cabinets reposent sur l'analyse de la forme du visage, sur les nombres, les groupes sanguins ou tissulaires, ou l'étude du thème astrologique. Nous ne disposons d'aucune indication sur la validité réelle de ces tests[7]. » On est loin d'une dénonciation ! L'étudiant studieux comprendra qu'il faut utiliser ces tests pour mesurer la personnalité. Pire, il se dira que rien ne prouve, pour le moment, que l'astrologie ou la numérologie n'est pas utile au recrutement. Malheureusement, les étudiants, aujourd'hui managers, ne sont pas les seuls à avoir reçu cet éloge de la graphologie : des DRH peuvent lire ce type d'ouvrage et cet enseignant fut membre du jury d'agrégation pour le recrutement des futurs professeurs d'université en gestion qui, on l'espère, ne sont pas fidèles à son enseignement.

Certains universitaires ont bien essayé de convaincre, en particulier depuis la fin des années 1980, de l'inutilité de la graphologie et des techniques irrationnelles de sélection, mais ils n'ont pas été assez entendus[8]. Le rapport Lyon-Caen de 1991, rappelons-le, en appelait à l'interdiction pure et simple de la graphologie et des techniques sans fondement scientifique. Hélas, le lobby des graphologues et des cabinets de recrutement eut raison de cette proposition. La loi du 31 décembre 1992 se borne à stipuler que « le candidat à un emploi est expressément informé, préalablement à leur mise en œuvre, des méthodes et techniques d'aide au recrutement utilisées à son égard. Les méthodes et

7. Pierre Romelaer, *Gestion des ressources humaines*, Paris, Armand Colin, 1993, p. 143.

8. Gilles Amado et Claudine Deumie, « Pratiques magiques et régressives dans la gestion des ressources humaines », *Premier Congrès de l'Association française de gestion des ressources humaines : perspectives de l'entreprise et recherche en GRH*, 1990.

techniques d'aide au recrutement ou d'évaluation des candidats à un emploi doivent être pertinentes au regard de la finalité poursuivie» (article L. 1221-8). Le ministère du Travail aurait pu préciser, à destination des employeurs, que la graphologie n'est pas pertinente pour recruter, mais ne l'a pas fait. La loi a prévu l'information préalable des candidats et le droit à être destinataire des résultats des tests. Elle exige en outre que les représentants du personnel au comité d'entreprise soient informés des techniques de sélection utilisées par l'employeur. Cette transparence est très peu mise en œuvre. Les candidats ne sont guère avertis qu'un cabinet de conseil fera une analyse graphologique ou par numérologie ; les résultats des tests et entretiens ne sont restitués que sur demande, et encore édulcorés. Quant aux comités d'entreprise, on doute que beaucoup d'entre eux aient eu à examiner un bilan par l'employeur des techniques de sélection qu'il utilise. Après la loi de 1992, on aurait pu penser que les employeurs hésiteraient à présenter aux représentants du personnel leurs méthodes ésotériques. Malheureusement, au lieu d'abandonner ces techniques farfelues, on a souvent préféré oublier d'en parler.

Si la graphologie, comme les autres techniques fantaisistes de recrutement, a pu se maintenir en France, c'est parce que les candidats n'étaient évidemment pas tous au courant qu'une telle pratique était en vigueur. Le reflux de la graphologie dans d'autres pays où elle était un peu pratiquée est venu tantôt de son interdiction, tantôt de procès engagés avec succès par des candidats qui en étaient victimes.

La croyance dans cette pseudo-analyse s'explique par deux phénomènes psychologiques bien connus, dont savent profiter les graphologues. Il y a d'abord ce qu'on appelle l'« effet Barnum ». Si on montre à quelqu'un un descriptif de sa personnalité, supposé tiré de l'analyse de son écriture, il sera la plupart du temps frappé par son exactitude. L'astrologie repose exactement sur cette illusion : à la lecture d'un thème astral, chacun se dit que cette description est, de manière frappante, très proche de ce que l'on pense être. C'est parce que les termes choisis sont assez vagues et souvent à double sens : « sait plaire quand il veut », « peut être charmant et enjoué mais il lui arrive aussi d'être inconstant », « dans votre personnalité beaucoup de phénomènes contradictoires s'affrontent et provoquent des désaccords intérieurs ». Qui ne s'y reconnaîtrait pas ?

Ensuite, les descriptifs des graphologues semblent pertinents parce qu'ils jouent sur certaines associations intuitives ou de bon sens. Même sans rien connaître à la graphologie, on a tendance à penser qu'une petite écriture doit impliquer la modestie et une grosse écriture l'égotisme.

Les recruteurs français préfèrent les techniques les moins fiables de recrutement, comme le montre ce tableau. On regrette que la graphologie et les entretiens (souvent sans grille précise) soient ainsi préférés aux tests d'aptitudes ou aux mini-situations de travail.

Fréquence d'utilisation et validité des méthodes de recrutement

MÉTHODE	Fréquence d'utilisation	Coefficient de validité
Entretien	99 %	0,14 à 0,23
Graphologie	93 %	0,00
Tests d'aptitudes	63 %	0,38 à 0,54
Tests d'intelligence	63 %	0,25 à 0,45
Questionnaire de personnalité	61 %	0,15
Mini-situation de travail	34 %	0,54
Techniques projectives	20,5 %	0,15
Autres techniques irrationnelles (astrologie, numérologie, tarots, etc.)	15 %	0,00
Prises de références	Très peu utilisé	0,10 à 0,20
Centre d'évaluation	Très peu utilisé	0,41 à 0,43

(Source : d'après Marilou Bruchon-Schweitzer et Dominique Ferrieux, « Les méthodes d'évaluation du personnel utilisées pour le recrutement en France », *L'Orientation scolaire et professionnelle*, 20, (1), p. 71-88, 1991.)

Heureusement, de nombreuses entreprises françaises utilisent des techniques de sélection sérieuses. Depuis quelques années, la méthode par simulation de Pôle Emploi (des tests d'habileté), construite avec des entreprises comme PSA, Carrefour ou La Poste, permet de sélectionner efficacement sans discriminer. Le choix d'adopter cette méthode a été parfois effectué avec les syndicats, comme chez PSA. Air France fait passer de peu contestables tests de langue ; la RATP utilise des tests psychomoteurs de conduite depuis longtemps et a appris à en faire un usage prudent (et la régie traite en plus anonymement les candidatures). Les DRH de plusieurs grandes firmes ont entrepris un virage en tournant le dos à l'à peu près et aux techniques peu objectives et discriminantes. De grands patrons ont par exemple manifesté leur hostilité à la graphologie. Il n'empêche, certaines croyances farfelues continuent de hanter le monde de la GRH.

Astrologie, numérologie et morphopsychologie

L'éventail des techniques sans fondement scientifique est large, mais celles-ci demeurent, à l'exception notable de la graphologie, peu répandues. Il est tout de même déconcertant qu'elles puissent être utilisées. En fait, si l'on a encore recours à des pratiques magiques et irrationnelles pour recruter, c'est parce que les pseudo-sciences, le paranormal et l'ésotérique en général suscitent toujours notre adhésion.

Dans un sondage réalisé en 2003, 37 % des Français pensent que l'on peut expliquer les caractères par les signes astrologiques, 23 % font confiance aux « voyantes » et 21 % croient à la sorcellerie et aux envoûtements. La croyance au paranormal (guérison par magnétiseur, transmission de pensée, astrologie, sorcellerie, voyance, tables tournantes, fantômes, revenants, cartes à jouer, lignes de la main, etc.) est historiquement forte et se maintient dans le temps[9]. Enfin, plus surprenant, une majorité de Français (53 %) pense que l'astrologie est scientifique ! Un sondage plus récent indique que pour 33 % des jeunes de 15 à 25 ans l'astrologie est une science, arrivant ainsi en 12e position, juste derrière la psychologie ou la sociologie, mais devant la géographie, l'écologie ou encore la linguistique[10] ! Au total, ces croyances erro-

9. Daniel Boy et Guy Michelat, « Croyances aux para-sciences : dimensions sociales et culturelles », *Revue française de sociologie*, n° 27, 1986, p. 175-204.

10. Sondage réalisé par la société OpinionWay pour le compte du magazine *La Recherche*, décembre 2002, auprès de jeunes Français de 15 à 25 ans.

nées se sont développées puis se sont maintenues à un niveau élevé depuis les années 1980[11].

Contrairement à ce que l'on pourrait penser, ces superstitions ne sont pas le fait de vieilles personnes, bien au contraire. Ceux qui croient le plus en l'astrologie et au paranormal sont les femmes (une majorité d'entre elles) et les plus jeunes. L'utilisation des pseudosciences dans le recrutement est donc d'autant plus forte que le milieu des ressources humaines, et plus particulièrement du recrutement, est plutôt jeune et féminisé. De plus, cela paraît paradoxal, mais les personnes instruites et qui ont une culture scientifique croient davantage aux para-sciences que les autres.

Inutile de préciser qu'il n'existe pas de lien entre le signe astrologique et la personnalité ou les compétences d'un individu. Une recherche publiée dans la revue scientifique de référence *Nature* en 1985 a montré qu'un seul astrologue sur trois est capable d'associer le bon test de personnalité à une personne dont il possède l'horoscope[12]. Quant à Monsieur Tout-le-monde, il reconnaît dans un cas sur trois seulement le portrait astrologique censé lui correspondre. En résumé, l'astrologue et le *quidam* obtiennent le même résultat qu'un banal tirage au sort (une chance sur trois).

L'essor incontrôlé des coachs en tout genre, un milieu où fleurissent les croyances irrationnelles, contribue indéniablement au développement de ces pratiques. Car on trouve de tout dans le monde du conseil en recrutement et du coaching. Un cabinet

11. Daniel Boy, « Les Français et les para-sciences : vingt ans de mesure », *Revue française de sociologie*, n° 43 (1), 2002, p. 35-45.

12. Shawn Carlson, « A double-blind test of astrology », *Nature*, n° 318, 1985, p. 419-425.

alsacien vantait ainsi en 2012 sur son site internet les mérites de l'astrologie :

> **Et si l'astrologie se transformait en outil innovant en matière de recrutement et d'orientation professionnelle ?**
> Chez XXX, nous avons découvert un moyen original, qui pourra venir en complément de divers tests de personnalités, tests d'aptitude, études graphologiques… et vous servir d'aide précieuse :
> • **Recruteurs :**
> Savez-vous que l'astrologue, grâce aux données du thème natal, peut vous fournir un **portrait caractériel précis** ?
> Cette technique vous permettra de **vérifier l'adéquation au profil recherché, tout en gagnant du temps et en limitant votre marge d'erreur.**

Autre exemple : plusieurs compagnies ont fait appel à l'astrologue Danièle Rousseau. Cette chef d'entreprise dans les secteurs de la communication et de la formation est même membre de la commission « Entrepreneur, entreprise et société » du MEDEF. Plusieurs grandes entreprises comme la Fnac, Alstom, le CCF, Thomson[13] et des entreprises plus modestes comme Jacques Dessange[14] ont eu recours il y a quelques années à l'astrologie. Rares sont les dirigeants adeptes de ces techniques ésotériques à l'avouer. André Santini, député et maire d'Issy-les-Moulineaux, a la franchise de le dire : « Comment voulez-vous connaître quelqu'un ? Le CV n'a aucun intérêt, il faut avoir recours à des scalpels plus incisifs. » L'écriture permet, selon lui, de connaître le « caractère » de quelqu'un. Il a toujours été en accord avec les résultats des analyses graphologiques des « cabinets spécialisés » et ne prendrait pas « quelqu'un

13. Jean-Paul Jouary, *Enseigner la vérité*, Paris, L'Harmattan, 1996.
14. Marie Huret, « L'étonnante influence des astrologues », *L'Express*, 7 décembre 2000.

qui écrit bizarrement ». Il ajoute : « Quand vous avez la graphologie, un petit numéro de numérologie, plus un peu d'astrologie, vous finissez par avoir une vue externe, plus votre intuition, vous êtes pas mal. » Il pense aussi que des traits de personnalité correspondent aux signes du zodiaque. Pour lui, les Verseaux sont, par exemple, à éviter, car « ils manquent de détermination ». Quant aux Poissons, il s'en méfie [15].

Le sélectionneur de l'équipe de France de football, Raymond Domenech, ne faisait pas mystère d'utiliser l'astrologie dans son travail de sélection ou de compréhension de ses joueurs [16], ce qui se vérifierait bel et bien dans les signes astrologiques des joueurs, si l'on croit *Le Figaro* dans son édition du 15 octobre 2007 : « Les bienheureux joueurs nés sous les signes du Cancer et du Lion – dix fois représentés en équipe de France au cours de cette Coupe du monde – auraient leurs entrées, quand la porte du paradis sportif resterait fermée au Scorpion, "Satan" astrologique aux abonnés absents de la liste des 23. »

La numérologie est aussi utilisée pour le recrutement. Elle consiste, rappelons-le, à déterminer un nombre à partir des lettres des noms et prénoms des individus (et de leur date de naissance), puis à en tirer toute une série de conclusions fantaisistes, comme le caractère supposé des personnes. Bien pratique pour recruter à coup sûr le bon candidat !

Quelques consultants proposent donc d'utiliser ce « savoir immense » comme outil de recrutement et de détection des potentiels. Un de ces

15. Interview vidéo publiée par Cadremploi en octobre 2010 (réalisée par David Abiker).

16. Déclaration dans l'émission *Le Droit de savoir* en février 2005.

consultants[17] l'explique : « Les spécialistes du recrutement recourent à l'analyse numérologique dans le cadre de l'évaluation des candidatures. Elle leur apporte les éléments nécessaires à la sélection du meilleur candidat. Ces éléments ne sont pas dévoilés dans le cadre d'un entretien classique, même approfondi. Cette analyse complète s'intègre parfaitement aux techniques de recrutement ; elle permet de véritablement révéler les personnalités et les potentialités des candidats. La numérologie permet l'étude de nombreux aspects de la personnalité d'un candidat. Elle évalue son profil psychologique et ses prédispositions au poste à pourvoir ainsi que ses domaines de compétence professionnels, ses qualités humaines (forces et faiblesses), ses inspirations et aptitudes. »

Le plus étonnant, c'est qu'il y ait – même si elles sont rares – des entreprises clientes. Quelques grands patrons, heureusement peu nombreux, sont convaincus de l'intérêt de cette technique ésotérique. François Ceyrac, qui n'est pas n'importe quel dirigeant car il fut président du CNPF (devenu le MEDEF) dans les années 1970, était persuadé de la scientificité et de l'utilité de la numérologie. Il préface un ouvrage en 1987, *L'Intelligence et le pouvoir des nombres*[18], dont le propos est de « passer de l'ésotérisme à un outil de gestion rationnel ». Pour Ceyrac, « la numérologie n'est pas une fantaisie de l'esprit, mais une technique déjà appliquée avec fruit par de grandes entreprises américaines. [...]. Elle est une contribution réelle au progrès de la civilisa-

17. « Kimy Mahn met la numérologie au service des spécialistes du recrutement », *Indice RH*, 7 février 2011.

18. Michel de Saint-Amans, préface de François Ceyrac, *L'Intelligence et le pouvoir des nombres ou la numérologie et ses applications pratiques*, Paris, Éditions Artulen, 1987.

tion de l'entreprise ». L'ouvrage est ainsi présenté par l'auteur : « La Science des nombres n'est pas une mode. C'est désormais une Science humaine à part entière qui répond aux questions que l'on se pose quant à la personnalité de l'individu et la nature de ses cycles de vie. Elle permet en effet de cerner l'essentiel de son caractère et de déterminer avec précision ses aptitudes et ses véritables potentialités. C'est une technique surprenante pour faire objectivement des pronostics sérieux en termes de développement. Michel de Saint-Amans découvre la Science des nombres aux États-Unis alors qu'il est directeur des relations humaines dans une multinationale américaine. Pendant des années, il la développe et l'utilise d'une manière concrète dans son travail et notamment comme technique de recrutement et d'orientation de carrière. Elle peut constituer un outil de travail exceptionnel pour tous les professionnels de la gestion des ressources humaines. » François Ceyrac a ensuite été responsable de l'IRPOP, l'Institut de formation du CNPF, et a confié à un ancien directeur du personnel de Rank Xerox la mise sur pied d'un séminaire de numérologie. Plusieurs grandes entreprises comme Bull, Dassault, Peugeot, Monoprix, le CCF ont, dans le passé, eu recours à la numérologie [19].

La morphopsychologie, qui consiste à établir des correspondances entre les traits du visage et la personnalité d'une personne, est parfois utilisée en recrutement. Elle n'a pourtant pas plus d'efficacité que la numérologie.

Quant à la morpho-chirologie, c'est-à-dire la « lecture » des formes et lignes de la main, si elle n'a guère prospéré comme technique de recrutement, au grand

19. Caroline Brun, *L'Irrationnel dans l'entreprise,* Paris, Balland, 1989.

désespoir de ses adeptes qui y voient une aide à la décision de sélection et d'évaluation[20], c'est qu'à la différence de la graphologie, de la numérologie ou de l'astrologie, l'étude ne « peut en aucun cas être faite à l'insu de l'intéressé », pour des raisons matérielles bien compréhensibles (et pas seulement parce que la loi oblige à dire aux candidats quelle technique sera utilisée pour les sélectionner).

Intuition, vision à distance, tarot de Marseille

Le dernier cri des techniques de recrutement alternatives est sans doute la « méthode intuitive », proposée aux entreprises par des passionnés de la parapsychologie. Pour ces derniers, on serait capable de deviner, ou mieux « ressentir », un dessin que l'on ne voit pas de ses yeux, et, de la même manière, d'avoir le pressentiment qui permet, sans coup férir, de décider des choix stratégiques d'une entreprise, de placer son argent en Bourse, de faire des paris en ligne et bien entendu de recruter du personnel. Ces consultants forment donc à cette « méthode » des personnes qui s'affichent à leur tour comme coachs et consultants. Le *remote viewing* – ou « vision à distance » – est ainsi présenté comme une méthode très scientifique de recrutement par les consultants en « intuition ». IRIS Intuition Consulting explique sur son site que « le *remote viewing* est une pratique intuitive dont l'objet premier est de percevoir des informations physiquement inaccessibles par des moyens conventionnels, de façon instantanée. Ces informations ne sont pas le

20. Michelle Bouillon et Patrick Rouiller, *ABC de la morphochirologie*, Paris, Éditions Grancher, 1991.

fruit d'une déduction, mais d'une intuition ». Cette méthode aurait permis à ses consultants, par exemple, de recruter à l'aveugle un avocat d'affaires spécialisé dans les médias : « Notons que le travail se faisant systématiquement en aveugle, nous soulignons que, dans ce cas précis, les *viewers* ne savaient ni qui étaient les clients, ni que la profession de la personne qu'ils cherchaient à recruter était avocat. » À quoi bon demander si une entreprise cherche un avocat ou un coursier, alors qu'il est tellement plus amusant de le deviner ! Et ce serait trop simple de s'appuyer sur le CV pour savoir si les postulants ont, par hasard, un diplôme en droit des affaires !

L'intuition est devenue un *must* dans le management en général et pour les ressources humaines en particulier. Car, comme Catherine Bidan, coach certifiée HEC (avec mémoire consacré à l'intuition) et créatrice du cabinet Executive Ressource, nous l'explique : « L'intuition est le plus élevé des sept niveaux de l'intelligence. » Dans la plaquette promotionnelle de sa formation, l'intuition est présentée en ces termes savoureux : « Vision et clarification, mission, sens, valeurs, éthique, source du savoir et de l'être, pour réfléchir autrement, se remettre en mouvement et en vie (envie), au-delà du visible. » La coach se dit 100 % visionnaire et 100 % rationnelle à la fois. Lors de « stages existentiels d'entreprises », organisés sur le site de HEC Executive Education, on apprend à accéder à ce stade ultime de l'intelligence. Ce qui est, bien entendu, très utile pour recruter. Et la consultante de citer sur son blog un dictionnaire du coaching définissant ainsi l'intuition : « Tous les grands hommes sont doués d'intuition. Un vrai chef n'a besoin ni de tests psychologiques, ni de fiches de renseignements pour choisir ses subordonnés. »

En fait, ces coachs et consultants se présentent explicitement comme des voyants. Catherine Bidan, qui utilise volontiers des « cartes spéciales », explique ainsi sur son blog à quel point ses intuitions sont infaillibles : « Je sais que l'intuition qui me vient est vraie (et que l'écrire est antinomique) car l'intuition est forcément vraie. C'est ce qui la caractérise. C'est que ce qui vient est "une évidence" et qu'il n'y a pas de doute. Elle est de l'ordre de l'Eurêka, oui mais c'est bien sûr ! Parfois ce qui vient est de l'ordre de la surprise totale. » Plus loin : « Je reçois des images, des mots, des scénarios qui répondent à ce qui se pose, des sensations. Je peux ressentir la peine d'une personne. Je peux malheureusement voir le scénario d'un fait divers avant que la télévision n'en annonce son déroulement. Je vois le contexte, je ressens l'atmosphère. Je peux voir les gagnants d'un jeu avant la fin, etc. » On pourrait se dire que ces fantaisies ne sont pas bien méchantes, mais plusieurs centaines de consultants ou coachs dûment certifiés par les meilleures *business school* françaises interviennent dans les entreprises et même dans la fonction publique. Certaines administrations – sans doute pour faire moderne – ont décidé de financer des séances de coaching à leurs hauts fonctionnaires. Catherine Bidan est ainsi coach au ministère de l'Économie et des Finances et auprès de maires. Dans le privé, elle mentionne le Groupe Harley-Davidson, Essilor, Chanel, Terrafemina, la direction exécutive PSA et une compagnie aérienne.

Un des principaux tenants de l'« intuition » est un professeur affilié d'HEC, Michel Giffard, directeur scientifique des programmes de coaching de cette école de commerce. Pour lui, l'approche rationnelle ne suffit plus. Parmi ses nombreux ouvrages consacrés à l'intuition et au coaching, le plus piquant est sans doute celui dans lequel il explique pourquoi le tarot de Marseille est un excellent outil de management[21]. Un instrument polyvalent qui plus est : développement personnel, gestion de production, marketing, finances et ressources humaines. Le tirage des cartes serait ainsi un « outil très efficace d'aide à la gestion financière (élaboration d'une stratégie d'investissement, gestion du risque, évaluation d'entreprise, constitution de portefeuille...) ». Je vous déconseille d'essayer ! Mais le premier domaine d'application du tarot resterait les ressources humaines, car, explique-t-il, « le tarot permet d'approfondir l'analyse graphologique, astrologique ou numérologique ». Je ne résiste pas à l'envie de vous retranscrire l'exemple, tiré de sa pratique, qu'il prend pour illustrer sa méthode de recrutement : « Un cabinet de chasseurs de têtes propose deux candidats à son client, directeur général d'une banque privée afin de pourvoir le poste de directeur commercial opérationnel. Les deux candidats conviennent au client ; la décision est imminente. Je choisis un triple tirage à trois cartes : le candidat A, le candidat B et le client du cabinet. » Les neuf cartes sont tirées de manière aléatoire dans un paquet de cartes et disposées face cachée avant d'être retournées. Pour l'auteur, ce n'est pas simplement du hasard, car « chaque état de la matière est une vibration et le cerveau capte ces vibrations ». Il y a, selon l'auteur, une loi de la « synchronicité ». Vibration ou pas, voici donc le résultat du tirage pour le candidat A :

21. Michel Giffard, *Le Tarot, outil de management*, Paris, Éditions Artulen, 1990.

À la lecture de ces cartes, M. Giffard en conclut que « le candidat A est brillant, créatif et dispose d'un excellent relationnel (6 de coupe, l'Impératrice) (6 + 3 + 5 = 14 : Tempérance), mais il sera nécessaire de lui donner du temps pour se créer la confiance dont il ne dispose pas au fond de lui (cartes à l'envers). Il existe un risque de duplicité ou de mauvaise décision (5 d'épée à l'envers) ». « Le candidat B présente aussi des défauts et le client ne semble pas avoir choisi compte tenu des cartes. » En conclusion, l'auteur « propose de ne retenir aucun candidat et de reprendre le processus de recrutement à la base ». Et, pour « gagner du temps », un tirage des cartes permettra de « mieux définir le profil du candidat idéal ». Dissipons un malentendu possible : l'ouvrage se veut très sérieux !

Dans un ouvrage plus récent, le même auteur revient sur l'apport des cartes de tarot, plus « puissantes » que d'autres cartes à tirer, et prône la prise de décision par « intuition » notamment pour recruter : « Les recruteurs se sont souvent fait une idée sur le candidat dont ils viennent de serrer la main une minute auparavant. La suite de l'entretien ne sert qu'à confirmer cette première impression qui – comme le dit l'adage – est souvent la bonne[22]. »

Les pratiques ésotériques ne rencontreraient pas un tel succès si l'idée selon laquelle l'humain ne se mesure pas et que seul le *feeling* compte n'était pas si répandue. Dans le monde de l'entreprise, nombreux sont ceux qui pensent que la part de non-rationnel et de non-scientifique dans le recrutement est, et doit rester, importante. Les recruteurs croient souvent qu'ils peuvent se fier à leur intuition, ils sont fermement convaincus qu'il ne faut pas chercher à toute force à objectiver le recrutement. Or cette attitude subjectiviste fait souvent – nous l'avons vu – le lit des pseudo-sciences.

Le droit de la discrimination, quant à lui, est vu comme un excessif tissu de contraintes. Une approche plus technique et objective serait pour eux une inadmissible bureaucratisation de la gestion des ressources humaines. Nous voulons rationaliser et formaliser les méthodes de recrutement, non seulement pour lutter contre les discriminations, mais aussi pour progresser dans la qualité du recrutement. Or cette tentative est, aux yeux de certains, contraire à un recrutement respectant l'« humain ». En 2008, la secrétaire de l'Association française des managers de la diversité (AFMD) et directrice du cabinet Diversity Source Manager déclarait : « Les spécialistes n'osent pas dire qu'il y a une part d'irrationnel dans leur sélection. Or le recrutement touche à l'humain, c'est un travail qui ne peut pas être que scientifique. » Et, réagissant aux règles

22. Michel Giffard, *Votre intuition au service du succès*, Paris, Presses du Châtelet, 2009.

encadrant le recrutement et au rôle de la Halde, elle ajoutait : « Les garde-fous sont nécessaires. Mais il faut conserver le libre arbitre dans le choix des candidats. On risque sinon de crisper les entreprises[23]. »

Le règne de la subjectivité et de l'ésotérisme est d'autant plus au rendez-vous que les compétences attestées par un diplôme sont parfois remises en cause.

Il n'y a pas que le diplôme, c'est l'homme qui compte !

La contestation de la prime au diplôme est un grand classique, mais elle est bien hypocrite. La cote des grandes écoles ne s'est jamais démentie et, finalement, remettre en cause les parchemins nuit surtout aux diplômes les moins prestigieux.

Commençons par raconter un échange surréaliste auquel j'assistai au printemps 2009 dans un club de réflexion regroupant « intellectuels » et professionnels. Un DRH présent expliquait que désormais, « ce n'est plus le diplôme que vous avez acquis à 25 ans qui importe pour être recruté et faire carrière ». Et de poursuivre sur ce thème : « Auparavant les grandes écoles étaient une clé de succès majeure, mais aujourd'hui, avec la mondialisation, les profils ont changé. » C'est évidemment une tarte à la crème qui ne correspond guère à la réalité. Prenant la parole après lui, un responsable d'un très grand cabinet spécialisé dans le *benchmark* des rémunérations (de cadres en particulier) indiqua tout de suite être choqué et en profond désaccord avec ce qui venait d'être dit. Ah, me dis-je, pensant qu'il contesterait le fait que le diplôme ne jouait

23. Interview d'Ingrid Bianchi-Lieutaud, site web *Jobetic*, 2008.

plus guère aujourd'hui. Mais, au lieu de cela, il s'insurgea en expliquant… que dans le passé le diplôme ne jouait pas un rôle éminent. « Comment peut-on dire que le diplôme joua un tel rôle ? » demanda-t-il. Pour ce spécialiste qui faisait métier d'analyser les écarts de déroulement de carrière et des salaires en France et à l'étranger, cette affirmation était évidemment déconcertante. Non seulement le diplôme ne serait plus un sésame pour ceux qui sortent des grandes écoles d'ingénieurs et de commerce à l'heure actuelle, mais il ne l'aurait jamais été ; renversant ! Personne ne releva cette ineptie de peur de gâcher l'ambiance, par courtoisie ou parce que cette « bien-pensance » convenait à tout le monde. L'après-midi de cette réunion s'écoula doucement au gré des interventions savantes sur les « enjeux de l'heure » : revaloriser nos cultures d'entreprise, redonner du sens dans nos organisations, etc.

Il faut rassurer tout de suite les étudiants X-mines ou HEC : ils ont de longue date et aujourd'hui encore nettement plus de chances d'être recrutés que les étudiants sortis d'un master de l'Université. Quant aux salaires et aux carrières, pas d'inquiétude non plus. Les grandes entreprises utilisent des grilles très explicites qui classent les diplômes sur une échelle de notation précise permettant de trier les dossiers et de fixer les indemnités de stage ou les salaires.

L'idée selon laquelle les compétences d'un individu ne sont pas seulement résumées par un diplôme acquis à 25 ans est bien entendu intéressante. Il est évident que certaines caractéristiques des candidats aux emplois et certaines de leurs compétences ne sont pas mesurées par les diplômes. Les épreuves de sélection dans le système éducatif sont imparfaites et aucune formation ne saurait préparer à tout. Il est aussi évident que l'expérience offre un apprentissage « sur le tas ». Mais affirmer qu'il faut s'affranchir des diplômes pose deux problèmes : d'une part, les employeurs ne font pas en France autre chose que de reconnaître les diplômes les plus prestigieux tout en déclarant le contraire ; d'autre part, la remise en cause des effets automatiques du diplôme est particulièrement dangereuse.

Pour certains patrons, la reconnaissance des diplômes est un carcan. En effet, elle peut éventuellement obliger à reconnaître une qualification et donc un salaire. Lorsqu'en 1975 fut signée la première grille de classification à critères classant dans la métallurgie, la partie patronale parvint à éviter cette reconnaissance automatique. Une grande grève vint à bout d'un projet gouvernemental consistant à rémunérer les jeunes embauchés en dessous des minima des conventions collectives (le CIP). L'argument de l'accès des jeunes à l'emploi et de la nécessité d'une formation lors de la prise de poste débouchait sur la mise en place d'un dispositif qui concernait les moins diplômés (jusqu'à bac + 3). Pour un jeune sortant d'un troisième cycle universitaire ou d'une grande école rien ne changeait, mais en deçà une brèche était ouverte. Pour eux, et eux seulement, le diplôme perdait de sa valeur.

Le discours sur les compétences et les « talents cachés » qu'il faudrait repérer et faire prévaloir sur le diplôme est séduisant, mais il recèle aussi bien des risques : l'arbitraire et les choix discriminants l'emportent sur l'élément objectif qu'est le diplôme[24]. Mais il est vrai que les diplômes sont de plus en plus falsifiés.

24. La logique compétence est mise à toutes les sauces et peut conduire parfois à une grande subjectivité. Cf. Jean-François Amadieu et Loïc Cadin, *Compétence et organisation qualifiante*, Economica, 1996.

4

Menteurs et tricheurs s'en sortent bien

Pour un candidat de base qui recherche un emploi, la compétition est sérieusement faussée. Dans 70 % des cas, le candidat finalement recruté n'est pas un inconnu (qu'il ait été stagiaire ou soit pistonné, par exemple), des discriminations de toutes sortes risquent ensuite de lui être fatales (de son nom à son embonpoint). Il devra souvent passer au filtre d'épreuves subjectives (comme les entretiens) ou farfelues (la graphologie). Mais ce n'est pas tout, ce pauvre candidat se trouve aussi confronté à un problème qui prend une importance croissante : les autres candidats en lice ont parfois menti de manière éhontée lors de toute la procédure de recrutement (de leur CV aux entretiens en passant par les tests qui leur ont été soumis). Or ces candidats malhonnêtes – qui ont du coup de meilleurs CV, une personnalité faussement attractive et mentent lors de l'entretien – ont toutes les chances d'être ceux qui seront finalement recrutés !

Le stade du tri de CV est décisif (du moins dans les cas où la compétition est ouverte) et il est bien compréhensible que les candidats fassent en sorte que leur CV ait fière allure. Chaque candidat sait que s'il n'en rajoute pas, il ne sera pas retenu, puisque les recruteurs pensent que tous les candidats embellissent leur CV.

Pour les employeurs, un moins bon CV n'est pas celui d'un candidat plus honnête ou naïf que les autres, mais celui d'un moins bon candidat. Toutes les conditions sont réunies pour qu'une surenchère dans la triche sur les CV ait lieu. Les expériences sont rallongées, embellies ou inventées. Les loisirs ou hobbies créés de toutes pièces. Les compétences en langue un peu améliorées. Les diplômes sont également inventés. On ne dispose pas d'études scientifiques sur le sujet en France qui permettent de connaître l'étendue des mensonges sur les CV. Les consultants français avancent toutefois des chiffres qui mériteraient d'être corroborés. Il en ressort que la fraude serait répandue : si l'on en croit l'étude du cabinet de recrutement Florian Mantione Institut, menée auprès de cinq cents entreprises et mille cent candidats, 75 % des postulants exagèrent leurs responsabilités passées, 56 % modifient la durée des emplois successifs pour éviter les trous sur le CV et 36 % mentent carrément sur leurs diplômes. Une autre entreprise française, Verifdiploma, avance que 26 % des diplômes revendiqués sont des faux (sur la base de toutes les vérifications faites à la demande des entreprises), mais il s'agit évidemment d'un argument commercial. Aux États-Unis, les chercheurs ont, dans de multiples études, mesuré l'ampleur des mensonges sur les CV[1] : 25 % des CV comportent des informations mensongères sur les compétences des individus. Et les DRH sont les premiers à être certains que les CV sont truqués. Pour les DRH américains de la Society for Human Ressource Managers, plus de la moitié des CV sont mensongers.

1. M. Aamodt, « How common is résumé fraud ? », *Assessment Council News*, 2003.

Des diplômes factices

En mai 2012, le président de Yahoo, Scott Thompson, a démissionné car on a découvert qu'il s'était inventé un diplôme d'informatique. Arrivé depuis cinq mois, il avait déjà licencié deux mille employés. L'actionnaire qui a découvert le pot aux roses a aussi remarqué que la responsable du comité de direction, Patti Hart, qui avait recruté ce dirigeant, avait aussi embelli son CV. On voit même apparaître des sites Internet et des ouvrages qui donnent toutes les ficelles aux candidats pour tricher. Comment s'y prennent les fraudeurs ?

Les candidats jouent sur les ambiguïtés, du type « ancien élève » au lieu de « diplômé », d'autres achètent à prix d'or le label « grande école » (en passant quelques mois en formation), mais sans avoir fait le cursus ultra-sélectif de ces écoles. Les affaires impliquant certaines universités françaises et des étudiants chinois ont attiré l'attention sur des pratiques qui relèvent de ce que les Américains nomment les « moulins à diplômes » (on distribue à bon compte des parchemins, moyennant un avantage financier, sans véritable contrôle du niveau des lauréats ou sans que la moindre formation ait été dispensée).

Ils peuvent aussi s'inventer des diplômes qu'ils n'ont pas. En cas de demandes de justificatifs, un marché du faux diplôme s'est développé. Ce business est florissant aux États-Unis, mais il concerne aussi les diplômes français. Des chercheurs français ont étudié ce marché en pleine expansion[2]. Ils déplorent

2. Gilles Grolleau et Tarik Lakhal, « Éléments d'analyse économique des faux diplômes », *Revue internationale de droit économique*, n° 21 (2), 2007, p. 115-128.

qu'économistes et juristes français aient ignoré ce sujet, faisant comme s'il était marginal et laissant aux journalistes le soin de traiter du sujet. Plusieurs affaires ont en effet défrayé la chronique, ces dernières années : Abdelkamel Benbara (faux diplôme de l'université de Paris-Dauphine, embauché chez Cap Gemini)[3], Jacques Labeyrie (faux parcours universitaire lui ayant permis de devenir directeur de l'École centrale de Lyon[4]) et Xavier Bruneau (faux médecin démasqué lors de sa demande d'inscription sur la liste des experts auprès de la cour d'appel de Bordeaux[5]).

Le sociologue Christian Baudelot avait remarqué, il y a déjà plusieurs années, que dans les enquêtes françaises sur les salaires et les niveaux de formation, les personnes avaient tendance à s'attribuer des niveaux de diplôme plus élevés qu'en réalité. Les plus qualifiés (les cadres, en particulier) mentaient davantage aux enquêteurs. Mais, en dehors de cela, il est étonnant de constater le peu d'intérêt des chercheurs français pour la fraude dans les cursus de formation ou lors des processus de recrutement.

Sur le site *163.com*, des diplômes français peuvent être adressés pour 1000 euros. Bien que le site ait été signalé par le président de l'université de Toulon il y a plusieurs années, il est toujours en activité.

Pour un diplôme américain rien de plus simple également : pour 175 dollars, on obtient le diplôme et le

3. Marie-Joëlle Gros, « CV trop léger ? J'achète un faux diplôme sur le Web », *Libération.fr*, 2004.
4. Gilles Grolleau et Tarik Lakhal, « Éléments d'analyse économique des faux diplômes », *op. cit.*
5. Jean-Marc Ducos, « Le brillant faux médecin perdu par son ambition », *LeParisien.fr*, 2006.

faux relevé de notes d'excellente qualité, par exemple sur le site *realisticdiplomas.com.*

D'autres sites proposent les mêmes prestations, comme *ND-center.com* ou *diplomareplacementservice.com.* Ce dernier propose même, en plus des diplômes et relevés de notes habituels, de fausses lettres de recommandation et de fausses lettres confirmant l'inscription dans une université. *Diplomacompany.com, diplomaexpress.com* ou *phonydiploma.com* proposent aussi des diplômes de plusieurs pays, dont la France. On peut envoyer sur ce dernier site des modèles de papier à en-tête de n'importe quelle université ou école pour obtenir de faux documents plus vrais que nature. Le marché américain est si développé qu'on estimait en 2004 que deux millions de faux diplômes avaient été vendus aux États-Unis. De nombreux autres pays sont concernés. On a d'ailleurs découvert que l'assassin norvégien Anders Breivik avait gagné sa vie avec une florissante activité de vente de faux diplômes. En Italie, un dentiste sur cinq n'est pas autorisé à exercer selon les chiffres de l'Association nationale des chirurgiens-dentistes italiens, certains s'inventant médecins à l'aide de faux documents, tandis que d'autres exercent sous un faux nom. Inquiétant ! En Chine, lors du recensement de 2000, il y avait déjà cinq cent mille faux diplômes détectés[6].

Pour un employeur, est-il possible de vérifier qu'un diplôme est authentique ? Oui, mais il doit alors se tourner vers un prestataire spécialisé. Outre le coût de ce service, l'efficacité d'une telle démarche est incertaine. Les juges ont ainsi considéré que si une

6. Gilles Grolleau et Tarik Lakhal, « Éléments d'analyse économique des faux diplômes », *op. cit.*

personne tient son emploi normalement pendant trois ans, peu importe qu'elle ait menti sur son diplôme, elle ne peut être licenciée pour faute grave. De plus, les tricheurs ont trouvé la parade : l'établissement ou l'université qui délivre le diplôme est une coquille vide, un faux établissement fournissant des preuves de l'obtention des diplômes fictifs. Avec la multiplication des diplômes à une échelle mondiale, cette technique se développe. En Belgique par exemple, la European Carolus Magnus University et l'Académie européenne d'informatisation sont des universités factices. En France, nous ne disposons pas pour l'heure d'une liste de ces officines. On estimait au milieu des années 2000 que huit cents « moulins à diplômes » étaient capables de vendre des faux diplômes dans le monde[7].

Autre fraude, encore plus massive : certains diplômés ont triché pour obtenir le précieux sésame. Les universités et les grandes écoles sont très laxistes en la matière. Il est de plus en plus fréquent de plagier ou d'acquérir devoirs, exposés et mémoires sur des sites comme *oboulo.com*. Or ces petites ou graves entorses ne sont généralement pas démasquées et, si elles le sont, peu ou pas sanctionnées. La fraude lors des examens est connue, mais rares sont les affaires jugées par les conseils de discipline des universités. Une trentaine chaque année, pour quarante mille étudiants à l'université Paris 1 Panthéon-Sorbonne par exemple, soit 0,075 % des étudiants ! Et encore s'agit-il seulement de blâmes ou d'exclusions avec sursis. Les résultats sont similaires dans les autres universités. Or une enquête réalisée auprès de mille huit cent quinze étudiants nous apprend que 5 % d'entre eux avouent avoir triché dès

7. Estimation suédoise citée par Gilles Grolleau et Tarik Lakhal, *ibid.*

l'école primaire, 48 % au collège, 36 % au lycée et 11 % à l'université. En tout, 71 % de la population sondée a déjà fraudé lors d'examens [8].

La triche est à l'évidence assez généralisée. Lequel d'entre nous n'a pas été, dans sa scolarité, de nombreuses fois témoin, victime, complice ou même auteur d'une triche (du coup d'œil furtif sur la copie du voisin au devoir carrément recopié) ? Aux États-Unis – comme souvent –, on en sait davantage sur le phénomène : on estime qu'environ 70 % des étudiants des universités trichent [9]. Les plus tricheurs sont soit de médiocres étudiants, soit des étudiants qui méprisent le savoir académique. Dans les universités formant aux affaires, le problème semble particulièrement aigu compte tenu de l'anti-intellectualisme qui y règne et de la tolérance à l'égard de la triche, voire de sa valorisation. Plusieurs études américaines nous apprennent que les étudiants en gestion trichent davantage que les étudiants d'autres disciplines. Surtout, ils sont moins conscients de ce qu'est la triche et la tolèrent davantage [10]. Et cela a des conséquences sur leur vie professionnelle : les étudiants de gestion américains qui trichent trouvent admissibles des comportements non éthiques sur le lieu de travail. Il ne faudra pas compter sur eux pour signaler les dérapages de leurs collègues et ils seront les premiers à s'asseoir sur les règlements.

8. Pascal Guibert et Christophe Michaut, « Les facteurs individuels et contextuels de la fraude aux examens universitaires », *Revue française de pédagogie*, n° 169, 2009, p. 43-52.

9. Rafik Z. Elias, « The impact of anti-intellectualism attitudes and academic self-efficacy on business students' perceptions of cheating », *Journal of Business Ethics*, n° 86, 2009, p. 199-209.

10. Nancy E. Day *et al.*, « Student or situation ? Personality and classroom context as predictors of attitudes about business school cheating », *Social Psychology of Education*, n° 14, 2011, p. 261-282.

Les étudiants en gestion ont des repères brouillés et il faut être bien naïf pour croire que le cours d'éthique qui leur est parfois dispensé les amène à modifier leur système de valeurs.

En fait, les diplômés qui ont triché durant leur formation ont des comportements similaires une fois entrés dans la vie active : comportements contraires à l'éthique sur le lieu de travail, vols, fraude fiscale, etc. À un moment où on s'interroge sur la moralisation des pratiques, notamment dans les milieux de la finance, et où des salariés, des managers ou des dirigeants commettent des actes peu éthiques et coûteux, il faudrait se demander comment sont détectés et empêchés les comportements frauduleux dans l'enseignement supérieur formant à la gestion.

La triche lors des recrutements

Les candidats qui répondent à des tests de personnalité sont assez intelligents pour savoir quelles réponses satisferont les employeurs. Puisque les résultats des tests de personnalité vont avoir un effet sur leurs chances d'être embauchés, ils mentent ; c'est bien compréhensible. Il suffit en effet de comparer les scores de personnalité de personnes qui répondent sans véritable enjeu et les scores de ceux qui cherchent à obtenir un emploi pour constater la manipulation des tests[11]. Pour tous les types d'emplois, les candidats sont plus extravertis, beaucoup plus stables émotionnellement, nette-

11. Scott A. Birkeland *et al.*, « A meta-analytic investigation of job applicant faking on personality measures », *International Journal of Selection and Assessment*, n° 14 (4), 2006, p. 317-335.

ment plus consciencieux et plus ouverts. Les réponses sont évidemment orientées selon les postes : on n'attend pas les mêmes qualités d'un vendeur que d'un comptable.

Et même si les candidats sont prévenus de l'importance de ne pas fausser les résultats, cela ne change pas grand-chose. On a fait le test pour des recrutements de conducteurs de bus. Alors que 57 % des candidats trichent au test de personnalité, si on attire leur attention sur le fait qu'il ne faut pas mentir, la triche diminue, mais peu (39 %).

La manipulation est telle – 50 % des candidats ont amélioré leurs traits de personnalité pour décrocher le job recherché [12] – que le véritable classement des candidats aurait été bien différent si ces derniers avaient sincèrement répondu [13]. Parmi les candidats finalement retenus, beaucoup n'ont pas la personnalité que l'on croit. Les plus grands et les meilleurs menteurs figurent en effet immanquablement parmi ceux qui ont les meilleurs scores de personnalité : ils donnent l'illusion d'être plus consciencieux ou plus extravertis. Plusieurs études montrent que lors d'un test de recrutement ou d'un test de personnalité, entre 90 et 100 % des candidats ayant les meilleurs résultats sont des menteurs [14].

12. Chet Robie, Douglas J. Brown et James C. Beaty, « Do people fake on personality inventories ? A verbal protocol analysis », *Journal of Business and Psychology*, volume 21, n° 4, 2007, p. 489-509.

13. Richard L. Griffith, Tom Chmielowski et Yukiko Yoshita, « Do applicants fake ? An examination of the frequency of applicant faking behavior », *Personnel Review*, n° 36 (3), 2007, p. 341-355.

14. Joseph G. Rosse *et al.*, « Assessing the impact of faking on job performance and counter-productive job behaviors », dans Paul Sackett, *New Empirical Research on Social Desirability in Personality Measurement for the 14th Annual Meeting of the Society for Industrial and Organizational Psychology,* Atlanta, 1998 ; John J. Donovan, Stephen A. Dwight et Gregory M. Hurtz, « An assessment of the prevalence,

Une évidence ressort : les candidats les moins honnêtes sont favorisés dans les tests de personnalité. Donc, plus le recrutement est sélectif, plus les tricheurs ont de chances d'être recrutés. En période de chômage, si une entreprise ne retient que 5 % des candidats qui se présentent, alors elle a de fortes chances que ce soient les falsificateurs, les moins honnêtes des candidats, qui soient retenus.

Après tout, peu importe que les candidats recrutés n'aient pas les caractéristiques requises, s'ils sont performants, pourrait-on se dire. Mais il n'en est rien : les menteurs ne sont pas aussi performants que prévu. En revanche, ceux qui ont répondu sincèrement aux questions révèlent une personnalité qui peut être réellement source de performance dans le travail. Mais ceux-là, moins attractifs au vu des tests, ne sont pas recrutés.

Les vendeurs de tests expliquent que tous les participants ont tendance à enjoliver un peu leur présentation d'eux-mêmes, de sorte que finalement la comparaison entre les candidats reste valable. Or ce n'est pas le cas. Tous les candidats n'ont pas la même propension à mentir et la même habileté dans la manipulation de leurs réponses[15]. Certains rougissent en mentant et ne savent pas le faire quand d'autres ont un aplomb extraordinaire. Supposer, comme le font les concepteurs de test et les recruteurs, que tout le monde donne le change, c'est écarter les plus sincères et pousser chacun au mensonge.

---

severity, and verifiability of entry-level applicant faking using the randomized response », *Human Performance*, n° 16, 2003, p. 81-106.

15. Christopher Winkelspecht, Philip Lewis et Adrian Thomas, « Potential effects of faking on the NEO-PI-R : willingness and ability to fake changes who gets hired in simulated selection decisions », *Journal of Business and Psychology*, n° 21 (2), 2006, p. 243-259.

Lorsque le test concerne l'intégrité des personnes – souvent quand l'entreprise confiera de l'argent à ses salariés –, le mensonge des candidats devient un problème encore plus aigu. Car ces tests, censés écarter les personnes malhonnêtes, produisent l'effet inverse. Une étude réalisée auprès de prisonniers a montré qu'ils étaient tout à fait capables de fausser les résultats de tests destinés à mesurer la confiance que l'on pouvait leur accorder[16]. Les escrocs, c'est bien connu, sont maîtres dans l'art de la dissimulation de leur véritable dessein.

La triche lors du recrutement porte également sur l'expérience professionnelle des candidats. Des universitaires[17] ont voulu mesurer la part de tromperie dans les réponses à des questionnaires de recrutement de type *bio data*[18], utilisés pour la sélection de plus de dix-sept mille candidats à des emplois du gouvernement fédéral américain. Ils ont eu l'idée de se livrer à une petite expérience en introduisant trois questions-pièges dans le questionnaire :

– « L'année dernière, combien de fois avez-vous demandé des informations au gouvernement concernant un pays étranger au moyen du formulaire INTL-453 ? » (le formulaire n'existe pas) ;

16. Steven G. LoBello et Benjamin N. Sims, « Fakability of a commercially produced pre-employment integrity test », *Journal of Business and Psychology*, n° 8 (2), 1993, p. 265-273.

17. Julia Luvashina, Frederick P. Morgeson et Michael A. Campion, « They don't do it often, but they do it well : exploring the relationship between applicant mental abilities and faking », *International Journal of Selection & Assessment*, n° 17 (3), 2009, p. 271-280.

18. Cette technique consiste à poser des questions précises sur les expériences, les compétences et diverses caractéristiques personnelles du candidat.

– « Avez-vous souvent utilisé la technique Wentzel pour résoudre un problème budgétaire ? » (la technique a été inventée pour les besoins de l'expérience) ;

– « Dans quelle mesure avez-vous utilisé l'approche dyadique de Johnson pour éviter les conflits au sein des équipes de travail ? » (cette approche est fictive).

Les candidats ont été informés que leurs réponses seraient peut-être vérifiées et qu'en cas de fraude ils pourraient être ultérieurement licenciés. Malgré ces mises en garde et l'enjeu – il s'agit de décrocher un emploi –, 24 % des candidats ont menti au moins une fois, 7 % deux fois et 1 % aux trois questions.

Les candidats ont surtout triché pour la question 3, pensant ne pas pouvoir être démasqués. Ils ont moins menti sur la question 1, parce qu'elle est *a priori* facile à vérifier par le gouvernement, qui peut examiner les demandes officielles faites avec le prétendu formulaire INTL-453. Quant à la question 2, les mensonges sont moins fréquents, parce qu'il était demandé aux candidats pour cette question d'en dire un peu plus sur ce qu'ils avaient fait, ce qui était évidemment plus difficile s'agissant d'une pure invention. Les tricheurs sont donc manifestement nombreux, mais sont-ils par ailleurs de bons ou de mauvais candidats ? Les chercheurs ont donc regardé quelles étaient les performances aux différentes épreuves des candidats. En effet, le gouvernement américain ne recrute pas seulement en faisant remplir un questionnaire *bio data* sur les expériences professionnelles. Un test mesurant les connaissances techniques (en sciences politiques, économie, histoire, géographie, etc.) et un test d'habileté verbale (un aspect important de l'intelligence) sont aussi passés par les candidats. Il est évidemment bien difficile de tricher pour ce dernier test, à la différence des récits de l'expérience professionnelle pour lesquels l'exagération, l'embellissement et le mensonge sont moins détectables. Que constate-t-on ?

Plus un candidat obtient un score élevé au test relatant les expériences professionnelles, plus il s'avère aussi avoir été un menteur pour les trois questions-pièges (qui ne sont pas comptabilisées dans le score au test *bio data*). Par contre, les menteurs sont beaucoup moins compétents techniquement et moins intelligents, comme l'attestent leurs mauvais résultats aux autres tests. En somme, les plus honnêtes des candidats n'en rajoutent pas sur leurs succès passés et sont également plus qualifiés pour le poste.

En faisant passer questionnaires ou entretiens dans lesquels on demande aux candidats de raconter et détailler ce qu'ils ont fait par le passé, est-on certain de recruter les meilleurs ? Tout porte à penser que cette façon de faire, pourtant si fréquente en France, aboutit à recruter des candidats plus malhonnêtes et de surcroît moins compétents. Car les menteurs se révèlent les plus attractifs lorsqu'ils racontent leur vie professionnelle. Ce problème ne peut être évité qu'en utilisant d'autres tests professionnels ou d'aptitudes.

Pour recruter, la méthode la plus utilisée en France est l'entretien. Or cette technique incite tout naturellement les candidats à se présenter sous leur meilleur jour, donc souvent à mentir. Les candidats omettent certains détails peu flatteurs et en inventent d'autres pour faire bonne impression. Jusqu'à 43 % des candidats utilisent des tactiques pour influencer les impressions du recruteur et 28 à 75 %

des candidats reconnaissent mentir durant l'entretien[19].

Les mensonges sur les CV, dans les réponses aux tests et lors des entretiens sont de plus en plus courants. Cette dérive doit être enrayée et les entreprises s'y attachent, par exemple en vérifiant désormais mieux la réalité des diplômes. Mais peut-on reprocher à certains candidats, désarmés par l'ampleur des discriminations, découragés par le piston et conscients d'être face à une loterie, de chercher à enjoliver leur candidature ? Il n'est pas étonnant que certains mentent allègrement, puisque, ne l'oublions pas, les questions posées aux candidats sont fréquemment illégales et visent délibérément à les écarter. Pourquoi une femme avouerait-elle songer à avoir des enfants et résider loin de son lieu de travail, chez son concubin ? Pourquoi la photo jointe au dossier ainsi que la taille et le poids déclarés seraient-ils fidèles à la réalité pour décrocher un job de standardiste-accueil ? Pourquoi un candidat avouerait-il qu'il est divorcé ou qu'il fume ? Sommé de répondre à ces questions illégitimes, quiconque aurait la tentation de tordre la réalité.

Un des inconvénients croissants de l'à peu près dans le recrutement, c'est que les menteurs et les fraudeurs passent au travers des mailles du filet et sortent même gagnants des sélections, au détriment de ceux qui sont compétents, mais – malheureusement pour eux – plus

19. Julia Luvashina et Michael A. Campion, « Measuring faking in the employment interview : development and validation of an interview faking behavior scale », *Journal of Applied Psychology*, n° 92 (6), 2006, p. 1638-1656.

honnêtes. Si le recrutement était plus objectif, par exemple avec des tests professionnels, cela arriverait peu. Mais les tris de CV et les entretiens permettent aux candidats malhonnêtes et menteurs d'exceller, montrant ainsi sinon leurs réelles compétences, du moins leur bagout, leur malice ou leur audace. Hélas, les dysfonctionnements des ressources humaines ne se limitent pas au recrutement. Les déroulements de carrière n'échappent pas à ce sombre bilan. En particulier, la fixation de salaires paraît obéir à une logique bien éloignée des principes méritocratiques.

5

Des écarts de salaire incompréhensibles

Les dérives des ressources humaines ne s'arrêtent pas au recrutement. Les salaires sont également très souvent injustement fixés : les logiques de compétence et de performance ne prévalent pas toujours.

En matière d'inégalités de salaire, le premier séisme est venu d'une affaire qui concernait une employée, « Mme Ponsolle[1] », moins bien payée que sa collègue, alors qu'à l'évidence elle exécutait les mêmes tâches avec une égale efficacité et avait le même diplôme. L'employeur, qui ne pouvait expliquer cette différence de traitement, fut condamné ; il devait respecter la logique : « À travail égal, salaire égal. » Émoi chez quelques DRH et juristes pour lesquels l'individualisation des salaires en fonction de la performance était menacée !

Et en effet, lorsque l'on regarde de près les salaires versés dans les entreprises, on est frappé par des différences inexplicables entre des individus pourtant comparables (même qualification, même diplôme, même ancienneté, même poste, même âge, mêmes expériences). Demeure toujours un « résidu inexpliqué »,

1. Cour de cassation, Soc., 29 octobre 1996, *Bull.* 1996, V, n° 359, p. 255.

comme disent les économistes. Le problème, c'est que le résidu en question est parfois de grande ampleur.

Une part des différences de salaire entre les Français provient non de ce qu'ils font actuellement, mais du salaire qu'ils ont obtenu lors de leur toute première embauche. Les économistes[2] ont déjà décrit ce phénomène et je l'ai moi-même vérifié sur des données portant sur les salaires dans les grandes entreprises françaises. Une personne surpayée dès le début de sa carrière conservera cet avantage, et même l'augmentera avec le temps. Certes, la date d'entrée sur le marché du travail ou le hasard peuvent expliquer des écarts, mais des embauchés tout frais sortis de leurs études, de même âge et expérience, n'ont pas le même salaire alors qu'ils entrent dans la même entreprise. La chance ou les talents de négociateur n'expliquent pas tout.

Des écarts de salaire entre deux femmes ou entre deux hommes peuvent bel et bien exister, tout en demeurant assez inexplicables. Même si l'on tient compte d'une discrimination en fonction d'une origine supposée extra-européenne, de l'existence d'un éventuel handicap, de fortes différences subsistent. Il y a donc d'autres explications, des discriminations non mesurées. À commencer par les réseaux sociaux.

2. Sylvie Le Minez et Sébastien Roux, « Les différences de carrières salariales à partir du premier emploi », *Économie et Statistique*, n° 351, 2002, p. 31-63.

La toute-puissance des réseaux

L'économiste Kenneth Arrow estime que la moitié des différences de salaire entre Américains sont inexpliquées et que, dans cet ensemble de « raisons mystérieuses », 15 % des écarts s'expliquent par le réseau d'amis et la famille des individus[3]. Marc Granovetter, le spécialiste le plus reconnu des réseaux sociaux, explique depuis le début des années 1970 que ceux-ci jouent un rôle éminent dans les inégalités de revenus. On s'en doute, les Américains ne sont pas les seuls à connaître ce phénomène. En France, l'origine sociale d'un salarié a un effet sur le salaire qu'il obtient lors de son embauche et sur celui qu'il aura par la suite. Le rendement des diplômes n'est pas le même pour tous. À diplôme égal, les enfants de cadres ont beaucoup plus de chances de devenir cadres à leur tour que les enfants d'ouvriers ; et dès l'embauche ils sont mieux payés. Si l'on compare deux salariés diplômés du baccalauréat, celui dont le père est cadre a un salaire supérieur de 17 % à celui de son camarade de classe fils d'ouvrier[4].

Cela s'explique par les différences de réseaux d'une catégorie sociale à une autre. Nos amis et nos connaissances exercent une influence souterraine sur notre niveau de salaire. Si cette variable reste malheureusement la grande absente des études françaises, on en sait

3. Kenneth J. Arrow et Ron Borzekowski, « Limited network connections and the distribution of wages », *Federal Reserve Board*, 2004.

4. Christine Gonzalez-Demichel, Emmanuelle Nauze-Fichet, « Les déterminants des réussites professionnelles », 9es Journées d'études CÉREQ, Lasmas-IdL, Rennes, *Formation tout au long de la vie et carrières en Europe*, 2002.

davantage grâce aux enquêtes américaines. Dans la plus prestigieuse revue scientifique de management au monde, un article analyse plus de trois mille négociations de salaire à l'embauche au sein d'une entreprise de haute technologie entre 1985 et 1995[5]. L'objectif, au départ, était de savoir si les salariés noirs obtenaient des salaires inférieurs à ceux des salariés blancs ; c'est le cas, mais, si l'on s'intéresse au réseau d'amis bien placés, on découvre alors qu'il n'y a quasiment plus de différences en raison de la couleur de peau. Ce n'est pas le racisme ou un phénomène de discrimination qui est la cause des moindres salaires des Noirs, mais simplement le fait qu'ils ont en moyenne moins de réseau. Les auteurs expliquent que la couleur de peau est, en somme, un *proxi* (une approximation) du milieu social. Ce qui compte, comme le disent les auteurs, n'est pas ce que l'on est mais *qui* on connaît. Avoir déjà une ou plusieurs connaissances au sein d'une entreprise accroît le pouvoir de négociation des candidats. Ces derniers détiennent en effet davantage d'informations sur leur futur employeur. Et les négociateurs du côté patronal savent que le candidat est bien informé. Cette étude jette un regard nouveau sur une réalité qui mériterait d'être mieux étudiée en France.

Les évolutions de carrière et les salaires dépendent incontestablement de ce que l'on nomme le « *mentoring* », c'est-à-dire l'attention, les conseils et les soutiens (pas seulement psychologiques) d'un mentor. Le rôle de ce cadre ou dirigeant qui chapeaute un plus

5. Marc-David L. Seidel, Jeffrey T. Polzer et Katherine Stewart, « Friends in high places : the effects of social networks on discrimination in salary negotiations, statistical data included », *Administrative Science Quarterly*, n° 45 (1), 2000, p. 1-24.

jeune est bien connu dans le monde du management. Être un « protégé », comme disent les Anglo-Saxons, procure des bénéfices : meilleur salaire, succès de carrière et plus grande satisfaction au travail[6]. Partant de ce constat, des entreprises ont eu l'idée de systématiser ce système et d'en faire profiter le plus grand monde. Le palmarès des firmes où il fait « bon vivre » (« *Best Companies to Work For* ») considère ainsi qu'une bonne firme doit proposer un programme de *mentoring* à ses personnels. Certaines entreprises misent sur ces mentors pour améliorer les carrières des femmes et briser le plafond de verre qu'elles rencontrent trop souvent. Inutile de préciser que dans la plupart des entreprises et des administrations françaises et étrangères des mentors et des protégés existent bel et bien déjà… mais sans qu'il s'agisse d'une politique délibérée et transparente inspirée par le souci de la justice sociale !

Les rémunérations des dirigeants d'entreprise, souvent très élevées, ont suscité des interrogations et des polémiques, tant en France[7] qu'à l'étranger[8]. Là encore, les chances d'être recruté et le niveau de la rétribution d'un dirigeant dépendent du réseau dont il dispose – en particulier au sein du conseil d'administration. Si un dirigeant compte des amis bien placés

6. Tammy D. Allen *et al.*, « Career benefits associated with mentoring for protégés : a meta-analysis », *Journal of Applied Psychology*, n° 89, 2004, p. 127-136.

7. Marie-Hélène Vigliano et Germain Barré, « L'effet de la structure du réseau du dirigeant sur sa rémunération », *Revue française de gestion*, n° 202, 2010, p. 97-109 ; Marie Lalanne et Paul Seabright, « The old boy network : genders differences in the impact of social networks on remuneration in top executive jobs », *Working Paper CEPR*, n° 8623, 2011.

8. Yun Liu, « The impact of networks on CEO turnover, appointment, and compensation », *Technical Report, University of Maryland Working Paper*, 2010 ; Byoung-Hyoun Hwang et Seoyoung Kim, « It pays to have friends », *Journal of Financial Economics*, n° 93 (1), 2009, p. 138-158.

dans une firme, il résistera mieux en cas de contre-performance et ne sera pas remplacé. Et s'il dispose d'un réseau conséquent à l'extérieur de la firme qui l'emploie, il sera plus mobile et rebondira aisément, tout en conservant un salaire élevé quelles que soient ses performances. L'enracinement d'un côté, la puissance d'un large réseau de l'autre sont les clés de hauts niveaux de rémunération, parfois déconnectés de la compétence réelle (fixe, variable + stock-options).

L'influence des réseaux sur les salaires des dirigeants est encadrée par des règles visant à améliorer la gouvernance des firmes. Ces normes sont censées garantir une certaine indépendance, par exemple entre le comité de rémunération et le dirigeant (aux États-Unis). Mais les conflits d'intérêts, manifestes s'agissant de liens familiaux, amicaux ou financiers, sont en revanche plus discrets dans bien d'autres cas. Claude Bébéar, qui fut P-DG d'AXA, interrogé sur la composition des conseils d'administration en France, explique que les relations d'amitié qui ont joué un rôle dans les nominations au sein des conseils nuisent à la performance : « Alors que le courage et la compétence devraient être les premières qualités de l'administrateur, l'amitié qui existe entre les responsables les empêche souvent de licencier un mauvais dirigeant[9]. »

Voici, par exemple, les types de réseaux qui influencent les rémunérations des dirigeants et sont étudiés scientifiquement dans le contexte américain[10] :

– les camarades et anciens des mêmes universités ;

9. Interview à la Bordeaux Management School, 6 mars 2003.

10. Byoung-Hyoun Hwang et Seoyoung Kim, « Social ties and earnings management », *Working Paper*, 2012.

– les vétérans de l'armée ayant fait leur service au même moment ;

– ceux qui ont étudié la même discipline académique (les mathématiques, par exemple) ou ont travaillé dans le même secteur d'activité ;

– ceux qui partagent une origine régionale ou nationale ;

– ceux qui sont liés par un tiers.

Ces liens expliquent une grande partie des écarts de salaire que des différences de performance ne justifient pas.

Mais d'autres facteurs interviennent dans la fixation des rémunérations. Le fait d'être un élu du personnel ou d'avoir des sympathies syndicales a un effet évident ; nous reviendrons ultérieurement sur cette question. Tout comme le fait d'être une femme ou un homme, ou d'être hétérosexuel ou homosexuel.

Être une femme

Ce n'est pas un scoop, les femmes ont des rémunérations moyennes inférieures à celles des hommes. Toutefois, la différence n'est pas, en France, de près de 27 %, comme on le lit souvent, puisqu'il faut raisonner à situation comparable. Les femmes travaillent notamment davantage à temps partiel, de sorte qu'à temps de travail identique la différence de rémunération pour le secteur privé est de 14 % en 2009. De plus, elles n'occupent pas les mêmes types d'emploi et travaillent plus fréquemment dans des secteurs moins rémunérateurs. En tenant compte de cela, l'écart hommes/femmes est ramené à 9 %. Si l'on prend en considération des éléments comme les niveaux précis de responsabilité, le degré d'effort, les interruptions d'activité ou les spécialités de diplôme, on estime que l'écart serait autour de 6 %.

En fait, l'essentiel des différences de salaire entre les sexes provient du « plafond de verre » (carrières ralenties), du fait qu'elles occupent des jobs mal payés et de leur temps de travail plus réduit. Les femmes ont souvent été mal orientées, vers des filières dites « féminines » souvent moins rémunératrices. Elles sont affectées à des postes considérés parfois à tort comme faciles à tenir. Et elles sont nombreuses à se contenter d'un temps partiel, faute de mieux.

Les entreprises présentent aux organisations syndicales des bilans de situation comparée qui permettent de saisir cette réalité. Dans plusieurs grandes firmes publiques et privées, j'ai pu travailler sur ces statistiques de rémunération. Elles offrent l'avantage, par rapport aux données nationales, de fournir une image plus précise de la situation de chaque salarié (le poste précis qu'il occupe, par exemple). Elles signalent aux entreprises des différences anormales concernant les sexes ou les origines. Il est certain que les femmes connaissent des ralentissements de carrière, occupent des emplois en général moins bien rémunérés et perçoivent à emploi, ancienneté, âge, diplôme et temps de travail comparables des salaires fixes et variables moindres. Mais des écarts de salaire restent inexplicables à la seule lecture de ces bilans fournis par les entreprises.

Si être une femme est clairement un désavantage, il ne faudrait pas en conclure que cette variable est la seule clé de compréhension des différences de salaire dans les entreprises. D'autres facteurs engendrent des inégalités ou suscitent des discriminations largement invisibles. Nous savons, par exemple, que les femmes à forte corpulence et les hommes petits et fluets sont défavorisés par rapport aux autres salariés. Malheureusement, aucune firme n'est autorisée à mesurer ce facteur. Surtout, les femmes et les hommes ne sont pas dotés de réseaux aussi efficaces.

L'étude du sommet de la pyramide des entreprises témoigne de la force des réseaux. Les rémunérations de plusieurs milliers de dirigeants – plus de seize mille ! – de grandes entreprises en France, en Allemagne, en Grande-Bretagne et aux États-Unis[11] ont été passées au crible. Il s'avère que ceux ou celles qui ont un large réseau de relations professionnelles gagnent significativement plus d'argent que ceux qui ont un réseau étroit. Plus surprenant, l'écart de salaire entre hommes et femmes n'existe quasiment plus lorsque l'on raisonne à situation comparable. En somme, « une fois pris en compte l'impact des réseaux il n'y a plus d'évidence statistique d'un écart de rémunération entre hommes et femmes ».

Il n'est donc pas certain que les politiques d'égalité salariale soient une solution aux discriminations dont les femmes ont été et sont encore les victimes. Cela permettrait certes de résorber des écarts de salaire injustifiés. Mais une simple politique de correction fondée sur le genre passe sous silence l'effet des réseaux, c'est-à-dire, bien souvent, l'effet de l'origine sociale. Car si en apparence les écarts salariaux proviennent du genre, ils sont en fait le produit des réseaux. Il importerait plus largement de rechercher

11. Marie Lalanne et Paul Seabright, « The old boy network : genders differences in the impact of social networks on remuneration in top executive jobs », *op. cit.*

quelles autres différences de salaire inexplicables existent dans nos entreprises.

Aujourd'hui, les différences de salaire entre hommes et femmes tendent à se réduire. On pourrait croire que ce progrès est lié principalement à l'évolution des mentalités et aux efforts financiers des entreprises (certaines relèvent rapidement les salaires féminins). Il s'explique en fait en grande partie par un double mécanisme beaucoup moins glorieux : l'accroissement des inégalités de salaire entre femmes couplé à la montée de la précarité chez les hommes. Un exemple[12] : lorsque des femmes intègrent en plus grand nombre les comités exécutifs, le niveau moyen des salaires des femmes augmente fortement. La proportion de femmes cadres croît du même coup, et plus spécialement la part de celles qui perçoivent les rémunérations confortables des dirigeants. On peut se réjouir que des femmes puissent – au même titre que les hommes – toucher de telles sommes. Mais n'aurait-il pas été plus opportun d'enrayer la folle croissance des inégalités ? Les entreprises américaines servent aujourd'hui de modèle dans le domaine de la diversité et de l'accès des femmes et des minorités aux postes de dirigeants. Revers de la médaille, les inégalités de salaire y sont extraordinaires. Loin de corriger cette dérive, les politiques de diversité se sont bornées à attribuer une part du gâteau à quelques femmes et personnes de couleur noire[13].

12. Casey B. Mulligan et Yona Rubinstein, « Selection, investment and women's relative wages over time », *The Quarterly Journal of Economics*, nº 123 (3), 2008, p. 1061-1110.

13. La diversité peut faire écran aux progrès de l'égalité, comme le souligne Walter Benn Michaels dans son ouvrage : *La Diversité contre l'égalité*, Liber-Raison d'agir, 2009.

Les femmes souffrent de carrières discontinues en raison des maternités et de périodes de chômage ou de précarité. Mais ce motif joue moins que par le passé, tout simplement parce que les hommes sont dorénavant, autant que les femmes, confrontés à des interruptions d'activité[14]. On le voit, la convergence des situations entre les hommes et les femmes, ou entre les minorités visibles et les autres, masque généralement les inégalités les plus criantes. Trop souvent, on se donne ainsi à bon compte l'illusion de la vertu et de la « responsabilité sociale ». « Tout changer pour que rien ne change », voilà quelle semble être la démarche adoptée tant aux États-Unis qu'en Europe.

Conjoints et compagnons

Le réseau du conjoint compte également beaucoup pour trouver un emploi bien rémunéré, et dans le déroulement de carrière. Les hommes mariés ont un avantage par rapport aux célibataires et leurs salaires s'en ressentent. Alors que pour une femme être mariée plombe une carrière, pour les hommes, c'est un indéniable plus. Tout se passe comme si les employeurs en étaient rassurés, comme si le soutien logistique et affectif apporté par la conjointe solidifiait le parcours professionnel. Et le réseau de celle-ci peut effectivement y contribuer.

En Chine, par exemple, le réseau du beau-père d'un cadre exerce une influence telle que lorsque celui-là

14. Fabienne Berton, Jean-Pierre Huiban et Frédérique Nortier, « Les carrières salariales des hommes et des femmes : quelle convergence sur la longue période ? », *Travail et Emploi*, n° 125, 2011, p. 9-25.

vient à décéder, le salaire de son gendre baisse en moyenne d'un quart. Aux États-Unis, une chercheuse de l'université du Wisconsin[15] a examiné les salaires de couples entre 1967 et 2005. Elle a calculé que près du tiers de la croissance des inégalités salariales entre les couples américains sur cette période provient de l'accroissement du travail des femmes et de leurs salaires. Il faut évidemment se féliciter de l'amélioration de la situation des femmes. La contrepartie, néanmoins, c'est qu'il y a davantage de couples à hauts revenus. Car l'homogamie – le fait de se marier entre membres d'une même classe sociale – est la norme. Ainsi, les diplômés des universités prestigieuses et les descendants des milieux américains favorisés se marient entre eux. Seule différence : dorénavant, ce n'est plus seulement le beau-père qui permet aux hommes de mieux réussir (dans le modèle hérité du XIXe siècle, les femmes ne travaillent pas), mais aussi leurs propres femmes. Les positions de pouvoir, les réseaux et les revenus de leurs épouses se cumulent donc aux leurs. Il en résulte mécaniquement un accroissement des inégalités ; les plus riches, par un effet de levier, tirant finalement le plus grand profit de l'accès des femmes aux emplois les plus rémunérateurs. D'autant que les couples sont de moins en moins divers socialement, c'est-à-dire qu'ils sont de plus en plus formés de conjoints qui ont fait les mêmes études et ont des statuts sociaux similaires. Les hommes, comme les femmes, s'attachent désormais davantage au niveau d'instruction et aux revenus de leurs futurs conjoints.

15. Christine R. Schwartz, « Earnings inequality and the changing association between spouses' earnings », *American Journal of Sociology*, n° 115 (5), 2010, p. 1524-1557.

Or les comparaisons internationales ont montré que les pays les plus inégalitaires sont aussi ceux dans lesquels les couples sont les moins diversifiés en termes de statut économique ou social des conjoints (les princes n'épousent guère de jeunes paysannes[16]).

Si le mariage rassure quand on est un homme, *a contrario,* être divorcé, célibataire ou encore homosexuel se répercute sur le salaire. Faire son *coming out* n'a rien d'évident car, outre des réactions hostiles, c'est la vie professionnelle et la carrière qui peuvent s'en ressentir.

Gays et lesbiennes ont suscité un intérêt marqué, tant aux États-Unis qu'en Europe. Dans les pays où l'on dispose de données, on constate une différence de salaire en défaveur des gays allant de 7 à 15 % et l'absence de discrimination, voire un léger avantage, en faveur des lesbiennes. En France, les homosexuels gagnent 6 à 7 % de moins que les hétérosexuels dans le privé et 5 à 6 % dans le public[17]. Ce sont surtout les homosexuels plus âgés, plus diplômés et plus qualifiés qui sont défavorisés, ce qui témoigne de carrières ralenties (il y a quelques années, l'homosexualité était moins bien acceptée). Les femmes homosexuelles sont en revanche mieux perçues que les hétérosexuelles, les stéréotypes les associant à une image de dynamisme et d'agressivité. Les employeurs endosseraient des préjugés favorables à ces femmes aux caractéristiques censément plus masculines. L'orientation

16. Florencia Torche, « Educational assortative mating and economic inequality : a comparative analysis of three latin american countries », *Demography*, n° 47 (2), 2010, p. 481-502.

17. Thierry Laurent et Ferhat Mihoubi, « Moins égaux que les autres ? Orientation sexuelle et discrimination salariale en France », *Working Paper*, université d'Évry, 2009.

sexuelle conduit donc encore à des différences de salaire.

La prime à la beauté

Les bulletins de salaire ne mentionnent pas de « prime à la beauté » et il n'y a pas de « retenue sur salaire » parce que l'on est trop gros. Pourtant, l'apparence physique joue un rôle clé dans la fixation de rémunération. Dans les restaurants, les belles serveuses obtiennent de meilleurs pourboires que celles dont la plastique est plus ordinaire… surtout à dîner, d'ailleurs[18]. En France, comme en Grande-Bretagne ou en Espagne, les hommes grands ont des salaires plus élevés que les hommes de petite taille[19]. Et ce ne sont pas seulement les commerciaux et les basketteurs professionnels qui sont concernés. D'ailleurs, les cadres mesurent plusieurs centimètres de plus que les ouvriers. Les hommes petits et fluets perçoivent en revanche de moindres rémunérations. À diplôme égal, leurs moindres revenus et leurs carrières ralenties proviennent de la stigmatisation dont ils font l'objet. Ce n'est pas seulement qu'ils séduisent moins les clients dans les métiers de la vente, mais surtout que les chefs et les collègues de travail ont *a priori* une moins bonne opinion à leur sujet. Les préjugés à l'égard des hommes malingres tirent à la baisse leurs salaires (ceux qu'ils négocient à l'embauche, leurs parts

18. Matthew B. Parrett, « Beauty and the labor market : evidence from restaurant servers », manuscrit non publié, 2007.

19. Nicolas Herpin, « La taille des hommes : son incidence sur la vie de couple et la carrière professionnelle », *Économie et statistiques*, n° 361, 2003, p. 71-90.

variables et les augmentations). Beaucoup de Français souffrent ainsi d'être mis à l'écart en raison de leur taille ou de leur poids. Ils ont conscience du regard critique de leur environnement et déclarent que cela se ressent dans leur vie professionnelle[20]. De leur côté, les hommes obèses en particulier dans le milieu des cadres ou dans la vente sont mal considérés. Les stéréotypes négatifs à l'égard des hommes obèses sont forts. En utilisant une technique de mesure des stéréotypes, j'ai constaté que les hommes présentant un visage obèse étaient perçus négativement (comparativement à des hommes de poids moyen) du point de vue des traits sociaux (bonheur, tolérance, confiance, honnêteté, etc.) et des traits intellectuels (intelligence, sérieux, détermination, etc.)[21].

Les femmes de forte corpulence sont quant à elles clairement ostracisées au travail. Elles sont plus souvent au chômage, occupent des emplois précaires et touchent de moindres salaires que les autres. Hommes et femmes qui prennent du poids voient leur situation professionnelle se dégrader et leur salaire baisser (quand ils ne perdent pas leur emploi[22]). Pourquoi, à diplôme égal, une personne obèse gagne-t-elle moins ? Les entreprises préfèrent recruter et attirer des candidates séduisantes qui exerceront leurs charmes auprès des clients. Nous avons vu que les discriminations à l'embauche sur le physique sont importantes et

20. Thibaut de Saint Pol, *Le Corps désirable. Hommes et femmes face à leur poids*, Paris, PUF, 2010.

21. Mesure faite en France sur plusieurs centaines de personnes ayant répondu à un test d'association implicite inspiré des tests développés aux États-Unis par le professeur Antony Greenwald. Nous avons testé la perception des traits sociaux et intellectuels à l'égard des personnes obèses en utilisant les adjectifs de Rosenberg.

22. Jean-Pierre Poulain, *Sociologie de l'obésité*, Paris, PUF, 2009.

pratiquées dans de nombreux pays. Du coup, les salaires s'en ressentent. Mais il y a une autre raison à cette préférence des employeurs pour les minces : les employeurs, sans l'avouer, recrutent des salariés qui leur semblent en bonne forme physique. On en veut pour preuve le fait que les sportifs sont nettement valorisés au recrutement et mieux payés ensuite. Enfin, les employeurs ont le sentiment que les personnes grosses seraient moins dynamiques, moins compétentes, moins intelligentes et auraient une personnalité faible[23].

Combien rapporte donc la beauté ? Combien en coûte-t-il d'être peu gâté par la nature ? Un économiste américain a calculé que ceux qui s'estiment physiquement moins beaux que la moyenne sont payés 4 % de moins s'agissant des femmes et 13 % pour les hommes[24]. On peut s'étonner que les charmes féminins aient peu d'impact sur le salaire, mais c'est oublier que nombre de femmes sont condamnées au chômage en raison de leur physique (pas question d'être vendeuse ou à l'accueil). Quant à ceux qui sont plus beaux que la moyenne, ils gagnent 8 % de plus pour les femmes et 4 % de plus pour les hommes. L'écart entre un homme au physique ingrat et un Apollon (plus de 17 %) équivaut presque à deux années d'études. Les mêmes constats ont été faits en Grande-Bretagne, en Espagne, en Chine, au Canada, en Corée, en Australie, etc.[25].

23. *Ibid.*

24. Daniel S. Hamermesh, *Beauty Pays*, Princeton University Press, 2011. L'auteur a effectué ses calculs en tenant compte des variables habituelles qui expliquent les différences de salaire comme le diplôme, la taille de l'entreprise, l'âge, etc.

25. Cf. les recensions de Daniel S. Hamermesh (*ibid.*) et Jean-François Amadieu, *Le Poids des apparences*, Paris, Odile Jacob, 2002.

Il ne faut pas s'étonner si les femmes, et désormais les hommes, se précipitent toujours plus nombreux chez un chirurgien esthétique. La lutte contre les stigmates du vieillissement, le blanchiment de la peau et l'amaigrissement sont par exemple devenus classiques. L'enjeu n'est plus seulement de résoudre un complexe ou de séduire, mais de décrocher un bon job et de le garder.

Si un critère aussi peu pertinent que l'apparence physique conditionne ce que chacun va gagner, on peut se dire aussi que de nombreuses entreprises utilisent des outils permettant de contrecarrer ces biais. Dans les grandes firmes, qui utilisent des méthodes raffinées pour fixer les salaires autrement qu'à la tête du client, comment les choses se passent-elles ?

Que valent les méthodes de fixation des salaires ?

Nous l'avons vu, les salaires varient pour des raisons souvent peu avouables. Mais, quand les grandes entreprises utilisent des méthodes perfectionnées de fixation des salaires, le résultat est-il moins subjectif et discriminant ?

Une variété de systèmes de classement des emplois permet de définir la valeur du poste de travail de chacun et de hiérarchiser les rémunérations. Les grands cabinets de conseil américains ont diffusé dans le monde entier – d'abord dans le secteur privé, puis dans le secteur public – des méthodes d'évaluation des emplois qu'ils présentent comme modernes, équitables et objectives. Or ce n'est pas toujours le cas ; loin s'en faut.

On sait depuis longtemps que ces méthodes qui régissent la hiérarchie des salaires dans bien des entreprises comportent de sérieuses limites. Elles ne datent pas d'hier : la méthode du cabinet de conseil américain HAY, la plus diffusée dans le monde, a par exemple été créée après la Deuxième Guerre mondiale. On leur reproche de longue date de reposer sur des descriptions de postes imparfaites, de freiner la mobilité en liant un salaire à l'occupation d'un poste précis, ou encore de reproduire les inégalités salariales. Les avancées de la lutte contre les discriminations et pour l'équité salariale sont en train d'ébranler encore un peu plus l'édifice bâti par ces cabinets. Prétendant justifier « objectivement » pourquoi quelqu'un doit gagner plus qu'un autre et quelle doit être la différence entre leurs salaires respectifs, en réalité, cette opération produit des écarts bien contestables.

La méthode HAY utilise classiquement trois critères pour évaluer la valeur d'un poste : les compétences, l'initiative créatrice et la finalité[26]. Ce qui fait la valeur d'un poste, donc le salaire de la personne qui l'occupe, ce n'est guère le diplôme ou les compétences que détient la personne, mais les « compétences requises » ou nécessaires pour tenir ce poste. Ces compétences sont définies de telle sorte qu'elles valorisent les personnels d'encadrement ou qui sont en contact avec les autres. En effet, l'aptitude aux relations humaines et la capacité à superviser le travail des autres sont deux des trois dimensions de la compétence valorisées. Les personnels d'exécution – ouvriers, employés et techniciens – sont clairement peu concernés. « L'initiative

26. Les critères des autres méthodes les plus vendues sur le marché sont voisins (onze critères chez Hewitt).

créatrice » n'a pas non plus grand sens pour beaucoup d'emplois d'exécutants sur des chaînes de production ou dans des centres d'appel. Quant à la « finalité », c'est-à-dire la contribution attendue, elle mesure ce que rapporte le poste à une entreprise. Le travailleur gère-t-il un gros budget ? Ses responsabilités financières sont-elles étendues ? A-t-il un rôle clé sur les résultats et les bénéfices d'une entreprise ? Un employé de restaurant d'entreprise, une standardiste ou un manœuvre n'ont, dans ces conditions, pas d'impact primordial sur le résultat final, et leur poste ne vaudra rien. Ce n'est pas la personne qui est évaluée, mais son poste. Et à ce jeu, certains postes valent moins que d'autres, malheureusement pour ceux qui les occupent et quelles que soient leurs compétences. On peut se demander s'il est bien juste de différencier les salaires simplement parce que certains salariés sont en contact avec la clientèle et d'autres en « *back office* », dans des services de support qui compteraient « pour du beurre ». Être dans une salle de marché ou au contrôle de gestion induit d'énormes différences de salaire, sans que les compétences ou les efforts des salariés soient fondamentalement différents. Dans ces méthodes, la valeur du poste ne dépend ni des qualités de la personne qui l'occupe, ni des efforts qu'elle fournit. Une DRH française, Mme Bastien, a mis les pieds dans le plat il y a quelques années en réclamant le même salaire que ses camarades hommes du comité de direction, tous mieux payés qu'elle. Les juges lui ont donné raison en expliquant que ce qu'elle faisait – gérer les ressources humaines, le juridique et les services généraux – était aussi important que les finances[27].

27. Cour de cassation, Chambre sociale, arrêt du 6 juillet 2010.

Par ailleurs, un aspect pourtant fondamental est oublié : la pénibilité. Si les méthodes d'évaluation des emplois ne concernaient que les cadres, passe encore. Mais on les utilise pour tous les emplois. L'État de l'Oregon aux États-Unis a, durant les années 1980, cherché à remédier à cette iniquité en ajoutant un quatrième critère à la méthode HAY : les conditions de travail (effort sensoriel et musculaire, environnement physique et risques, charge de travail). Au Canada également, le fameux cabinet HAY a été obligé de modifier sa méthode, car la nouvelle loi sur l'équité salariale obligeait à tenir compte de certains critères qu'elle ignorait. Quatre critères déterminent désormais la valeur d'un poste dans la loi canadienne : qualifications, efforts, responsabilités et conditions de travail. Le cabinet a non seulement dû ajouter à sa méthode un quatrième critère – les conditions de travail –, mais aussi inclure des sous-critères :

– aux « compétences », qui se résumaient auparavant aux aptitudes intellectuelles, il a fallu adjoindre les aptitudes physiques pour tenir les postes ;

– dans le nouveau volet « conditions de travail », on trouve désormais :

• les efforts physiques à fournir dans son travail (l'intensité, la fréquence et la durée des activités physiques et de l'effort provoquant stress et fatigue physique) ;

• le bruit, la chaleur, le froid, les risques pour la santé, vibrations, saleté, poussières et fumées, etc. ;

• l'isolement, le stress psychologique, l'attention sensorielle que requiert le poste, les échéances multiples provoquant anxiété et tensions.

Du coup, on n'aboutit plus du tout aux mêmes différences de salaire d'un poste à l'autre. Par exemple, pour un emploi de bureau, les conditions de travail pèsent désormais pour 12 % de la valeur totale du poste, mais seulement 3 % chez un superviseur. On mesure l'enjeu pour ceux qui occupent des emplois de bureau (les femmes en particulier).

La pénibilité varie énormément d'un poste de travail à un autre. On ne peut pas faire comme si le progrès technique avait par miracle fait disparaître le métier d'ouvrier. De plus, il est impossible d'ignorer que le travail est plus intense que par le passé (la réduction du temps de travail en France ayant accentué ce phénomène). Les risques psychosociaux et le stress sont une réalité[28]. Si nous tenions compte de ces dimensions, les échelles de salaire en seraient sacrément changées. Oublier de tenir compte des efforts physiques pénalise ceux qui ont un travail pénible. Mais, si l'on valorise par un salaire de base ou des primes ceux qui exécutent un travail supposant une force physique, on risque évidemment de désavantager les femmes par rapport aux hommes, seuls en mesure d'accomplir ces travaux de force. Dans une affaire jugée en 1997[29] en France, ce problème apparaissait clairement. Deux femmes, manutentionnaires dans

28. Le BIT fournit une liste non exhaustive de critères qui sont plus larges que ceux de la méthode HAY : aptitude à travailler sous pression, contacts personnels, analyse de jugement, créativité, autonomie dans le travail, dextérité, connaissances, effets d'erreurs, complexité du travail, effort intellectuel, conditions de travail, effort physique, expérience professionnelle, relations et tact, formation, responsabilités financières, gestion de ressources, responsabilités des rapports et documents, initiative, responsabilité à l'égard d'équipements, instruction, qualifications professionnelles, planification et coordination, savoir-faire, précision, solution de problèmes, prise de décision, surveillance à exercer, surveillance subie. Ces critères sont regroupés en critères généraux : qualifications, efforts, responsabilités et conditions de travail.

29. Cour de cassation, Chambre sociale, 12 février 1997.

une société de culture et de ramassage de champignons, percevaient un salaire horaire inférieur à celui d'un autre manutentionnaire homme, classé au même coefficient de la convention collective. L'employeur justifiait cette différence par le fait que les femmes qui se plaignaient ne devaient que trier les champignons, alors que les hommes exécutaient de nuit des travaux de chargement et de déchargement et devaient donc porter de lourdes charges. Mais les juges ont considéré que le travail des femmes affectées au tri était mal évalué. Sans le dire précisément, ils ont pensé qu'il fallait tenir compte de la dextérité et de la concentration indispensables au tri des champignons. Les statisticiens ont montré qu'en France « ne pouvoir quitter son travail des yeux » (comme dans le tri des champignons) est une pénibilité non compensée par un meilleur salaire (pour les femmes[30]). Celles qui sont concernées gagnent moins que les autres parce que les femmes sont réputées patientes « par nature ». Elles ne détiendraient donc pas une compétence particulière. Cette pénibilité est caractéristique de jobs « féminins » mal payés[31].

D'autres pénibilités ne sont pas compensées par un meilleur salaire. Pire, ceux qui sont concernés gagnent moins que les autres. C'est la double peine ! Pour les hommes, et plus encore les femmes, « avoir une posture au travail pénible ou fatigante à la longue » en est un premier exemple. Dans un sondage BVA sur les problèmes de « jambes lourdes », on prend la mesure des problèmes posés par ces postures auxquelles

30. Christian Baudelot et Michel Gollac, « Salaires et conditions de travail », *Économie et Statistique*, n° 265, 1993.

31. *Ibid.*

s'ajoutent souvent de longs temps de trajet debout dans un RER. Autre exemple : il existe des emplois dans lesquels on risque des accidents de travail et des maladies professionnelles. Or ces postes risqués ne donnent pas lieu à de meilleurs salaires[32]. Le « salaire de la peur » laisse à désirer.

Dans les années d'après-guerre, on se souciait davantage de la pénibilité et on continue à le faire dans certaines branches professionnelles françaises (dans les grilles de classification). Peu à peu, cette préoccupation est passée au second plan, sans que les syndicats soient parvenus à enrayer cette dérive. C'est le combat pour l'équité salariale entre hommes et femmes qui permet, finalement, de ressortir des oubliettes la notion de conditions de travail. Et du même coup d'amender des méthodes de cotation de postes, pourtant présentées comme des bibles indépassables.

Mais les employeurs français ne sont pas franchement emballés à l'idée de remettre à plat les différences de salaire en décrivant et cotant mieux les activités. Le principe juridique « d'un salaire égal pour un travail de valeur égale » a été inséré dans le code du travail en 1972 alors que la Convention de l'Organisation internationale du travail était d'application directe en droit français depuis presque vingt ans. Mais, comme le soulignent Rachel Silvera et Séverine Lemière, elle n'était pas mise en œuvre. Et aujourd'hui, les entreprises traînent toujours les pieds. Pour leur étude sur la manière de coter les emplois (commanditée par la

32. Voir la recherche faite sur la France, les Pays-Bas, la Grèce et la Grande-Bretagne par l'économiste Vasileiou Efi, « Are workers sufficiently compensated for being in a dangerous job ? Evidence from the european labor market », université Paris II, *Working Paper*, 2009.

Halde), dont l'objectif était de « rompre le silence », les auteures n'ont trouvé que des terrains d'observation dans la fonction publique. Elles expliquent : « La plupart des entreprises du secteur privé sollicitées nous ont accueillies au départ favorablement mais ont finalement refusé notre intervention. En effet, les enjeux s'avéraient souvent importants : observation des méthodes d'évaluation des emplois ; confrontation auprès de salarié(e)s sur l'évaluation de leurs postes et éventuellement propositions de réévaluation de certains emplois... Ces obstacles méritent d'être soulignés car ils sont révélateurs des enjeux que peut induire notre démarche et montrent également les réticences actuelles des entreprises françaises à intégrer un tel processus[33]. »

On comprend l'inquiétude des entreprises, car c'est non seulement les salaires de base qui seront calculés autrement, comme on vient de le voir, mais également de multiples primes visant, entre autres, à « compenser » des conditions de travail difficiles. Le maquis des primes est tel que l'on y voit peu clair dans le privé et le public. Le problème est que ces primes, souvent anciennes, perdurent sans lien parfois avec de vraies pénibilités, tandis que des salariés dont le travail est dur ne touchent rien. Les bonnes primes s'ajoutent plutôt aux bons salaires de base, et heureux ceux qui sont dans les bons secteurs d'activité. Une remise à plat des salaires et des primes ne peut pas faire que des heureux et des réformes de ce type coûtent très cher aux entreprises.

33. Rachel Silvera et Séverine Lemière/Halde, « Comparer les emplois entre les femmes et les hommes. De nouvelles pistes vers l'égalité salariale », *La Documentation française*, 2010.

Les syndicats ont longtemps contesté – en vain – les méthodes américaines de cotation des emplois. Comme en d'autres domaines, leur combat paraissait d'arrière-garde face à des outils prétendument dernier cri, fondés scientifiquement et facteurs de performance. Et dans le secteur public, on a importé ces méthodes coûteuses en usage dans le secteur privé sans en mesurer les limites. Il n'en va pas différemment en ce qui concerne les revendications salariales, considérées trop souvent comme des revendications dépassées, les RH ne jurant que par l'accomplissement personnel au travail.

Médailles en chocolat ou augmentation de salaire ?

« Pour être heureux dans la vie et au travail, le niveau du salaire n'est pas déterminant. » On a formé des armées de managers à l'idée qu'il ne fallait pas forcément augmenter les rémunérations pour impliquer et motiver les travailleurs. L'essentiel étant de reconnaître le travail bien fait en félicitant les exécutants, de donner des ordres en douceur, de conférer un sens au travail, et que les salariés s'accomplissent personnellement. Au fond, les gens marcheraient aux sentiments : une tape dans le dos vaudrait mieux que des euros supplémentaires à la fin du mois. Un ouvrage à succès du management explique que ce sont l'honneur et le don de soi qui animent les grands capitaines d'industrie comme les salariés[34]. Ce ne sont pas les incitations financières qui feraient courir dirigeants et exécutants. Ce qui deviendrait important, c'est d'être

34. Philippe d'Iribarne, *La Logique de l'honneur*, Paris, Seuil, 1993.

simplement gentil et empathique. Ces messages ont été pilonnés et le sont encore. Ce que l'on a appelé « l'école des relations humaines » n'en finit pas de formater les esprits en offrant une inespérée justification à la modération des salaires et du partage du profit.

Pourquoi les rémunérations des plus riches, en particulier des dirigeants, augmentent-elles pour atteindre des niveaux toujours plus élevés, alors que leur travail, passionnant, devrait plutôt amener à un plafonnement des gains ? Curieusement, ceux qui ont les jobs les plus valorisants et qui s'accomplissent dans leur travail ont tout de même une obsession : gagner davantage. Cette préoccupation est telle que depuis vingt ans des records de hausse ont été battus, finissant par émouvoir un peu. À l'évidence, CEO américains et P-DG du CAC 40 ne se contentent pas vraiment de tapes dans le dos et de médailles en chocolat remises par leurs actionnaires !

À en croire certains, les ouvriers ne seraient pas, comme on le croit naïvement, intéressés par de meilleurs salaires. Moyennant un peu de brosse à reluire, ils pourraient bosser plus. Pour nous en convaincre, les promoteurs de cette idée s'appuient sur une étude des années 1920, constamment enseignée jusqu'à aujourd'hui aux futurs managers : les expériences menées à la Western Electric. Un effet miraculeux aurait été mis en évidence : l'« effet Hawthorne », du nom de l'usine où se déroule l'étude. En un mot, les ouvrières d'une usine d'assemblage de téléphone ont subitement travaillé davantage, uniquement parce qu'on s'est occupé d'elles (en les étudiant, dans ce cas précis). Et puis elles auraient formé une équipe bon enfant, soudée par l'expérience vécue. On comprend le message : il suffit de montrer aux travailleurs qu'on s'occupe d'eux et, comme par enchantement, ils travailleront plus. Le problème est qu'il n'y a jamais eu d'« effet Hawthorne » ; il est désormais établi que les chercheurs ont manipulé les faits pour arriver à leurs conclusions. Pour doper la productivité des ouvrières, on choisissait de très jeunes filles récemment immigrées devant faire vivre une partie de leur famille et on n'hésitait pas à les licencier si elles ne produisaient pas suffisamment. En vérité, si ces ouvrières produisaient davantage, c'était tout bêtement grâce au bon vieux système de la carotte et du bâton. Mais cette méthode n'était guère reluisante et n'aurait pas rencontré le succès planétaire que l'« effet Hawthorne » a connu. Les autres études du même tonneau ont également rencontré un vif succès (la pyramide de Maslow en est un bon exemple[35]) ; fort anciennes, elles sont encore enseignées dans les grandes écoles et les universités, sans que l'on mentionne leur fragilité. Le message est tellement sympa !

J'ai mené il y a quelques années une enquête pour le ministère de la Recherche sur les politiques de salaire. À ma grande surprise, j'ai constaté que les sociologues du travail ignoraient en quasi-totalité[36] le sujet, que les théoriciens des organisations en faisaient un élément très secondaire et enfin que les gestionnaires des ressources humaines ne le considéraient que comme un facteur parmi d'autres de l'implication

35. L'idée est simple : pas la peine de verser plus de salaire à partir d'un minimum vital car les gens aspirent à s'accomplir, être reconnus, donner un sens à leur vie, etc.

36. Le sociologue Christian Baudelot ou le professeur de gestion Bruno Sire sont parmi les notables exceptions à ce désintérêt généralisé.

des travailleurs. Encore aujourd'hui, les chercheurs français en gestion des ressources humaines ignorent totalement l'étude des rémunérations. Deux universitaires français ont répertorié en 2012 toutes les recherches en GRH. Deux sujets passent complètement à la trappe : les salaires et les relations sociales (syndicats, grève, négociation). C'est d'autant plus étonnant que dans les autres pays ces deux thèmes sont très étudiés. Et ils posent cette question : « Nos modèles de pensée en GRH semblent encore rester sourds à la montée de la violence qu'une inégale dispersion de la répartition des richesses produites engendre[37]. »

Les priorités des DRH ne correspondent pas aux enjeux importants aux yeux des salariés[38]. Les premiers ont à l'esprit l'internationalisation, l'accompagnement des transformations, la mobilisation des managers, la gestion des talents ou la culture d'entreprise. Les salariés, de leur côté, donnent la priorité au stress – qui n'est quasiment pas mentionné par les DRH –, à la rémunération, la communication interne, la paix sociale et le dialogue social.

Les esprits sont formés à l'idée que les bons sentiments, la générosité et l'altruisme sont largement répandus. Inutile pour motiver d'augmenter les salaires et les syndicats n'auraient rien compris aux souhaits des salariés.

37. Dominique Martin et Gwénaëlle Poilpot-Rocaboy, « La recherche en GRH : diagnostic et perspectives d'évolution à partir du 21e congrès de l'AGRH », *Revue de gestion des ressources humaines*, n° 85, 2012.

38. Baromètre de la fonction DGRH, Sofres, juin 2010.

La « quête de sens »

Lorsque des travailleurs font grève avec détermination pendant plusieurs semaines en revendiquant des augmentations de salaires, contestent un changement des règles de promotion ou défendent leur emploi, on nous explique souvent que le problème est « ailleurs ». Les travailleurs résisteraient au changement et ne comprendraient pas les intérêts supérieurs de l'entreprise ou de la modernisation de l'État. À travers leurs revendications, ils exprimeraient inconsciemment autre chose : ils mettraient en cause les relations hiérarchiques, auraient un besoin de reconnaissance ou seraient en quête de sens[39].

Mais les faits sont têtus. Depuis le XIXe siècle, la grève comme les négociations collectives portent d'abord sur des questions de salaire. On peut toujours soutenir que les travailleurs n'ont pas trouvé d'autre moyen que de revendiquer des salaires ou des emplois, alors qu'en réalité ils ne pensent qu'au sens de leur travail. On peut expliquer que ce sont les syndicats qui habillent les vraies aspirations des travailleurs sous ces formes triviales. Ou dire que les syndicats sont dépassés et ne captent plus les attentes des salariés. Encore faudrait-il démontrer que leurs aspirations ont changé. Et établir que les syndicats, qui avaient bien représenté les intérêts des travailleurs jusqu'alors (en défendant leurs salaires et leurs emplois en particulier), ont désormais perdu cette capacité. Il y a d'ailleurs une

39. Après les grèves de 1995 faisant suite à l'annonce du plan Juppé, Henri Vacquin publie par exemple un ouvrage intitulé *Le Sens d'une révolte*.

différence fondamentale entre expliquer une grève par la quête de salaires plus élevés, la défense d'un régime de retraite, de certains aménagements du temps de travail ou la préservation des emplois et l'expliquer par la quête de sens. Dans un cas, on s'appuie sur des faits incontestables, dans l'autre on s'appuie sur du vent.

En août 2012, la mine de Marikana en Afrique du Sud, où sont employés près de vingt-quatre mille salariés, connaît une grève portant sur les salaires. Les négociations sont au point mort, les salariés sont menacés de licenciement comme le prévoit la loi en cas de grève. Les affrontements avec les forces de l'ordre sont violents. Au total, quarante-quatre personnes sont mortes à Marikana : dix hommes, dont deux policiers, tués entre le 10 et le 12 août dans des affrontements intersyndicaux ; trente-quatre mineurs tués et soixante-dix-huit blessés le 16 août dans une fusillade. Dans le même temps, l'employeur, l'entreprise britannique Lonmin, insiste sur son exemplarité en matière de développement durable, de place faite aux femmes et aux minorités dans le management. La reconnaissance est par ailleurs une valeur clé pour cette firme. Les profits de Lonmin ont connu une hausse de 36 % entre 2010 et 2011 atteignant 311 millions de dollars US. La rémunération (hors stock-options) du dirigeant (Ian Farmer) a progressé de 50 % entre 2009 et 2011 selon *Business Week*. Lonmin fournit des rapports détaillés concernant les aspects financiers et le développement durable. On peut savoir, par exemple, que le pourcentage de managers de couleur noire a augmenté de 3 % en une année. On apprend également combien de managers sont des femmes. Pourtant, bizarrement, le salaire des mineurs n'est jamais évoqué, ni ceux de l'équipe dirigeante d'ailleurs. Quant au comité de direction, c'est parfait, il compte des femmes et des personnes de couleur noire. La transparence sur les rémunérations est en revanche moins cruciale aux yeux de ce type de firme.

Sans verser dans la théorie du complot, on peut quand même se demander pourquoi les spécialistes français de la critique du capitalisme et du management, qui passent pour les pourfendeurs du grand capital et les avant-gardes éclairées de la classe ouvrière, ont soigneusement évité de travailler sur les salaires. C'est pourtant le rouage essentiel du « mécanisme d'exploitation ». On a vraiment l'impression que ces intellectuels, qui donnent à penser aux dirigeants, sont les nouveaux fous du roi. Une touche de philosophie et de supplément d'âme pourquoi pas, tant qu'elle ne remet finalement rien en cause.

Rémunération des dirigeants : un indispensable encadrement

C'est une constante, les dirigeants des grandes firmes du secteur privé perçoivent des rétributions sans commune mesure avec celles des cadres ordinaires. L'écart s'est creusé entre les dirigeants et le reste de la main d'œuvre, sans que ce fossé puisse s'expliquer par une différence dans les compétences, le travail fourni ou la performance.

Sans la grave crise de 2008, la question de la légitimité des rémunérations des dirigeants n'aurait certainement pas connu un tel regain d'intérêt. La campagne présidentielle de 2012 a déclenché une accélération des critiques et des annonces de plusieurs candidats (en particulier Nicolas Sarkozy et François Hollande).

On savait depuis bien longtemps que les politiques de rémunération étaient profondément injustes. Les gains des dirigeants des grandes entreprises progressaient à un rythme soutenu tandis que les salaires du reste de la main-d'œuvre faisaient du surplace. Les stock-options faisaient figure de jackpot depuis une bonne vingtaine d'années. En cas d'éviction par leur conseil d'administration, les dirigeants jouissaient de « parachutes dorés », c'est-à-dire d'indemnités d'éviction ou de « retraites chapeau » confortables qui les protégeaient en cas de contre-performance.

En pleine campagne présidentielle, on apprenait que les revenus des dirigeants du CAC 40 (rémunération, part variable et stock-options) avaient augmenté de 34 % durant l'année 2010, dans un contexte marqué par la recherche d'économies et de maîtrise des salaires. Jean-Marc Ayrault indique alors que François Hollande en a été « indigné et en colère » et parle de rémunérations « indécentes, aberrantes, inacceptables et insultantes[40] ». À l'évidence, les engagements de bonne conduite pris par le MEDEF et le sens de l'éthique des dirigeants n'ont pas suffi !

Aux États-Unis, la situation est caricaturale. Le syndicat américain AFL-CIO met à disposition du public des données précises et nominatives concernant les revenus des dirigeants comparés aux salaires médians dans plusieurs milliers d'entreprises. En 1980, un grand patron américain gagnait 42 fois le salaire ouvrier et en 2010… 343 fois le salaire médian, un record mondial. En France, même si les inégalités sont moins criantes, les émoluments des dirigeants ont aussi

40. http://www.dailymotion.com/video/xp3xsr_jean-marc-ayrault-ps-l-indecence-ca-suffit_news

vivement progressé entre 1980 et 2001, et les patrons français rattrapent un peu leurs homologues américains : en 2007, les dirigeants du CAC 40 gagnaient 260 fois le smic. En 2010, le P-DG français le mieux payé, Jean-Paul Agon (L'Oréal), gagne environ 664 fois le smic annuel brut. Il est suivi de peu par Bernard Arnault (LVMH) avec 602 smic[41]. En Grande-Bretagne, on observe la même dérive : alors qu'en 1978 le P-DG de British Aerospace était payé 29 000 livres l'année, en 2010 Ian King gagne plus de 2,3 millions de livres au même poste. Une augmentation de 8 000 % ! Sans compter que dans le même temps l'entreprise a licencié trois mille salariés, dont les indemnités sont payées par l'État.

Depuis 2008, les émoluments des dirigeants dont les firmes ont été soutenues par les pouvoirs publics et les bonus des traders de la finance sont dans le collimateur. La moralisation ne se fait pas spontanément. Le G20 de Pittsburgh a adopté en septembre 2009 de nouvelles règles pour éviter que ne se reproduise le désastre de 2008. Il considère que les modes de rémunération d'une partie du personnel des établissements financiers sont une des causes de la crise[42]. Le secteur financier vit grassement, comparé à d'autres secteurs d'activité. Pour un ingénieur, mieux vaut foncer dans une salle de marché plutôt que de construire des ponts. Et au sein des banques, il y a le cadre lambda et celui qui est au plus près des opérations spéculatives. Le souci des États n'est pas de remédier à ces profondes injustices entre salariés aux mêmes diplômes et tout

41. Source : Proxinvest, 2011.

42. « Principles for Sound Compensation Practices Implementation Standards », *Financial Stability Board*, 2009.

aussi valeureux. La question, c'est l'incitation à la prise de risque inhérente aux systèmes de rémunération variables. Les jeunes gens des salles de marché jonglent avec des sommes vertigineuses en faisant courir des risques insensés aux banques pour quelques raisons très simples : les bonus individuels sont directement indexés sur les plus-values réalisées. Le système marche à la hausse, mais en cas de perte les bonus ne sont pas récupérés. Le G20 propose par exemple d'attendre trois ans au moins avant de s'assurer que les traders ont bien agi avec prudence et réellement fait gagner de l'argent à leur établissement. Et il suggère aussi que s'ils étaient détenteurs d'actions des banques, ils se poseraient davantage la question du risque.

Il faut prendre la mesure du paradoxe : c'est des ministres des Finances du G20, sorte de super-DRH, qu'est venue la préconisation d'une modification des règles de fixation des salaires. Et de même, c'est une directive européenne de novembre 2010 qui préconise « que les politiques de rémunération variable [soient] conçues de manière à aligner les incitations sur les intérêts à long terme de l'établissement de crédit ou de l'entreprise d'investissement et que les méthodes de versement renforcent son assise financière ». Le Parlement et le Conseil européen ajoutent, soucieux de la bonne gestion des ressources humaines, que « les composantes de la rémunération qui dépendent des performances devraient aussi *contribuer à améliorer l'équité des structures de rémunération* de l'établissement de crédit ou de l'entreprise d'investissement[43] ». La directive européenne fixe des règles

43. Directive 2010/76/UE du Parlement européen et du Conseil du 24 novembre 2010, *Journal officiel*, p. 0003-0035.

plus strictes que le G20 pour limiter l'ampleur des bonus en cash versés aux traders (la moitié de cette part variable doit être versée en « actions » ou équivalent qui ne peuvent être cédées tout de suite). L'essentiel du bonus ne peut être acquis définitivement avant une période de trois à cinq ans minimum.

Dans la même veine, c'est Nicolas Sarkozy qui avait dénoncé publiquement les bonus versés aux traders, alors que le système financier avait été sauvé du naufrage grâce à l'État. Et les appels à la modération des rémunérations des dirigeants ont débouché sur des décisions plus contraignantes. En 2012, un plafonnement du salaire des dirigeants d'entreprises publiques à 450 000 euros a été décidé et une imposition à 75 % des revenus supérieurs à 1 million d'euros promise par François Hollande.

Pourquoi la question des rémunérations vertigineuses des traders et dirigeants n'avait-elle pas été posée plus tôt, tant en France qu'à l'étranger ? Cela s'explique aisément. Pour les salaires des métiers de la finance, c'est le résultat de deux logiques qui sont au fondement des rétributions du secteur privé : en premier lieu, un salaire dépend plus du poste occupé, des millions avec lesquels on jongle et du profit généré, que du diplôme et des compétences (c'est la culture du résultat). En second lieu, les parts variables à la performance sont considérées comme hautement souhaitables et l'accent est mis sur l'individualisation de ces rémunérations. Pour les dirigeants, il faut d'abord rappeler leur influence sur le personnel politique. En France, cette emprise est longtemps passée par le financement de la vie politique. Parmi les entreprises les plus puissantes du CAC 40, on trouve des firmes de secteurs d'activité entretenant des liens étroits avec l'État ou les collectivités locales : bâtiment et travaux publics, services aux collectivités locales, armement, pétrole, énergie, eau. On ne peut bien comprendre le peu de volontarisme politique à ce sujet sans tenir compte de cette donnée. Ensuite, les dirigeants disposent d'une forme de pouvoir idéologique, à travers la diffusion des idées. Elle s'exerce en premier lieu par la production de rapports publics, souvent confiés à des dirigeants (Bébéar, Fauroux, Proglio, Gallois etc). Les grandes entreprises disposent d'autre part d'importants moyens de communication qui influencent considérablement les médias. Les dirigeants exercent en outre leur influence sur les grandes écoles et les productions des académiques en GRH. On ne compte plus les colloques dont l'existence tient aux sponsors, toujours les mêmes grandes entreprises. Impossible aussi d'énumérer les « cahiers spéciaux » insérés dans les magazines et quotidiens. Ces publi-reportages qui ne disent pas toujours leur nom permettent de présenter la parole des « experts sur le sujet ». Les firmes y communiquent sur leur politique, tandis que consultants, milieux associatifs et quelques très rares universitaires s'y expriment. Des journalistes de bonne volonté essaient bien, vaille que vaille, d'y faire passer une véritable information, mais les thèmes, le contenu et le ton général sont d'essence patronale.

Difficile dans ces conditions de freiner l'augmentation vertigineuse des rémunérations des dirigeants que la mondialisation a accélérée. Elle n'est pourtant guère liée à leurs performances. À l'évidence, la quantité de travail que peut fournir un dirigeant en une journée de vingt-quatre heures ne peut pas progresser à l'infini, les journées ne sont pas extensibles. Les augmentations de salaire mirobolantes ne peuvent donc pas être des incitations à travailler. Quels que soient leurs émoluments, cadres et dirigeants travaillent beaucoup. Peut-être les dirigeants les mieux payés sont-ils aussi les plus compétents, ceux qui font les meilleurs choix au bénéfice de l'entreprise. Dès lors, à niveau d'effort (temps de travail) identique, un dirigeant pourrait peut-être se révéler plus efficace et donc en tirer un juste bénéfice. Mais y a-t-il un lien entre le niveau de rétribution d'un dirigeant et le succès des entreprises qu'il dirige ?

La rétribution élevée des dirigeants provient de l'addition de plusieurs éléments : un salaire fixe, une part variable, des actions gratuites ou des options de souscription d'actions (stock-options), des indemnités de départ (*golden parachutes*), des retraites, des jetons de présence dans les conseils d'administration[44].

Cadeau de bienvenue et parachute doré

Les dirigeants sont parfois accueillis dans leur entreprise avec un confortable cadeau de bienvenue, le *golden hello*. Cette pratique a l'avantage de ne pas faire apparaître une rémunération de base élevée, tout en majorant sérieusement la rétribution du nouveau dirigeant. En outre, les dirigeants négocient souvent une indemnité de départ, qui leur est acquise quelle que soit leur performance. L'esprit de la loi sur les sociétés commerciales est que le dirigeant doit pouvoir être révoqué aisément et rapidement par les actionnaires

44. Le terme de « jeton » donne le sentiment que cet aspect est négligeable, ce qui n'est pas le cas, d'autant que les dirigeants de grandes firmes sont administrateurs en général de plusieurs conseils.

(*ad nutum*, comme on dit). Les rémunérations élevées des dirigeants sont en quelque sorte une contrepartie à cette « précarité ». Moins protégé – en principe – que le cadre ordinaire, le dirigeant est par compensation nettement mieux rémunéré. Pour le MEDEF et l'AFEP (Association française des entreprises privées), dans le code de gouvernance élaboré en 2007, « il n'est pas acceptable que des dirigeants dont l'entreprise est en situation d'échec ou qui sont eux-mêmes en situation d'échec la quittent avec des indemnités ». Hélas, plusieurs cas ont défrayé la chronique et c'est pourquoi ce code de bonne conduite y fait référence. Il est en effet absurde que des actionnaires soient contraints de récompenser lors de son départ un dirigeant qui a des résultats calamiteux. Cet enracinement du P-DG n'est pas la meilleure manière d'inciter à la performance.

D'autant que les dirigeants bénéficient de très confortables « retraites supplémentaires », dites « chapeau ». Elles atteignent de tels niveaux que cela a fini par se voir. Les retraites sont calculées à partir du salaire du dirigeant et il suffit qu'il augmente fortement avant son départ pour qu'elles atteignent des sommets. Fait exceptionnel, un dirigeant, Antoine Zacharias, a été condamné par une cour d'appel en mai 2011 (confirmé en cassation en mai 2012[45]) pour avoir abusé de son pouvoir afin de majorer ses gains et du coup la retraite qui lui était versée après son départ de Vinci en 2006. Pendant des années, Antoine Zacharias était le chef d'entreprise du CAC 40 le mieux payé. Son salaire annuel était passé de 2,9 millions d'euros en 2003 à 4,2 millions d'euros en 2005. Ce changement s'est répercuté sur son indemnité de départ (12,8 millions

45. Source AFP, 16 mai 2012.

d'euros) et sur sa retraite complémentaire annuelle (2,1 millions d'euros), calculées à partir du dernier salaire annuel, lequel venait justement de flamber. Dans son arrêt, la cour d'appel a considéré qu'« Antoine Zacharias n'ignorait pas que la nouvelle formule de sa rémunération allait avoir des conséquences favorables sur les conditions financières de son départ en retraite ». Ils ajoutent que l'ancien P-DG « a en effet usé de son statut et de son influence qui en découle pour faire avaliser par le conseil d'administration le renouvellement complet du comité des rémunérations pour priver ces deux organes de leur indépendance nécessaire au bon fonctionnement de la société et pour en faire les instruments de son propre intérêt ». Ces agissements ont été « motivés par la recherche d'un enrichissement personnel », ont écrit les juges. Son successeur à la direction générale de Vinci, Xavier Huillard, a parlé d'une « addiction progressive à l'argent[46] ».

Les critiques adressées à ce système sont d'autant plus légitimes que ces cadeaux de départ ont concerné des dirigeants laissant parfois leur entreprise exsangue et les actionnaires ruinés. Le MEDEF et l'AFEP ont là aussi posé des règles de bonne conduite, comme celle-ci : « Les systèmes donnant droit immédiatement ou au terme d'un petit nombre d'années à un pourcentage élevé de la rémunération totale de fin de carrière sont de ce fait à exclure. » Mais, en pratique, des dirigeants de grandes firmes ont continué à bénéficier de ces retraites, même au bout de trois années seulement. Leur taxation a toutefois été progressivement augmentée et leur suppression proposée par le chef de l'État en mars 2012.

46. Source AFP, 24 mai 2011.

Le succès des stock-options[47] ne s'est pas démenti depuis les années 1970. Qu'un système aussi inique et inefficace ait survécu aussi longtemps a de quoi surprendre.

C'est en France que les stock-options ont été le plus loin et c'est aussi chez nous que cette pratique, abandonnée aux États-Unis[48], a continué à prospérer, défendue bec et ongles par le patronat. Laurence Parisot, présidente du MEDEF, déclarait ainsi dans une interview au *Monde,* le 7 décembre 2010 : « Prenez les stock-options, par les critiques et les taxations, on a détruit un outil remarquable, directement payé par les actionnaires, sans peser sur les comptes de l'entreprise et qui n'était versé que lorsque la performance était au rendez-vous. »

Or les stock-options ne sont pas un outil « remarquable », en particulier lorsqu'il est utilisé par les dirigeants (pour les créateurs d'entreprise et leurs salariés, le mécanisme est en revanche intéressant). Rappelons ce qui pose problème avec ce mécanisme. Jean Arthuis, un sénateur centriste, a réalisé un rapport sur ce type de rémunération[49] en 1995, avant de devenir ministre des Finances. Comptable de métier, fin connaisseur de la

47. Il est proposé de pouvoir obtenir des actions à un cours fixé d'avance alors que le cours a augmenté. Dans la formule la plus juteuse, toute hausse des Bourses génère un gain et on peut choisir le moment le plus propice et revendre illico pour empocher son bénéfice.

48. Les abus y furent multiples, notamment antidater les stock-options pour réaliser d'énormes gains.

49. Rapport d'information de MM. Jean Arthuis, Paul Loridant et Philippe Marini, fait au nom de la commission des finances n° 274 (1994-1995), 17 mai 1995.

réalité de la gestion des entreprises et personnalité ayant toujours été attachée à une certaine liberté de parole, il analyse le système de manière très critique. Il note d'abord que les gains que permettent d'obtenir les stock-options sont à cette époque très peu imposés. Pourquoi un manager valeureux serait-il davantage taxé que l'heureux bénéficiaire des stock-options ? Voilà qui n'est pas la meilleure manière de récompenser le travail. Depuis, la taxation a progressivement été relevée pour remédier à cette anomalie. En second lieu, Jean Arthuis fait remarquer que le système d'attribution de ces options sur titres est opaque, les actionnaires et les salariés demeurant dans l'ignorance.

Mais le problème principal souligné par le sénateur est que les bénéficiaires des stock-options peuvent gagner à tous les coups. Loin de récompenser des dirigeants méritants, le dispositif est bien souvent un système permettant de ne prendre aucun risque. Dans son guide de recommandations (non contraignantes), l'AMF a reconnu que les dirigeants sont des « initiés quasi permanents », grâce à toutes les informations privilégiées dont ils disposent et qui peuvent influer sur le cours de l'action de leur société. Et donc sur leur rémunération.

Depuis les années 1980 se sont succédé, à intervalles réguliers, les révélations sur les gains astronomiques réalisés par quelques grands dirigeants. Évidemment, ces gains ont certaines fois été obtenus alors même que la firme était exsangue et que les actionnaires avaient beaucoup perdu (Vivendi, par exemple). Après un émoi de courte durée, le cours normal des choses reprenait.

Claude Bébéar fut un des premiers grands dirigeants dont les gains furent médiatisés. Depuis, quand on parle de lui, c'est pour évoquer le lancement de la charte de la diversité en 2004. Il a été nommé à la présidence du Comité des sages AFEP-MEDEF en 2009. La mise en place de ce comité avait été demandée au MEDEF par le Premier ministre, François Fillon, pour veiller à ce que les dirigeants des entreprises en difficulté reconsidèrent leurs rémunérations. Il est pourtant un fervent défenseur des stock-options et sans doute le dirigeant qui a engrangé le plus important profit grâce à celles-ci… Il déclarait en 2003 : « Les dérives constatées aux États-Unis sont impossibles en France, car la transparence y est imposée. Je pense par ailleurs que le système des stock-options est excellent pour motiver les dirigeants et lier l'intérêt de ces derniers à ceux des actionnaires. » Quant aux salaires des dirigeants français, il lui semblait que « même si un dirigeant est excellent, il convient de respecter une certaine éthique en termes de salaire ». Raisonnement qui le conduit à estimer que les salaires des P-DG français devraient être… augmentés, dans un souci de justice : « Les dirigeants français sont moins bien payés que leurs homologues notamment anglais ou allemands. Ils le sont infiniment moins que les dirigeants américains. Une certaine justice doit être respectée en matière de salaires dans les groupes internationaux. Cela tend à augmenter les salaires en France[50]. »

Parmi les nombreuses affaires concernant les stock-options ayant défrayé la chronique ces dernières années, une en particulier devrait retenir notre attention. Elle concerne un des dirigeants de LVMH. Voici ce que le quotidien *La Tribune* expliquait, le 8 novembre 2010 : « On a appris ce week-end qu'Anto-

50. Interview à Bordeaux Management School, 6 mars 2003.

nio Belloni, directeur général délégué de LVMH, le n° 1 mondial du luxe, a réalisé une plus-value de 18 millions d'euros en un jour, soit 1400 années de smic, en levant un certain nombre de stock-options et en les revendant dans la foulée. Or le directeur général du groupe de luxe était en 2008 le dirigeant le mieux payé du CAC 40, selon le classement établi par le magazine *Challenge*. Il a perçu en 2008 une enveloppe globale de 5,3 millions d'euros. Hors effets de stock-options, c'est plus que son supérieur Bernard Arnault, qui n'a perçu "que" 3,9 millions d'euros de salaires. »

Alors qu'une nouvelle fois cette affaire montre l'iniquité du système des stock-options, l'attention se focalise davantage sur les propos tenus au même moment par M. Guerlain[51]. Des personnalités et associations se mobilisent, manifestent devant la boutique des Champs-Élysées, sont reçues par la direction de LVMH pour obtenir non seulement des excuses, mais aussi des actions concrètes dans le domaine de la promotion de la diversité. Si les propos du fondateur de Guerlain sont regrettables et ne peuvent qu'entretenir des préjugés racistes, le déplacement de l'attention vers la question de la promotion de la diversité et la lutte contre le racisme facilite le maintien d'une répartition inégale des richesses fondée sur le mécanisme discutable des stock-options.

La campagne présidentielle de 2012 et la nécessité d'afficher un peu de justice sociale en ces temps de crise ont entamé un peu plus la légitimité des stock-options et des retraites chapeau. L'idée d'une taxation

51. Déclaration au journal de 13 heures de France 2, le 15 octobre 2010 : « Pour une fois, je me suis mis à travailler comme un nègre, je ne sais pas si les nègres ont toujours tellement travaillé mais enfin… »

des rémunérations les plus élevées, en particulier celles des grands patrons, a progressé lors de cette campagne. François Hollande en a d'ailleurs fait une proposition phare de la sienne. Il est vrai que plusieurs grands patrons, emmenés par Jean-Maurice Levy à la tête de l'AFEP, avaient lancé en 2010 un appel et une pétition pour une taxation plus importante des dirigeants. Quelques P-DG, comme celui de L'Oréal Jean-Paul Agon, ont préconisé l'abandon des stock-options et leur remplacement par des distributions d'actions gratuites. Nicolas Sarkozy préconisait, outre l'interdiction des retraites chapeau, la présence d'un représentant des salariés dans les comités de rémunération au motif que les dirigeants des grandes entreprises, en particulier dans le secteur financier, n'auraient pas été capables de s'autoréguler depuis 2007. Le sens de la responsabilité sociale et de l'éthique des grands patrons, les engagements figurant dans le code de bonne conduite de l'AFEP-MEDEF évoquant une rémunération « mesurée, équilibrée, équitable » et « tenant compte des réactions de l'opinion en général », n'avait pas été suffisant. François Hollande comme Nicolas Sarkozy ont fait le même constat.

On peut rétrospectivement se demander pourquoi les milieux de la gestion des ressources humaines n'ont pas été plus critiques à l'égard d'un système présentant pourtant bien des limites. Si on peut comprendre que les DRH des grandes firmes françaises n'étaient pas les mieux placés pour commenter les émoluments de leurs dirigeants, en revanche leurs associations professionnelles et les milieux académiques pouvaient en parler davantage. Or ils ne se sont pas franchement saisis du sujet. L'étudiant et le futur manager ne se sont guère vu expliquer que les stock-options attribuées aux dirigeants pouvaient poser de sérieux problèmes. Les manuels de GRH ne se sont pas fait l'écho de la sévère analyse faite par le sénateur Jean Arthuis dans son rapport parlementaire. Il a fallu attendre que les grands patrons et les politiques prennent les choses en main. Pourtant, la distribution des options sur titre ne concernait pas que les dirigeants et, à ce titre, relevait bien des politiques de rémunération au sein des firmes.

Car les rémunérations des dirigeants ont un effet important sur le climat social ; elles conditionnent l'image que les salariés ont de leurs patrons. Les niveaux astronomiques des rétributions et leurs mécanismes d'allocation sont apparus comme injustes aux yeux des cadres d'abord, puis de l'ensemble des salariés, lorsque peu à peu ils découvraient cette réalité. Cette question était traitée dans les comités de rémunération des conseils d'administration – quand il y en avait –, mais les responsables des ressources humaines ne se considéraient pas comme compétents. Sur ce sujet, les DRH n'ont, somme toute, guère eu leur mot à dire.

6

Des carrières à plusieurs vitesses

Lorsqu'on connaît un peu le terrain, la lecture des livres consacrés aux déroulements de carrière en France est assez surréaliste. On y explique que des techniques modernes de gestion du personnel, comme les *assessment centers* (un assemblage d'outils d'évaluation des comportements et de la personnalité), permettent de détecter les hauts potentiels, ceux qui seront les dirigeants de demain. Les ressources humaines disposeraient d'outils vraiment *up to date* et performants pour gérer les promotions des cadres. En vérité, les décisions d'avancement sont moins objectives qu'annoncé, quelle que soit la bonne volonté des gestionnaires de carrière et des DRH. Surtout, **la** clé reste de disposer d'un solide réseau.

La clé du succès : avoir un réseau

En France, on dispose de bien peu d'informations sur ce qui détermine en réalité les parcours professionnels. Aux États-Unis, comme souvent, on s'embarrasse moins pour aborder tous les éléments qui peuvent jouer un rôle dans leur déroulement. L'influence des réseaux y est notamment mieux étudiée, mais, en contrepartie, ils sont également légitimés. En France, depuis quelques années, les magazines regorgent d'articles prescrivant à tous de cultiver leurs réseaux. Soutenus et encouragés par quelques grandes entreprises, des réseaux communautaires ou de femmes ont même vu le jour (Africagora, Afip, etc.). Au lieu de chercher à démanteler les réseaux d'influence préexistants, on en développe de nouveaux. Curieuse logique qui voit ainsi institutionnalisés le réseautage et le communautarisme au seul motif qu'existent déjà de multiples réseaux puissants opérant de longue date dans notre pays. Il est évidemment pathétique et vain de penser que des réseaux communautaires puissent lutter contre des réseaux autrement plus puissants (familiaux ou de grandes écoles par exemple). Il conviendrait plutôt de limiter par tous les moyens la puissance de ces maillages plus anciens[1].

On sait que les femmes ont été privées, et sont encore souvent privées, des réseaux les plus efficaces pour faire carrière. Leur appartenance aux principales loges maçonniques était interdite jusqu'à ces dernières années (au Grand Orient de France elles ne sont admises que depuis 2010 et sont quelques centaines sur cinquante mille membres). Dans des cercles comme « Les dîners du Siècle », elles étaient absentes jusqu'aux années 1980. Du coup, au lieu de dénoncer ces réseaux, on en forme de nouveaux réservés aux femmes : Women and Leadership ; Women's Forum for the Economy and Society, Fondation ELLE, etc.

1. Pour un passage en revue de ces réseaux, voir Sophie Coignard et Marie-Thérèse Guichard, *Les Bonnes Fréquentations, histoire secrète des réseaux d'influence*, Paris, Grasset, 1997.

Les études scientifiques ont largement établi que les femmes connaissaient un plafonnement de carrière et de moindres salaires, notamment parce qu'elles n'avaient pas les soutiens bien placés qui sont si importants pour faire carrière. Ce n'est donc pas le machisme ou la représentation des femmes qui est en cause, mais simplement le fait que pour gagner plus et faire carrière il faut être « pistonné ». Or les femmes le sont moins que les hommes, de la même manière que les fils d'ouvriers le sont moins que les enfants de dirigeants d'entreprise. Dans une étude américaine[2], l'économiste Sylvia Ann Hewlett estime que l'effet des réseaux, des sponsors ou mentors explique entre 22 à 30 % des différences de salaire et de carrière.

Les réseaux conduisent à de fortes discriminations, tant au moment du recrutement que pour la fixation des salaires et des primes. Lorsqu'il s'agit des promotions, en particulier pour les postes à responsabilité, les réseaux vont jouer un rôle majeur[3]. Soutiens, informations, conseils, évaluations bienveillantes et finalement coups de pouce au moment des promotions. À ce jeu tout le monde n'est pas logé à la même enseigne ; ceux qui ont déjà des connaissances dans une entreprise avant d'y entrer développent encore plus de réseaux après coup que les « *nobody* » embauchés en même temps qu'eux[4].

2. Sylvia Ann Hewlett, « The real benefit of finding a sponsor », *Harvard Business Review*, 2011.

3. Nan Lin, « Social networks and status attainment », *Annual Review of Sociology*, n° 25, 1999, p. 467-487. Joel M. Podolny et James N. Baron, « Resources and relationships : social networks and mobility in the workplace », *American Sociological Review*, n° 62, 1997, p. 673-693.

4. Adina Sterling, « Who you know : pre-entry contacts and post-entry social structure », *American Sociological Association Annual Meeting*, 2011.

Avec l'essor des réseaux sociaux sur le Net, on veut nous faire croire que la multiplication de vagues amis (les «*friends* ») serait efficace. On fait toujours référence au chercheur américain Marc Granovetter, et à sa théorie selon laquelle les «liens faibles» seraient les plus utiles, pour légitimer la constitution des réseaux sociaux les plus larges. La multiplication des liens faibles entre des individus qui se connaissent peu, mais appartiennent à un large réseau, serait la clé. C'est oublier un peu vite que si on peut avoir plus d'informations avec un réseau très élargi, en revanche, l'appui qui permet de décrocher un emploi ou le piston qui vous permet d'obtenir un lucratif poste de direction s'obtient plutôt avec des liens solides (amicaux, familiaux ou politiques, notamment) et auprès de personnes ayant du pouvoir.

Les économistes qui étudient les réseaux doutent aussi de leur vertu économique[5]. Francis Kramarz, un économiste français, a ainsi montré que les réseaux de grandes écoles auxquels appartiennent les dirigeants ne sont pas gages de performance pour les firmes[6]. Or ils sont particulièrement puissants en France. Il y a quelques années, l'Observatoire des dirigeants fournissait des données précises sur le sujet[7]. Des chercheurs

5. Oriana Bandiera, Iwan Barankay et Imran Rasul, «Social connections and incentives in the workplace: evidence from personnel data», *Working Paper*, Department of Economics, London School of Economics and Political Science, 2006; Franklin Allen et Ana Babus, «Networks in finance», dans Paul R. Kleindorfer et Joram J. Wind, *Network-Based Strategies and Competencies*, Wharton School Publishing, 2008, p. 367-382.

6. Francis Kramarz et David Thesmar, «Social Networks in the Boardroom», CEPR *Discussion Papers*, n° 5496, 2006; Amir Barnea et Ilan Guedj, *Director Networks and Firm Governance*, manuscrit, 2009.

7. Michel Bauer et Benedicte Bertin-Mourot, *Vers un modèle européen de dirigeants ? Ou trois modèles contrastés de production de l'autorité*

y étudiaient la population des dirigeants des grandes entreprises. Ils montraient combien le sésame du diplôme était décisif et en quoi l'influence des écoles variait selon les entreprises ; ici les polytechniciens du corps des mines règnent en maîtres, ailleurs les centraliens (parisiens) ou les énarques (de l'inspection des finances, en particulier) *trustent* les postes clés. En 2011, j'estime qu'un dirigeant de grande entreprise sur trois a fait l'ÉNA ou Polytechnique (sur plus de trois cents grands dirigeants, 15 % étaient énarques et autant polytechniciens). Le passage par un cabinet ministériel ouvre aussi la porte des directions d'entreprises[8].

Et les dirigeants des grandes entreprises françaises ne sortent pas du ruisseau, c'est le moins que l'on puisse dire. En 2011, sur un échantillon de trois cents grands dirigeants, seulement deux sont fils d'ouvriers, soit 0,7 % du total. Bernard Michel, âgé de 64 ans, est P-DG de GECINA (immobilier) ; son père était ajusteur mécanicien. Quant au deuxième miraculé, Joël Karecki, il a 58 ans et préside Philips France ; son père était ouvrier et sa mère infirmière[9]. On s'en doute, les enfants d'employés ou d'agriculteurs ne sont guère plus nombreux (respectivement 2,75 % et 1,72 %). De toutes les femmes dirigeantes – au passage bien peu nombreuses (3,2 %) –, aucune n'est issue de milieu modeste (ouvrier, employé, agriculteur). Les dirigeants sont issus de milieux favorisés, aucun n'est issu de la promotion interne, ayant commencé au bas de

---

légitime au sommet des grandes entreprises. Comparaison Allemagne, France, Grande-Bretagne, *CNRS, Boyden, 1996.*

8. *Ibid.*

9. En 2004, un seul dirigeant était fils d'ouvrier (père maçon), Robert Brunck, son parcours d'ancien X-Mines lui ayant tout de même permis d'arriver à ce niveau de responsabilité.

l'échelle. Pire, au fil des années, les dirigeants appartenant à la famille qui détient l'entreprise sont de plus en plus nombreux dans notre pays. En France, 75 % des entreprises de taille moyenne et 20 % des entreprises ayant plus de trois mille employés seraient dirigées par un membre d'une famille possédant tout ou partie du capital[10]. J'estime que sur cinq cent six grands dirigeants français répertoriés dans *Le Guide des états-majors 2011*, près de 10 % appartiennent à la famille contrôlant l'entreprise. Ils ont reçu leur présidence en héritage. Et le P-DG n'est pas le seul à appartenir à la famille qui détient l'entreprise. Plus des deux tiers des entreprises patrimoniales emploient au moins une personne de la famille à un poste de direction autre que le dirigeant lui-même.

Mais les dirigeants ne sont évidemment pas les seuls à devoir s'appuyer sur un réseau familial et amical pour faire carrière.

Famille et amis

La profession des parents a un effet important sur la chance de décrocher un emploi cadre. Cette variable a aussi un effet sur les déroulements de carrière, c'est-à-dire les chances de promotion. La profession du père, en particulier, est déterminante pour devenir cadre lorsqu'on ne l'était pas au départ de sa vie professionnelle. Non seulement les enfants de cadres ou de professions intermédiaires obtiennent beaucoup plus souvent des diplômes de l'enseignement supérieur, mais surtout le « rendement » de ces diplômes est bien différent. C'est le

10. PWC, *Enquête sur les entreprises familiales françaises*, 2006.

cas pour les générations nées dans les années 1940 ou 1950[11]. Pour les générations nées depuis 1960, le constat est identique. Voici comment a évolué, entre 1983 et 2008, la probabilité d'être cadre – à diplôme équivalent –, selon que l'on est enfant de cadre ou d'ouvrier. Même s'il faut tenir compte de différences dans les spécialités des diplômes et leur prestige, il n'en reste pas moins que le réseau du père semble jouer un rôle. En 2007, après plusieurs années d'expérience, les trois quarts des diplômés du supérieur (aux études longues) sont cadres. Par contre la moitié seulement des enfants d'ouvriers ayant le même niveau d'études sont cadres.

Probabilité d'exercer un emploi de cadre cinq à neuf ans après la fin des études pour les diplômés du supérieur long (en %)

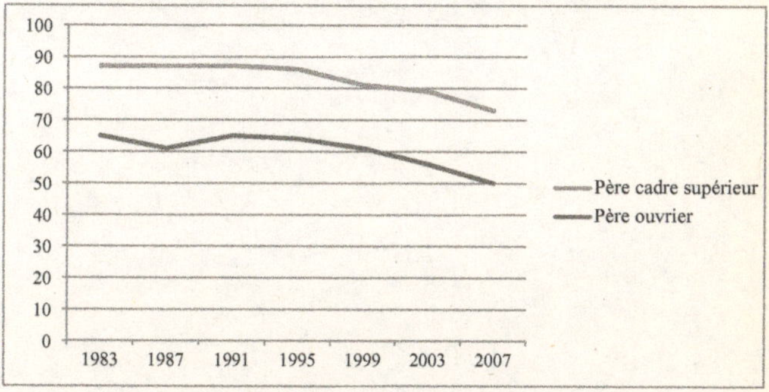

(Source : à partir de Camille Peugny, « La mobilité sociale des générations nées après 1960 », Centre de recherches sociologiques et politiques de Paris (CRESPPA-CSU).)

11. Simone Chapoulie, « Une nouvelle carte de la mobilité professionnelle », *Économie et statistique*, n° 331, 2000, p. 25-45.

Pour des étudiants sortant par exemple des IUT (études supérieures courtes), et pour lesquels l'accès au statut cadre est moins évident, l'écart est spectaculaire entre les enfants de milieux modestes et les enfants de milieux favorisés. Les enfants d'employés et d'ouvriers ont deux fois moins de chances de devenir cadres que les titulaires de DUT enfants de cadres.

Une fois entrés dans les entreprises, les enfants d'ouvriers et d'employés qui ont commencé à travailler au bas de l'échelle sont freinés dans leur carrière[12]. Voici par exemple à deux dates (1989 et 2001) d'où venaient les cadres en poste. Entre les deux dates, les chances de faire carrière ont baissé fortement. Les ouvriers ou employés promus cadres sont moins nombreux.

12. Manuela Baraton, « De la difficulté à devenir cadre par promotion », INSEE Première, n° 1062, 2006.

L'origine des cadres

Origine en 1978 des cadres de 1989

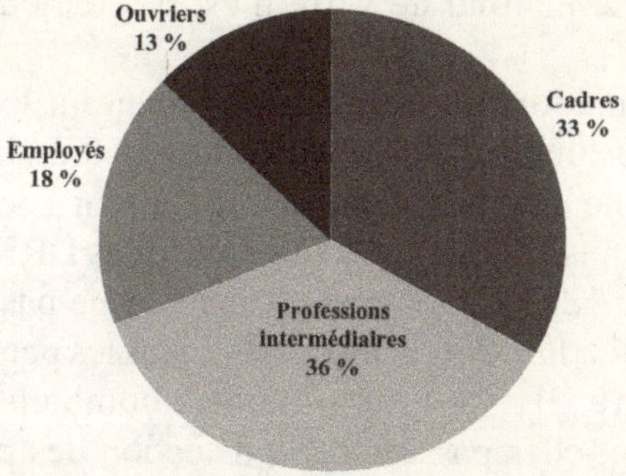

Origine en 1989 des cadres de 2001

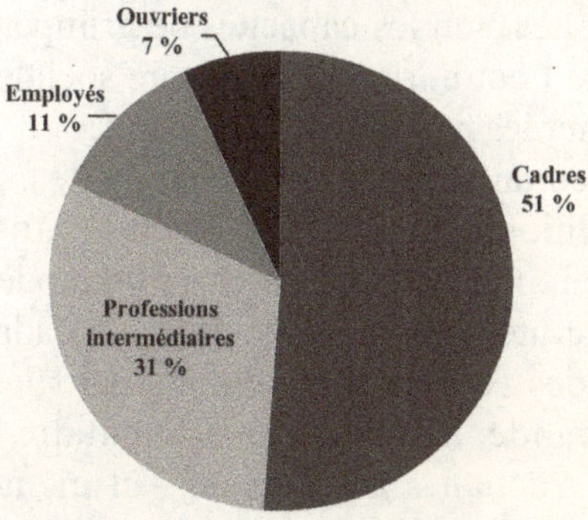

(Source : à partir de Camille Peugny,
« La mobilité sociale des générations nées après 1960 », *op. cit.*)
Lecture : sur cent cadres en 2001, cinquante et un l'étaient déjà en 1989
et sept étaient ouvriers.

Le milieu social d'origine joue d'ailleurs si fortement que les enfants de parents immigrés s'en sortent aussi bien que les autres... à origine sociale identique[13]. Le plafond de verre n'est pas toujours où on le croit.

La formation continue et diplômante a longtemps été insuffisamment développée. Malgré tout, la promotion interne était une réalité. L'ascenseur social fonctionne moins bien aujourd'hui. Quelques DRH ont pris conscience du problème et essaient de ne pas réserver aux seuls cadres diplômés du supérieur les perspectives de carrière. Ils sont minoritaires : combien d'entreprises sont-elles passées de la détection des potentiels (ou hauts potentiels) pour les seuls cadres diplômés de moins de 35 ans à une détection des potentiels plus large ? Parmi les moins qualifiés, certains salariés possèdent bel et bien les capacités de grimper dans la hiérarchie de l'entreprise. L'ouverture sociale consisterait à se donner les moyens de les repérer.

Dans certains secteurs ou entreprises, le jeu social était traditionnellement plus ouvert. Aujourd'hui, on essaie de renouer ou de préserver un modèle mis à mal par le recrutement quasi exclusif de cadres diplômés des grandes écoles. Par exemple, dans les entreprises de la grande distribution alimentaire (Carrefour, Casino, Auchan...), les cadres, et même les cadres supérieurs, sont souvent issus de milieux moyens ou modestes. Ils ont plus fréquemment débuté au bas de l'échelle et sont proportionnellement moins diplômés que leurs homologues d'autres secteurs d'activité. La

13. Mahrez Okba, « Métiers des pères et des descendants d'immigrés », *Dares analyses*, n° 058, septembre 2012.

Poste est également un univers remarquable, beaucoup plus ouvert socialement.

Fils à papa ou du patron, anciens de grandes écoles ayant noué de solides amitiés sur les bancs de l'école et habiles « réseauteurs » s'en tirent évidemment bien mieux que les autres. Les écarts de progression tiennent également aux relations structurées autour du partage des idées : croyances religieuses, familles politiques et appartenances à des loges.

Religion, politique et franc-maçonnerie

On sait peu de chose sur l'influence des appartenances religieuses et philosophiques, comme de l'engagement politique, dans les déroulements de carrière. Pourtant, ils forment des réseaux parfois utilisés à des fins professionnelles, pour promouvoir. En sens inverse, ces convictions peuvent sérieusement nuire aux avancements de certains.

Les catholiques, les juifs, les protestants ou les maçons peuvent avoir des entreprises dans lesquelles ils seront volontiers recrutés, ou feront de plus belles carrières. Jean-Jacques Hénaff (Pâtés Hénaff) explique : « Je suis de religion catholique, j'ai eu une formation dans une école catholique (ESSEC), j'ai fait partie longtemps des Entrepreneurs et dirigeants chrétiens (EDC) et mon père était au Centre français du patronat chrétien (CFPC)… On arrive à connaître des personnes, dans le milieu professionnel, que l'on sait partager les mêmes valeurs. C'est très discret. Mais quand on le sait, c'est facilitant. » Il ajoute : « Cela ne fonctionne pas vraiment en réseau. C'est d'abord une démarche personnelle. » Et si influence il y a parfois,

« elle ne se fait pas par les institutions mais par des individus[14] ». Plusieurs patrons bretons sont ainsi des chrétiens actifs (Bolloré ou Huttin, par exemple). Certaines firmes sont connues pour soutenir des institutions catholiques comme la famille Mulliez dans le Nord (Auchan).

Un testing par envoi de CV a établi qu'en France un prénom signalant une religion musulmane (Kadidja qui a travaillé au Secours islamique) était rejeté au profit de celui qui semble chrétien (Marie qui a bossé au Secours catholique[15]).

Des publications récentes de journalistes français permettent d'avoir une idée de l'influence de la maçonnerie[16] dans certains univers. Le sujet est régulièrement traité, une ou deux fois par an, dans tous les grands hebdomadaires. On reproche parfois à ces journalistes de se livrer à une dénonciation des effets pervers de la franc-maçonnerie – il est vrai qu'ils insistent sur les dévoiements –, mais il faut saluer cette contribution à la connaissance d'un phénomène que les chercheurs n'ont pas toujours investigué avec le recul et l'objectivité nécessaires. L'absence d'étude scientifique sur le sujet alimente tous les fantasmes, donnant à penser, peut-être à tort, que les membres des loges jouent à l'excès de la solidarité entre frères. Comme le résume un maçon : « Pour améliorer ses revenus et booster sa carrière, il existe des réseaux très bien faits,

14. Cité par Philippe Créhange, « Patrons cathos. L'invisible réseau breton », *Journal des entreprises*, 2011.

15. Claire L. Adida, David Laitin et Marie-Anne Valfort, « "One muslim is enough !", Evidence from a field experiment in France », *IZA Discussion Paper*, n° 6122, 2012.

16. Ghislaine Ottenheimer et Renaud Lecadre, *Les Frères invisibles*, Paris, Albin Michel, 2001.

celui des anciens des grandes écoles par exemple, mais la franc-maçonnerie ne fonctionne clairement pas sur ce projet-là[17]. » Les dérives seraient à chercher du côté des fraternelles, c'est en tout cas ce que pense l'ancien Grand Maître du Grand Orient de France Alain Bauer : « Ce sont les fraternelles, associations profanes, parfois très élitistes, qui dévoient les valeurs affirmées par les fondateurs[18]. »

On peut s'interroger sur le désintérêt presque complet des économistes, des gestionnaires, des sociologues et des juristes pour les réseaux religieux, politiques ou maçonniques dans le domaine de l'emploi. Pour la question religieuse, c'est l'islam et la laïcité dans les firmes et administrations qui ont suscité, récemment, un intérêt soutenu. La franc-maçonnerie, en revanche, n'a fait l'objet de travaux que depuis cinq petites années ! Naturellement, comme on pouvait s'en douter, ce n'est pas en France que l'intérêt est le plus soutenu. Dans le préambule d'une recension de l'ouvrage d'un ancien Grand Maître, Fred Zeller, parue dans la *Revue administrative* en 1976, une question simple était ainsi exprimée : « À quand une étude de sociologie administrative sur les rapports entre les différentes obédiences et la fonction publique ? » Trente-cinq ans plus tard, cette publication scientifique n'a jamais vu le jour. Un seul article d'historien, portant sur les loges d'Aix-en-Provence au XVIIIe siècle, publié en 1986, se penche sur la composition sociale des loges. L'auteur souligne que l'intérêt d'une sociologie des loges n'est plus à démontrer… mais on ne trouve

17. Interview de Roger Dachez à *Historia*, n° 784, 2012.
18. Interview d'Alain Bauer à *Historia*, n° 784, 2012.

aucune publication scientifique dans les revues de sociologie.

Les historiens se sont naturellement penchés sur le rôle majeur de la maçonnerie dans notre pays au plan politique et des idées, démontrant notamment l'influence du GODF. Mais rares sont les études économiques et plus généralement universitaires sur la maçonnerie dans les entreprises. Il est vrai que les données sont quasi inexistantes pour mener des études, les listes de membres de la franc-maçonnerie n'étant pas accessibles. La frilosité française à aborder le sujet tient sans doute à d'autres facteurs. Il est délicat de s'immiscer dans ce qui est *a priori* un engagement très personnel (religieux ou philosophique). Il faut aussi considérer la crainte – légitime – de conduire involontairement à stigmatiser une communauté de pensée. Sous le régime de Vichy le fichage des maçons eut de tragiques conséquences.

Un économiste de l'université de Tilburg aux Pays-Bas, Fabio Braggion, s'est récemment intéressé aux réseaux maçonniques pour examiner si l'appartenance d'un dirigeant à une loge lui permettait d'accéder plus aisément à des crédits pour développer une affaire ou doper les performances de sa firme[19]. Son étude a été menée sur quatre cent douze compagnies cotées au London Stock Exchange entre 1895 et 1902. Les données sont anciennes, car cela lui a permis – fait rare – d'obtenir de la Grande Loge d'Angleterre et du pays de Galles qu'elle communique la liste des frères dirigeants (six cents noms de francs-maçons managers ou

19. Fabio Braggion, « Managers and (secret) social networks : the influence of the freemasonry on firm performance », *Journal of the European Economic Association*, n° 8 (6), 2010.

dirigeants ont été mobilisés). Le pourcentage de frères parmi les dirigeants d'entreprise est très élevé : un dirigeant sur cinq est franc-maçon. Or, au même moment, en 1900, 1 % seulement de la population mâle de Grande-Bretagne est franc-maçonne. La surreprésentation des francs-maçons dans le personnel dirigeant des grandes entreprises est flagrante. On ignore quelle est la composition des loges françaises et combien de dirigeants sont francs-maçons, mais on ne voit guère pourquoi les loges françaises n'auraient pas convaincu un pourcentage significatif d'entre eux.

Cet économiste a constaté que, dans l'Angleterre de la fin du XIXe siècle, l'appartenance d'un jeune patron à une loge lui permet de lever plus facilement des fonds (grâce au réseau[20]). En revanche, les profits et la rentabilité des firmes plus importantes et anciennes sont moindres lorsqu'un maçon les dirige : le niveau de profit y est inférieur de 30 %. En outre, ces firmes moins rentables ne lèvent plus aussi facilement des fonds, ce qui se comprend, compte tenu de leur médiocre performance économique et boursière. Tout se passe comme si la consanguinité finissait par nuire à la performance économique sur le long terme. Les décisions commerciales, les recrutements et les promotions se faisant davantage sur un critère d'appartenance aux loges, cela dégraderait les performances. D'une façon générale, l'endogénéité et les logiques de réseau sont nuisibles à

20. Les réseaux sont souvent essentiels pour le financement, voir Quang Tri Truong, « L'entrepreneuriat des Français d'origine étrangère », thèse de doctorat, université Paris 1, Panthéon-Sorbonne, 2007. La littérature économique donne plusieurs exemples de réseaux sociaux parmi les entrepreneurs. Voir, entre autres, Olav Sorenson and Toby E. Stuart, « Social networks and entrepreneurship », *Working Paper*, 2001, et Simeon Djankov *et al.*, « Entrepreneurship in China and Russia compared », *Working Paper*, 2005.

la performance des entreprises. En faussant le jeu du marché et en discriminant lors du choix d'un salarié, d'un dirigeant ou d'un fournisseur, les firmes qui privilégient le réseau du dirigeant sont moins efficaces.

On doit également aux historiens de disposer de quelques preuves scientifiques de l'influence de la franc-maçonnerie dans les déroulements de carrière. Dans les armées françaises, au début du XXe siècle, l'influence du Grand Orient est sensible. Le ministre Louis André et son cabinet entreprennent de dresser des listes selon les convictions religieuses et politiques, pour procéder à des nominations de gradés « sûrs », acquis à la République, c'est-à-dire membres du Grand Orient[21]. On estime qu'au maximum vingt-cinq mille fiches sont élaborées entre 1901 et 1903. L'affaire est finalement révélée et a eu une conséquence intéressante pour la gestion des ressources humaines des militaires : désormais, et à la suite de ce scandale, les officiers peuvent prendre connaissance de la notation attribuée par leur supérieur hiérarchique, ce qui leur permet éventuellement de la contester. Cette transparence sur les notations est devenue la règle dans les fonctions publiques, offrant aux fonctionnaires des possibilités de recours.

Ce scandale du fichage a donné lieu à une autre polémique : les promotions biaisées du général André auraient, selon certains historiens, privé l'armée française des chefs de qualité qu'elle aurait dû avoir à sa tête au début de la Première Guerre mondiale. Recruter et promouvoir en fonction des amitiés, des fraternités, des

21. Serge Doessant, *Le Général André, de l'affaire Dreyfus à l'affaire des fiches*, Paris, Éditions Glyphe, 2009 ; Emmanuel Thiébot, *Scandale au Grand Orient*, Paris, Larousse, 2008.

liens familiaux, des proximités politiques, religieuses, philosophiques ou des réseaux d'école n'améliore certes pas la qualité des personnels. Cela conduit surtout à introduire des critères de choix étrangers aux compétences ou aux mérites dont la répercussion sur la performance des armées (ou des administrations et des entreprises privées) est peut-être négative. La question est d'une grande actualité : les économistes commencent à s'y intéresser de très près s'agissant des entreprises[22].

L'objectivité des évaluateurs peut être fortement faussée par les liens particuliers qui peuvent exister entre eux et des candidats, que ce lien soit familial, politique, syndical, confessionnel, sectaire ou maçonnique. Faut-il alors obliger les maçons à déclarer leur appartenance, notamment lorsqu'ils participent à des jurys ? Quelques pays ont mis en place des systèmes visant à mieux garantir l'objectivité de professions sensibles. En Italie et en Grande-Bretagne, des obligations de transparence ont ainsi été imposées pour les magistrats et les policiers. Ce type de déclaration n'est pas aisé à mettre sur pied. En effet, s'il faut éviter des conflits d'intérêts éventuels, la liberté de conscience doit être préservée. Il est donc plus difficile d'imposer que l'appartenance à un réseau social – fût-il cohésif et pratiquant l'entraide – soit révélée que d'exiger que les liens familiaux soient mentionnés. En outre, les réflexes de solidarité trouvent leur origine dans de multiples attaches : grandes écoles, religion, politique, amitié, famille, nation, région, etc.

Les chercheurs n'évoquent pas les réseaux maçonniques lorsqu'ils traitent du recrutement, des déroulements de carrière et de la formation des salaires. Les

22. Francis Kramarz et David Thesmar, *op. cit.*

journalistes sont-ils intéressés par un sujet anecdotique qui attise la curiosité précisément parce qu'il est marginal ? En vérité, l'influence des loges, particulièrement en France, comme l'accroissement des adhésions ne peuvent pas être considérés comme négligeables s'agissant des emplois très qualifiés.

Pour les Français, les loges jouent indéniablement un rôle sur la vie professionnelle et sur la vie politique. En 1986, dans un sondage IPSOS-Public Affairs, on apprenait que 21 % des Français connaissaient dans leur entourage un franc-maçon. Et pour eux ce n'est pas un simple cercle de réflexion.

Selon vous la franc-maçonnerie est plutôt...	
Un cercle de réflexion philosophique visant au perfectionnement de l'homme	35 %
Un réseau d'aide mutuelle	25 %
Un groupe de pression politique	25 %
Une sorte de mafia	11 %
Ne se prononcent pas	27 %

Pour 43 % des Français, la franc-maçonnerie évoque l'arrivisme, alors que 26 % pensent que c'est une adhésion désintéressée.

Où en sommes-nous, vingt-cinq ans plus tard ? Le nombre de francs-maçons a connu une forte croissance, mais auprès de l'opinion, l'image de l'engagement maçonnique s'est-elle améliorée, avec les efforts menés par les loges ? L'image de la franc-maçonnerie s'est peut-être dégradée avec la multiplication des publications grand public insistant sur ses dérives. Reste que ce type de réseau, comme d'autres, exerce sans doute une influence sur les carrières. Faute d'informations fiables, exagère-t-on cette influence des loges ?

Nous ne savons pas avec précision dans quelle mesure certains francs-maçons tiennent compte de l'appartenance à la maçonnerie d'un candidat dont ils examinent la candidature à un emploi. Alain Bauer, qui fut le Grand Maître du Grand Orient de France, explique dans une interview vidéo : « Le fait de commencer par dire : "Et par ailleurs je suis franc-maçon" est une négation du principe de base qui est celui de la compétence, donc c'est plutôt un mauvais point. S'ils le font de manière spontanée, au début et avant même que l'entretien ait lieu, c'est un mauvais point, mais bon ça peut être compensé par autre chose, s'ils le disent à la fin et après que l'entretien soit terminé, du genre : "Et par ailleurs je tiens à vous dire que", je trouve que c'est plutôt un bon point[23]. » On se demande en quoi le fait de déclarer son appartenance à la franc-maçonnerie lors d'un entretien de recrutement est un « bon point ».

Les engagements politiques, les convictions religieuses et philosophiques plombent donc la carrière des uns et font le succès des autres. Si la franc-maçonnerie est un accélérateur plus qu'un facteur de discrimination, les activités syndicales sont sans doute un des freins les plus puissants.

Syndicalistes et sympathisants ne plaisent pas

Lors de l'embauche, il ne fait pas bon mentionner son engagement syndical. D'autant qu'il est à la mode de juger les candidats, non plus seulement sur leurs diplômes, mais aussi, et surtout, sur leur personnalité et leurs engagements associatifs et citoyens. Or tous les engagements ne se valent pas

23. Voir son interview sur le site de *Cadremploi* en 2010.

aux yeux des recruteurs : indiquer son implication à la CGT risque de fermer plus de portes que d'en ouvrir[24].

Se déclarer membre d'un syndicat ou avouer sa sympathie, être élu du personnel syndiqué ne favorisent pas les promotions et les augmentations de salaire. Il s'agit là d'une évidence, qui n'a pourtant pas encouragé à mesurer le phénomène dans les entreprises ou les administrations. Je ne connais aucune entreprise qui ait, en toute transparence, examiné les différences de salaire et de carrière de ses représentants du personnel. On chercherait en vain dans un rapport sur la responsabilité sociale, dans une plaquette ou un bilan de la diversité, des données salariales ou sur les promotions concernant les syndicalistes. Le ministère du Travail n'a lui-même jamais entrepris ce type d'étude. Quant aux spécialistes du management, de la « diversité » ou de la gestion des ressources humaines, ils n'ont pas intégré dans leurs préoccupations la question des discriminations syndicales. On peut s'intéresser aux différences de salaire entre hommes et femmes (c'est même obligatoire), mais pour ce qui est des mandats de représentation on préfère rester discret. Pourtant, les représentants du personnel ne manquent pas une occasion de le demander. J'ai entendu des militants réclamer en ma présence à leurs directions que la mesure des discriminations porte aussi sur la discrimination syndicale, sans obtenir de réponse.

Alors que les grandes entreprises et les administrations se sont lancées à grand renfort de communication

24. Terry Leap *et al.*, « Discrimination against pro-union job applicants », *Industrial Relations*, n° 29 (3), 1990, p. 469-478.

dans des politiques de diversité et de mesure des écarts de salaire entre hommes et femmes ou selon les origines nationales, elles n'ont manifesté aucun empressement pour examiner si les représentants du personnel, les militants syndiqués en particulier, étaient traités équitablement ou si leurs salaires étaient inférieurs à ceux des autres salariés. J'ai souvent plaidé auprès des DRH ou des responsables « diversité » pour que les entreprises réalisent ce type d'étude de comparaison des salaires et des déroulements de carrière… sans succès. Pourtant, les syndicats ont souvent réclamé de telles études, ils ont sollicité que le volet syndical fasse partie des études menées en entreprise. J'ai plusieurs fois assisté à cette scène : lors d'une restitution des résultats d'un testing à l'embauche auprès des élus du personnel, ces derniers interrogent en ma présence la direction d'une grande firme industrielle sur les raisons pour lesquelles les sympathies syndicales ne sont pas testées. Idem dans une firme de services où, cette fois, les élus demandent pourquoi les évolutions de carrière des syndicalistes ne sont pas étudiées alors que les écarts hommes/femmes et les effets des origines nationales le sont. Dans les entreprises qui ont tourné la page des discriminations syndicales et ont instauré des règles claires de promotion, un peu de transparence ne ferait pas de mal, mais les vieux réflexes sont toujours d'actualité. Dans les autres, on reste discret sur des discriminations, ou plus rarement sur les faveurs qui servent « d'huile aux rouages sociaux ».

On doit à un jeune doctorant de l'École d'économie de Paris, Thomas Breda, d'avoir, en 2010 seulement, fourni la première étude scientifique des écarts salariaux entre salariés et militants syndicaux dans les entreprises françaises[25]. L'écart de salaire au détriment des représentants du personnel serait de 8 à 11 %. La CGT est l'organisation pour laquelle la perte de salaire est la plus élevée : elle atteint 20 %. Pour la CFDT, la perte se situe à 10 %, alors que pour d'autres syndicats on ne note pas de différence. Cet écart est loin d'être négligeable par comparaison avec d'autres formes de discrimination.

Les sondages d'opinion, réalisés en France par l'institut CSA à la demande de la Halde puis du Défenseur des droits, indiquent que les opinions politiques et syndicales sont un des tout premiers facteurs de discrimination. À la question « Avez-vous déjà eu le sentiment d'être moins rémunéré(e) (salaires et/ou primes) qu'une autre personne à compétences et statut équivalents en raison de... ? », 7 % des salariés du privé et 6 % des fonctionnaires répondent que c'est en raison de leurs convictions politiques ou syndicales. Cela semble peu, mais il faut comparer ce chiffre aux autres motifs de discrimination : le sexe (10 % et 4 %), la nationalité ou l'origine ethnique (6 % et 1 %), l'orientation sexuelle (1 % et 0 %) ou la religion (3 % et 0 %). Ce n'est que pour l'âge que le score est plus élevé (12 % et 6 %) ainsi que pour la grossesse et la maternité.

À la lumière de ces témoignages, on regrette qu'un bilan annuel ne livre pas d'informations sur l'égalité salariale entre les élus du personnel et les autres salariés. Il faudrait idéalement se demander quel est le sort

25. Thomas Breda, « Are union representatives badly paid ? Evidence from France », *Working Paper*, nº 2010-26, École d'économie de Paris, 2010.

réservé aux salariés qui sont des sympathisants ou des cotisants de syndicats ou de partis politiques déplaisant aux employeurs.

La diversité mais… sans les syndicats !

Les firmes, si soucieuses de communiquer sur leur responsabilité sociale et la diversité, ne glissent pas une ligne dans leurs rapports ou bilans « diversité » sur les questions syndicales. L'engagement syndical ne relève-t-il pas de cette diversité des cultures et des profils ?

Pour certaines d'entre elles, la diversité n'inclut d'ailleurs pas la liberté d'adhésion au syndicat. Il est plus facile pour elles d'encourager la diversité « ethnique » et des orientations sexuelles que d'accepter une présence syndicale dans l'entreprise. Le cas de FedEx est à cet égard emblématique. Ce transporteur est incontestablement le plus antisyndical et celui où les syndiqués sont les moins nombreux. Dans le même temps, il se montre très attentif aux questions de diversité, pratiquant même la discrimination positive, non seulement pour ses personnels, mais également pour ses fournisseurs. Pour être sur la liste des fournisseurs, il faut en effet remplir un formulaire – très fréquent aux États-Unis – indiquant l'appartenance du dirigeant à une minorité : homme ou femme et « ethnicité » ou « race ». Le dirigeant doit préciser s'il est *african american*, *native american*, *asian indian american*, *hispanic american* ou *asian pacific american*. Pour les clients, FedEx dispose aussi d'informations spécifiques, par exemple une newsletter à destination des Afro-Américains. S'agissant des employés, la compagnie annonce avec force son souci de la diversité, en encourageant les groupes d'employés et leur présence sur les réseaux sociaux. Cette incitation aux regroupements communautaires au sein des firmes est fréquente aux États-Unis : groupes LGBT, Hispaniques, femmes, Asiatiques, Afro-Américains, etc.

En revanche, que les employés puissent tout simplement se rassembler et échanger au moyen d'un syndicat ne présente pas d'intérêt aux yeux de l'entreprise. UPS, un de ses concurrents, a tenté sans succès de faire en sorte que la loi habituelle pour ce type de transporteurs s'applique à FedEx (le NLRA, National labor relation act). Car FedEx considère curieusement pouvoir appliquer une législation ancienne concernant les activités de transport ferroviaire (elle ne transporte guère de colis par train). L'avantage de ces règles est d'éviter plus facilement la présence syndicale[26]. La compagnie a dépensé des sommes considérables depuis plusieurs années en lobbying et campagnes de presse pour limiter ainsi l'implantation syndicale. Cet antisyndicalisme radical n'a pas empêché l'entreprise de collectionner les distinctions (aux noms surprenants pour un Français) pour sa politique de diversité, de citoyenneté et d'éthique :

26. Avec le Railway Labor Act qu'applique FedEx les personnels doivent voter au niveau national pour l'implantation d'un syndicat et obtenir une majorité des inscrits. Comme le résume un journaliste du *Washington Post*, c'est à peu près comme si « les mormons essayaient de s'implanter en Russie sous Staline » (Harold Meyerson, 28 avril 2010).

• 50 Best Companies for Minorities – *Fortune*
• 50 Best Companies in America for Asians, Blacks & Hispanics – *Fortune*
• 100 Best Corporate Citizens – *Business Ethics*
• Outstanding Corporate Support Award (National Minority Business Council)
• Div 50 : America's Top Organizations for Multicultural Business Opportunities – Div2000.com
• The Top 100 Companies Providing The Most Opportunities for Hispanics – *Hispanic Magazine*
• 100 Best Companies for Working Mothers – *Working Mother*
• « Elite Eight » of Preferred Employers for Women in Corporate America – *Pink Magazine*

Dans un nombre considérable de pays, la démocratie sociale, plus encore que la démocratie politique, en est à ses balbutiements. La reconnaissance du syndicalisme, l'existence de représentants des travailleurs dans les entreprises et la possibilité de faire grève n'y sont pas acquises. Les entreprises des pays où la démocratie sociale est une réalité réalisent une part toujours croissante de leur activité dans des pays qui sont bien loin de pratiquer un authentique dialogue social. À l'occasion du Printemps arabe, on a constaté que les salariés des entreprises locales et étrangères, implantées par exemple en Tunisie, souhaitaient non seulement des augmentations de salaire, mais aussi des droits d'expression. Dans ce pays, l'exercice du droit de grève a été largement utilisé, et pas uniquement pour appuyer le processus de transformation politique.

Nos entreprises ont adopté parfois des chartes éthiques. Elles s'engagent à respecter et faire respecter des normes internationales en matière de conditions de travail ou d'emploi. Mais les firmes qui sous-traitent en Chine une part de leur production peuvent-elles garantir que les travailleurs y bénéficient d'un droit de grève et d'un syndicalisme indépendant, *a fortiori* lorsqu'il s'agit du sous-traitant d'un fournisseur ? La norme internationale SA8000 est censée protéger et donner du pouvoir à l'ensemble du personnel se trouvant dans le périmètre de contrôle et d'influence d'une entreprise et fabriquant des produits ou fournissant des services pour cette entreprise. Ce qui inclut le personnel employé par l'entreprise elle-même, mais aussi par ses fournisseurs, ses sous-traitants et les sous-traitants de ses fournisseurs, ainsi que les travailleurs à domicile. Elle réclame le respect de la liberté syndicale et de négociation et l'absence de discrimination.

Malheureusement, les normes internationales ne fixent que des objectifs. En pratique, elles sont bien peu contraignantes pour les entreprises. Par exemple, le fait pour une entreprise d'adhérer au Pacte mondial des Nations unies (Global Compact) laisse totalement libre : pas de dispositif de certification ou d'audit assorti de mesure des résultats. Les normes internationales sont encore un droit très « *soft* ». La norme ISO 26000 n'est pas plus contraignante.

Mais revenons à la France, où la situation du dialogue social est hétérogène. La France n'est certes pas l'Afrique du Sud et les relations sociales s'y exercent plus calmement. Notre pays n'a cependant pas une tradition de négociation et de concertation très ancienne. Malgré des progrès bien réels, il reste de vieux réflexes où se mêlent un antisyndicalisme primaire et l'idée que le pouvoir ne se partage pas.

Dans les trois fonctions publiques – d'État, hospitalière et territoriale –, le dialogue social peine à avancer. Pour comprendre cette situation, il faut se souvenir que le syndicalisme y a longtemps été vu comme antinomique avec l'exercice de la puissance publique. Comme le disait un juriste de la fin du

XIXe siècle, lorsque se posa la question du syndicalisme des fonctionnaires, « les syndicats doivent être comme les eunuques avec leur sultan, assistant impuissants aux ébats de la puissance publique ». La fonction publique est un bras armé qui permet au pouvoir d'agir, il ne saurait être entravé par des grèves et des syndicats qui viendraient à négocier des accords collectifs. Conséquence : les syndicats ont été tardivement autorisés et la grève, longtemps prohibée, est encore interdite dans une partie de la fonction publique (armée ou magistrature par exemple) ou bien s'exerce dans des conditions particulières (préavis, assignations ou réquisitions comme dans les hôpitaux). Ces restrictions peuvent se comprendre mais conduisent à des contestations par des voies détournées. Quand les gendarmes se mobilisèrent il y a quelques années, ils eurent recours à des artifices comme la mobilisation de leurs femmes ou des visites massives chez les médecins professionnels. Pour la négociation collective, on est dans la caricature. En effet, il a fallu la loi de 2010 (précédée d'un accord signé à Bercy avec les syndicats) pour qu'enfin soit posé le principe de la négociation collective dans les fonctions publiques. Jusqu'alors le statut indiquait seulement que « les fonctionnaires débattaient ou participaient par l'intermédiaire de leurs représentants à la détermination de leurs conditions d'emploi ». Le mot même de « négociation » n'était pas prononcé en dehors des rémunérations. On ne négociait quasiment rien (du moins officiellement). Depuis 2010, la loi liste quelques sujets possibles de discussion entre les partenaires sociaux. Mais un problème de taille demeure : les accords conclus ne sont opposables devant aucun tribunal, c'est-à-dire que rien ne peut obliger un ministre ou un directeur d'administration à appliquer ce qu'il a signé. La différence n'est pas mince avec le secteur privé. En effet, dans une entreprise, un salarié peut demander aux prud'hommes de faire respecter les engagements pris. Pour la fonction publique, c'est impossible. Seul compte l'engagement moral de l'employeur public. Et les promesses n'engagent que ceux qui les écoutent, c'est bien connu !

Beaucoup de DRH sont sincèrement convaincus de l'intérêt d'un dialogue social riche, mais ce n'est pas le cas de toutes les grandes entreprises. Il y a des DRH et des patrons qui ont une fibre sociale et reconnaissent la légitimité des syndicats mais, pour d'autres, les syndicats sont simplement nuisibles. Dans la fonction publique, la culture du dialogue n'est pas encore installée, et la tradition du passage en force reste importante. Dans le monde des PME, le rejet du syndicalisme demeure largement répandu. Il n'y a pas de DRH dans ces entreprises. La reconnaissance des bienfaits de la négociation collective est encore loin.

L'impact de l'engagement syndical est une zone d'ombre. Et que dire des effets largement méconnus des rapports de séduction et des relations sexuelles sur les carrières.

Les amants et les harceleurs

Dans les milieux professionnels, les relations sexuelles jouent un rôle que chacun connaît. Quelle femme ignore la réalité du harcèlement ? Qui ne connaît pas de couple formé sur le lieu de travail ? Et pourtant, il suffit de parcourir toute la littérature de management, de théorie des organisations et de gestion des ressources humaines pour noter l'absence complète de référence à ces aspects. Les relations sentimentales et sexuelles au travail sont un tel tabou que l'on s'est bien gardé de seulement les évoquer dans les innombrables articles et ouvrages consacrés au management et à la GRH.

Il revient à quelques femmes d'avoir attiré l'attention sur le sujet sérieux du harcèlement sexuel. Dans les années 1990, on s'intéressait au harcèlement « moral », moins au harcèlement sexuel. En dehors des cas de harcèlement, le silence sur les relations amoureuses et sexuelles consenties au travail est à peu près total, et pour le moins étonnant.

On pourrait considérer que les relations de séduction au sein des entreprises ne regardent personne. Que cela relève de la vie privée de chacun. Qu'il est préférable de laisser dans l'ombre des relations qui n'ont rien à voir avec la vie professionnelle. Mais est-on bien certain que le fonctionnement des organisations ne dépend pas de ces dimensions cachées du management ? Quid du climat au sein des équipes de travail ? Recrutements, évaluations et promotions ne peuvent-ils pas en être affectés ? La souffrance au travail, les moqueries et le harcèlement ne proviennent-ils pas souvent justement de ces relations ? Est-on bien certain que personne ne perd son emploi pour ces motifs ? L'expérience quotidienne fournit à tous la réponse à ces questions. Mais le tabou est tel que les DRH, les consultants et les théoriciens se gardent bien de mesurer ces réalités.

Dans un sondage de 1991, une femme sur deux affirme qu'elle travaille dans un climat général sexiste et déplaisant, et près des deux tiers déclarent avoir fait l'objet de propos et de gestes douteux. 60 % des femmes ont été victimes d'avances répétées malgré leur refus et 12 % de ces avances sont assorties de chantage[27]. Un Français sur cinq a été témoin ou victime de harcèlement sexuel, émanant aussi bien des chefs que des collègues et des clients. Et il a des conséquences lourdes : changement de poste dans un quart des cas, licenciement ou démission forcée dans 14 % des cas.

Pour en savoir plus sur l'étendue des relations affectives et sexuelles au travail, j'ai fait poser aux Français, en 2003, des questions assez explicites par la Sofres[28]. Plus de la moitié des femmes et presque autant d'hommes pensent que « les atouts physiques sont nécessaires aujourd'hui au travail ». Les femmes, déjà conscientes des inégalités hommes/femmes, sont aussi plus lucides sur l'impact de l'apparence physique. Les salariés âgés pensent aussi plus souvent que les femmes ont besoin d'atouts physiques (57 % des plus de 50 ans le pensent contre 40 % des 15-24 ans). Une femme sur quatre pense que « sans charme une femme ne pourra jamais réussir », idée que partage un homme sur cinq. Là encore, les plus âgés sont deux fois plus convaincus de l'importance des apparences. Ce sondage permet aussi de pointer du doigt la fréquence du harcèlement sexuel. Pour 44 % des hommes et 39 % des femmes, les femmes sont la plupart du temps « confrontées à des avances

27. Sondage Louis-Harris 1991.
28. Sondage Cergors-Observatoire des discriminations réalisé par la Sofres du 20 au 29 novembre 2003 auprès d'un échantillon représentatif de mille trois cent soixante salariés et anciens salariés.

sexuelles sur leur lieu de travail ». On peut se demander ici si les hommes ne se font pas une image exagérément « sexuée » ou machiste des femmes au travail. À moins que les femmes ne déclarent pas totalement les sollicitations dont elles sont l'objet. Et il y a pire ; pour 9 % des hommes et 7 % des femmes, ces dernières « doivent céder à des avances sexuelles pour évoluer dans leur carrière ». 13 % des plus de 65 ans le pensent alors que les moins de 35 ans ne sont que 4 % à le déclarer. On ne sait pas si cette différence est le signe de la candeur des jeunes employés ou du recul de ces pratiques.

L'impact de l'apparence physique et du charme dans la vie professionnelle est donc confirmé sans ambiguïté. Nous savions déjà, grâce à un autre sondage, que 81 % des Français pensent qu'une personne au physique peu agréable n'a pas les mêmes chances d'être embauchée[29]. Mais les atouts physiques comptent aussi pour le reste de la vie professionnelle.

Au-delà de cet impératif de séduction physique, on trouve donc confirmation de l'ampleur des phénomènes de harcèlement sexuel. Un lien existe aux yeux des salariés entre les avances, voire les abus sexuels, et le déroulement de la vie professionnelle. Les résultats obtenus sont d'autant plus frappants que les formulations retenues pour les questions de notre sondage étaient très fortes : il « *faut* avoir des atouts physiques », une femme « ne pourra *jamais* réussir sans charme », une femme « *doit céder* à des avances sexuelles pour évoluer dans sa carrière ». Nos questions étaient particulièrement explicites. Il s'agissait d'aller au-delà d'une approche floue du harcèlement, en distinguant

29. Sondage Sofres-Cergors-Observatoire des discriminations de 2003.

les sollicitations de nature sexuelle de ce qui relève de l'abus sexuel.

Par ailleurs[30], on apprend qu'un salarié français sur deux considère que l'environnement professionnel favorise les flirts, la drague et les rencontres amoureuses. Près d'un tiers avouent avoir déjà eu une relation amoureuse, affective ou sexuelle dans le cadre de leur activité professionnelle (surtout les collègues mais aussi les clients et les fournisseurs). Parmi les salariés ayant connu une relation avec une personne de leur entreprise, la majorité (63 %) avoue aujourd'hui que cette rencontre n'a été qu'éphémère. En revanche, ceux qui poursuivent cette relation sentimentale ou sexuelle le font en toute discrétion. Nous sommes donc loin d'un phénomène marginal, car près d'un salarié en activité sur dix serait actuellement engagé dans une relation amoureuse ou sexuelle avec une personne de son entreprise.

La « promotion canapé » est un thème de film populaire ou d'essai grand public, et la vie sexuelle des hommes politiques un sujet de ragots et d'amusement. Jean-François Kahn a ainsi parlé d'une histoire banale de « troussage de domestique » à propos de l'affaire DSK/Nafissatou Diallo. Les frasques et tromperies des hommes politiques d'influence ne nuisent du reste pas toujours à leur image. Pour ancillaires qu'elles soient, ces conquêtes, souvent juvéniles, ne nuiront en rien au prestige des hommes de pouvoir matures ou vieillissants qui en sont les acteurs.

Certaines de ces relations peuvent pourtant fausser des promotions, favoriser ou ralentir des carrières. Des

30. Sondage OpinionWay de mai 2011 (du 12 au 19 mai) réalisé auprès des salariés du privé et des entreprises publiques.

évolutions professionnelles qui passent également par l'accès aux formations et le succès dans les postes occupés. Mais ici, les conditions de l'objectivité ne sont pas toujours remplies.

Le juteux marché du « coaching »

Si à 50 ans vous n'avez pas de Rolex et jamais eu de coach, c'est que vous n'avez pas réussi. Aujourd'hui, le coach est devenu un attribut du pouvoir et de la réussite sociale. On ne trouve guère de coach attaché aux employés, ouvriers, techniciens et enseignants, mais évidemment beaucoup aux dirigeants et cadres un tant soit peu importants. Il faut dire que leurs prestations ne sont pas gratuites. Un véritable marché s'est formé en quelques années, sur lequel opèrent des gourous et de multiples cabinets. Sur le site Amazon, on trouve huit cent cinquante-deux ouvrages en langue française portant sur le coaching, dont cent trente et un sur le coaching professionnel. La Société française de coaching, créée en 1996, et qui ne regroupe pourtant qu'une partie des coachs, comptait trois cents membres en 1998 et deux mille en 2003. Leur nombre a continué à augmenter fortement, mais dans un grand désordre. D'autres associations existent dans ce petit monde comme l'International coach federation (deux mille huit cents certifiés dans le monde). La mode du coaching est venue des États-Unis, alimentée par l'individualisme, le psychologisme et l'intérêt pour les technologies de soi[31].

31. Gilles Amado, « Le coaching ou le retour de Narcisse ? », *Changement social*, n° 7, 2002, p. 113-120.

Mais à quoi servent exactement ces coachs payés à prix d'or ? En quoi consiste leur savoir-faire, comment sont-ils formés à leur métier ? Comment sont-ils choisis et comment mesure-t-on leur utilité ? Quels dangers présentent-ils ?

Les coachs expliquent que le coaching supposerait des formations dédiées. Mais on se demande bien en quoi elles pourraient consister, puisque personne ne sait exactement ce que fait un coach ni quelles sont ses compétences. Il y a une infinité de manières différentes de « coacher » et aucune définition précise des savoirs et savoir-faire. Ce marché florissant est du coup encombré de charlatans qui s'autoproclament experts reconnus, publient une pléthore d'ouvrages relatant leurs succès et forment à leur tour d'autres coachs.

Les formations au coaching posent un premier problème. Les entreprises en financent un bon nombre qui paraissent peu sérieuses. Ainsi le CNFDI, un organisme ayant les plus grandes firmes comme clientes, enseigne aux futurs coachs « les techniques d'approche de la personnalité (graphologie, caractérologie...) », car, précise cet organisme, « ce métier de relation d'aide spécifique ne s'improvise pas. Il nécessite, outre des aptitudes personnelles, de véritables compétences et connaissances à la fois techniques, conceptuelles et relationnelles ». On est en droit de se demander en quoi la graphologie et la caractérologie offrent un socle théorique et technique robuste. Mais peut-être s'agit-il d'un organisme de formation de second rang. Tournons-nous donc vers une institution plus prestigieuse : HEC.

Cette grande école assure de multiples formations au coaching depuis une vingtaine d'années et des centaines de coachs ont été formés par ses soins. Elle cible, d'une part, les dirigeants, les cadres de haut niveau et les DRH, d'autre part, le perfectionnement de coachs qui à leur tour coacheront des dirigeants et pourront se prévaloir d'un apprentissage solide. Ces programmes sont placés sous l'autorité scientifique d'un professeur affilié à HEC, Michel Giffard, qui dirige de nombreuses formations en développement personnel et leadership au sein « d'HEC Executive Education ». Ancien cadre d'entreprise, coach depuis 1992, superviseur et formateur de coachs professionnels, il est directeur scientifique des nombreux programmes certifiants de coaching d'HEC : exécutif coaching supervision, coaching d'équipe, etc. Le responsable scientifique de ces programmes a plusieurs cordes à son arc :

– Il a consacré plusieurs ouvrages à l'« intuition » comme outil de management[32]. Il explique à propos de l'intuition : « L'intuition est l'intelligence de la vie, notre talent pour aller au fond des choses et comprendre l'essentiel de ce que nous rencontrons : les événements, les gens, la connaissance, nous-mêmes, le sens de notre vie… L'intuition est d'abord une expérience personnelle, une clarté soudaine, une information surgie on ne sait d'où, une certitude intérieure difficilement communicable[33]. » Il précise : « L'intuition, forme de connaissance immédiate, claire et directe, opère indépendamment du mental et de l'expérience[34] » et il se montre convaincu de l'efficacité de l'intuition dans

32. Michel Giffard, *Développez votre intuition et celle de votre équipe*, Paris, Éditions ESF, 1992 ; Michel Giffard, *Votre intuition au service du succès*, Paris, Presses du Châtelet, 2009.

33. Michel Giffard, *Votre intuition au service du succès*, *op. cit.*, p. 31.

34. *Ibid.*, p. 32.

tous les domaines du management car « l'intuition est vraie et juste par définition[35] ». Dès 1989, il forme les dirigeants à l'intuition au CRC (Centre de recherche et d'études des chefs d'entreprise) d'HEC.

– Il a, de plus, publié un ouvrage consacré au tarot comme outil de management dont nous avons déjà indiqué l'« apport » en matière de recrutement[36]. Lorsqu'il était dirigeant chez Bull, il aurait d'ailleurs déclaré tirer les cartes de tarot pour recruter les candidats[37]. Ce livre a inspiré déjà une publication de coach, elle aussi ayant trait à la puissance des cartes[38]. Michel Giffard a pratiqué plus ou moins intensément d'autres « techniques » : « psychomagie, voyance, marche sur le feu, radiesthésie, magnétisme, résonance morphique, numérologie[39] »...

– Et, naturellement, Michel Giffard a publié plusieurs ouvrages consacrés au coaching.

35. *Ibid.*, p. 59.

36. Michel Giffard, *Le Tarot, outil de management*, Paris, Éditions Artulen, 1990.

37. « Les cadres deviennent-ils fous ? », *L'Express*, 20 octobre 1989, cité par Gilles Amado et Claudine Deumie, « Pratiques magiques et régressives dans la gestion des ressources humaines », congrès de l'AGRH, Reims, 28 novembre 1990.

38. Vincent Beckers, *Manuel pratique du tarot des affaires et de l'entreprise*. Ce coach se présente ainsi : « Côté professionnel, consultant-formateur-coach en ingénierie des ressources humaines. Il cumule trois casquettes : formateur en développement personnel en entreprises ; consultant, il aide les sociétés dans leur politique de gestion des ressources humaines ; coach, il accompagne les cadres et dirigeants dans leur cheminement professionnel. Vincent Beckers baigne donc dans le monde du business. Il a, par ailleurs, travaillé aussi bien dans une grande société qu'en petites PME. Adepte du chamanisme et du reiki, il travaille en radiesthésie, avec le Yi King, la numérologie et l'astrologie humaniste. Ses pas l'ont aussi guidé vers le feng shui et il propose enfin le jeu du Tao comme outil de « déclencheur de vie ». En matière tarologique, Vincent Beckers a cheminé avec plusieurs maîtres avant de trouver sa propre voie. Il y a près de dix ans maintenant. »

39. Michel Giffard, *Votre intuition au service du succès, op. cit.*, p. 23.

C'est donc dans la plus prestigieuse école de commerce française que prospèrent ces formations au coaching ayant vu passer des centaines de participants. Disons-le clairement, plusieurs coachs certifiés par HEC, qui se présentent eux-mêmes comme des voyants ou des cartomanciens, sévissent aujourd'hui dans les plus grandes entreprises et au plus haut niveau dans les administrations. Il serait urgent qu'un assainissement du marché du coaching soit mené, car les budgets formation contribuent à financer ces étranges enseignements.

Inutile de préciser que les coachs se lançant seuls dans la profession, tout comme ceux passés par d'obscurs organismes de formation, moins luxueux et visibles qu'HEC, n'offrent pas davantage de garanties. Non seulement les connaissances et les apports des coachs sont souvent fumeux, mais nombre d'entre eux versent dans l'ésotérisme. Et là, les dangers sont réels. Recourir à des coachs, c'est se trouver confronté à quelqu'un qui a plus de chances qu'un autre d'être très sensible au message des gourous et des sectes. La présence du coach au plus près du dirigeant, et parfois de la femme du dirigeant (car on coache les « premières dames »), la pratique de stages en résidentiels (où les managers sont regroupés pour plusieurs jours) sont autant d'occasions propices au prosélytisme et à la manipulation. Les sectes les plus diverses ont envahi le marché de la formation, du développement personnel et du coaching[40]. L'Église de scientologie aurait en France une cinquantaine de sociétés, dont une

40. Thomas Lardeur, *Les Sectes dans l'entreprise*, Les Éditions d'organisation, 1999.

majorité est positionnée dans le conseil, la formation, le recrutement, le coaching, l'informatique.

Les coachs représentent un coût non négligeable pour les entreprises et les administrations, et leurs interventions font courir un risque à ceux qui les sollicitent. Les sectes ont trouvé dans le marché du coaching un excellent cheval de Troie pour infiltrer le monde du travail. Les pouvoirs publics et la Société française de coaching elle-même ont tenu à alerter sur ces risques sectaires en février 2012. La MIVILUDES (Mission interministérielle de vigilance et de lutte contre les dérives sectaires) attire l'attention sur « un domaine de la vie professionnelle plus particulièrement ciblé par les organisations à caractère sectaire : c'est celui de la gestion des ressources humaines qui comprend le management des personnes et la formation professionnelle ». Devant l'ampleur prise en quelques années par le problème, elle a édité en 2012 un guide pour aider à détecter les dérives sectaires dans la formation professionnelle[41]. Onze millions de stagiaires sont formés chaque année par une myriade d'organismes de formation. Pour les pouvoirs publics, « si la diversité des organismes de formation est une chance, elle constitue aussi une opportunité et une cible privilégiée pour les mouvements à caractère sectaire cherchant à acquérir de nouvelles ressources financières, à recruter de nouveaux adeptes et à conquérir des parts d'influence dans les entreprises ou les administrations. Ainsi, sur l'ensemble des formations proposées, 20 % relèvent du "comportemental" ou du "développement de soi". Or c'est justement dans

41. MIVILUDES, « Guide : savoir détecter les dérives sectaires dans la formation professionnelle », *La Documentation française*, 2012.

ce domaine que le risque sectaire peut souvent être le plus important par le biais des pratiques non conventionnelles à visée thérapeutique ». Au total, « entre mille deux cents et mille cinq cents organismes de formation professionnelle, sur les cinquante mille recensés en France, seraient liés à un groupe à caractère sectaire » ! La MIVILUDES estime à 10 % la part de formations dites comportementales dont le contenu est sujet à caution et/ou en lien avec un mouvement d'origine sectaire. Selon elle, les champs d'intervention les plus revendiqués par les organismes et groupes à caractère sectaire sont :

– la gestion du stress ;

– la résolution des conflits interpersonnels et familiaux ou survenant dans les relations du travail ;

– le renforcement de la confiance en soi ;

– l'amélioration de la cohésion des équipes dirigeantes et d'encadrement ;

– la prise en charge des addictions (alcool, drogues, tabac...) ;

– la motivation du personnel ;

– l'accroissement de la capacité de « self-réalisation » ;

– la prise en charge des troubles psychosociaux.

Compte tenu de l'explosion des accompagnements et formations en tout genre sur les sujets qui précèdent, c'est une autoroute qui est ouverte pour les sectes. Pour information, d'ores et déjà, 14 % des Français connaissent au moins une personne dans leur entourage familial, amical ou professionnel qui a été victime de dérives sectaires[42].

42. Sondage IPSOS, juin 2011.

Et voilà que la fonction publique s'est aussi lancée, tête baissée, dans le coaching. À tel point qu'un guide[43] a même été élaboré par la Direction de la fonction publique (DGAFP), qui vante les mérites du coaching et explique comment trouver et choisir ses coachs, témoignages de plusieurs ministères à l'appui (Intérieur, Agriculture, Écologie et Trésor). Le coaching y est présenté comme très pertinent, alors même que le rédacteur du guide semble bien en peine de le définir : « Une première chose est à savoir en ce qui concerne le coaching. Du fait de la diversité des approches qui prévalent dans la profession, il n'existe pas une mais des définitions du coaching. Il s'agit donc d'un outil ou d'un type d'accompagnement qui n'a rien de monolithique. Au-delà des définitions, les usages et les pratiques du coaching peuvent également être eux-mêmes différents selon les courants de pensée qui animent le monde du coaching : il s'agit là d'une singularité qu'il faut savoir prendre en compte. » Voilà qui a le mérite de la clarté : le coaching, c'est l'auberge espagnole ! Mais, plus inquiétant, rien dans le document n'alerte sur la présence de nombreux charlatans sur ce juteux marché. Le guide se borne à aiguiller vers des « publications de référence » pour en savoir plus. Dans cette toute petite liste de lectures recommandées a été sélectionné un ouvrage d'un coach que nous connaissons bien… puisqu'il s'agit de Michel Giffard, le directeur des programmes à HEC, grand adepte des techniques ésotériques. Le guide donne

43. DGAFP, *Le Coaching professionnel dans la fonction publique. Définition et méthode, bonnes pratiques ministérielles, outils pour agir*, 2011.

aussi des pistes pour sélectionner des coachs sérieux. Ceux-là pourront être référencés dans les marchés publics, ce qui est franchement inquiétant. L'International coach federation (ICF), qui est notamment mentionnée, compte parmi ses membres accrédités nombre de praticiens férus des techniques ésotériques les plus amusantes. Pas étonnant, quand on sait qu'il suffit d'avoir suivi une formation d'une école accréditée par l'ICF pour être certifié *de facto*, quelle que soit par ailleurs l'activité exercée. Voici ce qu'explique d'ailleurs une de ces écoles : « Notre formation en coaching est officiellement accréditée par l'International coach federation. Notre programme peut certifier en direct les coachs au niveau PCC (Professional certified coach) de ICF ! Concrètement : tous les participants à venir, qui se certifient chez nous, ne devront plus présenter un examen à ICF. La certification ICF-PCC sera délivrée sur la seule base de l'attestation des heures de pratique et de la réussite de la certification par nous ! » Dans ces conditions, la machine à certifier des coachs de tous poils risque de tourner à plein régime et il sera de plus en plus difficile de savoir précisément ce que font les coachs omniprésents dans les grandes entreprises et la fonction publique.

Il n'est déjà pas évident de savoir en quoi consiste concrètement le coaching, car chaque coach se réclame de multiples « spécialités », de références « théoriques » multiples, de « formations » diverses. Le florilège est tel qu'on hésite à en dresser la liste. Voici tout de même quelques morceaux choisis des spécialités plus ou moins sérieuses pratiquées par des membres dûment certifiés par l'ICF, et sortant des formations de référence (Mozaik international, HEC, etc.) :

numérologie, résonance morphique, morphopsychologie, méthode des couleurs, programmation neurolinguistique, analyse transactionnelle, réflexologie plantaire, massage gestalt, hypnose et visualisation, symbolique et métaphore, théorie du renversement, intuition, coaching somatique, créativité par les contes, constellation familiale, ennéagramme évolutif, graphologie, coaching par la poésie (haïku), psychogénéalogie, graphothérapie, *rebirthing*, méditation, géobiologie, art-thérapie, logothérapie, approche intégrale, spirale dynamique, accompagnement existentiel, zen coaching, massothérapie, tarot de Marseille, etc. Décidément, la direction de la fonction publique a raison : le coaching est un outil qui n'a rien de « monolithique » ! Les lubies des coachs semblent infinies et un *coaché* ne sait même pas entre quelles pattes il se retrouve. Est-il bien raisonnable en ces temps d'économie budgétaire d'encourager les administrations à piocher au petit bonheur dans la liste des « coachs certifiés » ? Et que dire des entreprises obligées de réduire leurs effectifs payant pour de tels gourous.

Les DRH devraient d'urgence faire la lumière sur l'intervention de ces coachs dont la valeur ajoutée est extrêmement douteuse, sauf à croire les témoignages des clients. Faut-il rappeler qu'une enquête faite auprès de clients de graphologues, d'astrologues ou de cartomanciens établira qu'ils sont évidemment satisfaits ? L'effet placebo justifie-t-il les dépenses occasionnées ?

On touche là à un problème plus général : celui de la régulation. Le marché du coaching, comme le marché de la formation continue en entreprise, est insuffisamment encadré.

Le gâchis de la formation

En France, les formateurs pullulent et ce n'est pas sans poser problème. Depuis la loi de 1971, les obligations de financement de la formation sont sans cesse renforcées. Or les organismes de formation « agréés » par les pouvoirs publics doivent simplement remplir un formulaire administratif. Ils ne sont en aucune manière évalués. Quelles sont les compétences des formateurs ? Quelle est la qualité du contenu ? Quel est le résultat de la formation ? Rien de tout cela n'est mesuré. C'est simple : pour être agréé il suffit de déclarer un programme, un public et de pseudo-compétences. Il n'y a personne pour vérifier. L'agrément donne l'illusion du sérieux, alors qu'absolument tout le monde peut faire de la formation et toucher sa part du gâteau. Dans l'Éducation nationale, même si le système a ses défauts, impossible de faire face à un élève sans un minimum de qualification. S'agissant des formations dispensées aux salariés ou aux fonctionnaires, puisqu'il s'agit d'adultes, on a laissé au marché et à sa grande sagesse le soin de distinguer le bon grain de l'ivraie attirée par un marché débridé.

Quant à l'évaluation des résultats des formations, on se borne en règle générale à demander au stagiaire s'il est satisfait, et l'on observe rarement s'il a développé des compétences. Or tout enseignant sait qu'il suffit de quelques « Power Point » agrémentés de jeux pour réjouir un étudiant. Les enseignants mignons sont d'ailleurs mieux évalués par leurs élèves. Petit problème : être satisfait ne signifie pas que l'on a appris quelque chose ni que l'on sera plus efficace au travail[44]. Les formations les plus enrichissantes sont aussi souvent les plus exigeantes, celles qui demandent le plus de travail d'assimilation. Elles peuvent susciter des réactions négatives et être, par conséquent, jugées mauvaises, si le taux de satisfaction est le seul critère d'évaluation. On pense faire moderne et performant en demandant aux participants d'évaluer le formateur, alors que les personnes insatisfaites ont la plupart du temps appris davantage que les autres. Pense-t-on sérieusement qu'à l'école l'enseignant de maths ou de français devrait être évalué en fonction de la satisfaction de ses élèves ?

Les entreprises françaises dépensent des sommes importantes pour la formation continue : près de 3 % de la masse salariale en 2008. Pour toute autre dépense de cet ordre, une évaluation sérieuse des bénéfices attendus serait exigée ; c'est peu le cas pour les investissements en formation.

La Cour des comptes[45] a souligné ce manque d'évaluation des formations professionnelles : « Les fonctions d'information et d'évaluation apparaissent comme l'une des grandes faiblesses du système français de formation professionnelle. La faible disponibilité et l'insuffisante fiabilité des données, l'absence d'un cadre commun aux acteurs, le recours à des méthodologies parfois peu rigoureuses sont autant de raisons qui concourent à empêcher de mesurer l'effica-

44. Winfried Arthur Jr., Winston Bennett, Pamela S. Edens et Susan T. Bell, « Effectiveness of training in organizations : a meta-analysis of design and evaluation features », *Journal of Applied Psychology*, vol. 88, n° 2, 2003, p. 234-245. Bedingham, K., « Providing the effectiveness of training », *Industrial and Commercial Training*, vol. 29, 1997, p. 88-91.

45. Cour des comptes, « La formation professionnelle tout au long de la vie », *Rapport public thématique*, octobre 2008.

cité et l'efficience des fonds mis en œuvre en matière de formation. » La Cour remarque que les universitaires ne sont pas sollicités pour procéder à ces évaluations.

Il y a bien des responsables RH qui essaient de sélectionner et d'évaluer les formations mais, dans la moitié des entreprises françaises, on ne prête aucune attention aux contenus des formations[46]. Les grandes firmes, dotées de services spécialisés, sont certes plus attentives que les PME, mais c'est souvent assez sommaire. Une étude[47], menée au sein de mon équipe sur les firmes du SBF 120, montre que les Français se bornent à demander aux stagiaires s'ils sont satisfaits et si la formation leur semble utile. La réaction affective reste l'essentiel : ce qui compte, c'est que le stagiaire soit content, ait une bonne image du service formation et des formateurs en général. Dans d'autres pays, comme les États-Unis, on s'attache davantage aux effets concrets des formations. Les trois quarts des DRH français, lucides, ne trouvent d'ailleurs pas satisfaisante l'évaluation qu'ils pratiquent.

Il est un autre exemple de l'insuffisant encadrement du marché de la formation : ce sont les « bilans de compétence ». Les salariés ou fonctionnaires y ont droit et ces bilans aident aux évolutions professionnelles ou aux reconversions. Mais sur ce marché opèrent des organismes « agréés » qui proposent un curieux éventail de techniques. C'est le cas par exemple de CNPG conseil, qui offre des formations à la graphologie et à la

46. Christelle Drouot *et al.*, « Enquête nationale : la formation est-elle bien au service du développement des compétences ? », AFREF, 2006.

47. Alexis Monnot, « L'évaluation de l'investissement en formation dans les entreprises du SBF 120 », *Communication au congrès de l'AGRH*, 28 octobre 2011. Voir aussi sa thèse de doctorat, *L'Évaluation de la formation professionnelle*, université Paris 1, 2012.

morphopsychologie. La liste des grandes entreprises clientes est longue et peut inspirer confiance aux responsables formation et aux DRH. Il y a aussi les bilans de compétence de l'ADIP (Association pour le développement de l'insertion professionnelle), qui reposent eux aussi sur des analyses graphologiques. Faisant partie du groupe IGS (Institut de gestion sociale), cette structure paraît offrir des garanties en étant rattachée à une école de formation aux métiers des ressources humaines.

L'effort de formation des entreprises et des administrations est une clé de la compétitivité mais aussi du développement des carrières et de la mobilité. Lorsque la formation continue fut inventée par les partenaires sociaux, il s'agissait d'ouvrir des perspectives aux moins qualifiés qui étaient très peu diplômés et cantonnés à des postes d'OS. Peu à peu les budgets ont augmenté, et davantage de salariés ont eu accès à des formations longtemps réservées aux cadres. J'ai commencé ma carrière au CNAM dans les années 1980 et connu ces salariés sacrifiant leur vie privée pour suivre des cours du soir en cachette de leur employeur, dans l'espoir d'obtenir le diplôme qu'ils n'avaient pas eu plus jeunes. C'était alors leur seule perspective. Les formations (parfois diplômantes) sont désormais plus ouvertes. Reste que tout le monde dans les firmes n'accède pas également aux formations selon les niveaux hiérarchiques (les moins qualifiés sont moins concernés), l'âge (les seniors sont oubliés) et le sexe (les femmes en profitent moins).

On le voit, le manque d'encadrement de l'offre pléthorique de formation et sa répartition inégale ne favorisent pas les parcours d'ascension professionnelle. Les politiques de « diversité » non plus.

7

La diversité : un bien étrange engouement

Depuis quelques années, dirigeants et responsables n'ont qu'un mot à la bouche : diversité. L'enthousiasme pour cette thématique masque en réalité bien des problèmes.

À quoi sert le label diversité ?

Toutes les entreprises se précipitent pour obtenir le précieux label diversité, créé en 2008. Ce label, mis au point par une association de DRH (l'ANDRH), est délivré par l'AFNOR après enquête – payante – de leurs services. C'est le ministère de l'Intégration qui fut chargé de la gestion du label. Pour un label censé porter sur tous les thèmes de la « diversité », et notamment les dix-huit motifs de discrimination prévus dans la loi (de l'âge en passant par le handicap et le genre), on se demande quel est le rapport. Pour beaucoup, la « diversité » se limite en réalité à la question des personnes issues de l'immigration.

On ne peut naturellement pas reprocher aux DRH de solliciter au plus vite leur labellisation. Un label de bonne conduite fait toujours bien. D'abord, le pouvoir politique y tenait ; d'autre part, il est relativement aisé d'être labellisé. Et puis, dans certaines firmes, la quête du Graal permet de motiver les équipes, d'améliorer certaines procédures de recrutement, de former, de réfléchir à des moyens de mesure ou de recours pour les salariés. J'avais par exemple, durant l'été 2009, attiré l'attention d'une entreprise du CAC 40 sur un questionnaire de recrutement comportant nombre de questions totalement illégales au regard du code du travail et de la loi informatique et libertés. Pourtant ce questionnaire avait été fraîchement élaboré sur papier glacé par un prestataire spécialisé qui entendait proposer les dernières innovations naturellement conformes au droit ! Le questionnaire m'avait été transmis en toute discrétion par la responsable diversité pour avis, alors même que celui-ci était déjà largement diffusé dans l'entreprise. S'étant vu reprocher d'avoir communiqué ce document, cette cadre fit profil très bas… et moi avec, lorsque nous présentâmes notre avis sur le merveilleux questionnaire. Incapables de prendre la mesure de leur erreur, incrédules ou simplement embarrassés par les exemplaires à jeter, les services RH n'y touchèrent pas. Ce sont les enquêteurs de l'AFNOR qui durent leur signaler les graves problèmes que posait le questionnaire. À l'évidence, les responsables diversité n'ont que rarement l'autorité suffisante pour imposer aux DRH, aux recruteurs et *a fortiori* aux grands directeurs quoi que ce soit d'un peu important.

Mais au fait ce label « diversité » labellise quoi, exactement ? À en croire les entreprises qui l'ont obtenu, il s'agirait d'une garantie officielle de l'égalité de traitement et de l'absence de discriminations. Un DRH le présente en ces termes : « Attribué pour une durée de trois ans par l'AFNOR, il vient reconnaître la politique mise en œuvre depuis plusieurs années par notre société en matière de diversité, d'égalité des chances et de non-discrimination. Par l'obtention de ce label, *notre société garantit une égalité de traitement* dans les processus RH, au moment du recrutement, des plans de formation, des rémunérations, de l'évaluation et des mobilités[1]. »

Le problème posé par la labellisation est qu'elle donne à croire que l'entreprise labellisée voit reconnus son respect de l'égalité des chances, l'absence totale de discrimination en son sein ou la diversité de sa composition. Or le label ne reconnaît rien de tout cela. La labellisation ne porte que sur les moyens et procédures mis en place par les entreprises, pas sur les résultats constatés et vérifiés. Elle laisse pourtant penser que les firmes bénéficiaires sont plus vertueuses que les autres. Est-il du reste possible de délivrer un label de bonne conduite aux entreprises ou administrations ?

On peut certainement dire qu'une entreprise s'est mal comportée à un moment donné, mais il n'est pas possible de garantir qu'elle se comporte bien en général. Si on peut dire à coup sûr (ou presque) qu'un automobiliste a été flashé par un radar ou a grillé un feu rouge, en revanche, il est impossible de certifier que les automobilistes disposant de tous leurs points sur leur permis et n'ayant jamais été flashés respectent le code de la route. Statistiquement parlant, les contrôles ne repèrent d'ailleurs qu'une infime partie des comportements routiers condamnables.

Les entreprises sont soucieuses de leur image. Cette préoccupation est un levier qui peut être utilisé pour les amener à lutter efficacement contre les

1. Focus-RH, 21/11/2011.

discriminations (par crainte de la médiatisation des procès, des vérifications et des délibérations du Défenseur des droits). C'est pourquoi le label diversité attire les employeurs. Il ne comporte pas d'obligations de résultats et permet d'accentuer la communication des entités labellisées sur le thème de la diversité. En soi, le fait qu'une entreprise communique n'est pas néfaste, ne serait-ce que parce que ainsi elle contribue à sensibiliser les salariés et l'opinion. Mais cela présente tout de même deux inconvénients. D'abord, cette communication insiste sur la diversité, et non sur la lutte contre les discriminations et pour l'égalité. C'est une différence de taille. Passer de 20 % à 30 % de femmes managers ne prouve pas que l'on ne discrimine pas. Ensuite, elle permet de masquer l'absence de résultats dans le domaine de la lutte contre les discriminations et même le refus par les labellisés de toute mesure de la non-discrimination (sur le genre ou les origines, sur les différences de salaire, etc.). Dans les entreprises américaines et françaises domine en effet le *diversity branding* (la « marque diversité »), dont l'objectif est purement cosmétique[2].

Parmi les firmes ayant obtenu le label, on note que les processus ne semblent pas encore tout à fait exempts de reproches. On trouvait par exemple, en mai 2012, ces recommandations aux candidats préparant leur CV pour candidater chez CNP assurances (firme labellisée parmi les toutes premières entreprises en janvier 2009) : « Éveillez la curiosité de votre interlocuteur, avec un contenu explicite qui dévoile votre profil et votre personnalité. Quelques rubriques sont

2. Sébastien Point, « Communiquer sur la diversité », *Revue française de gestion*, n° 206, 2010, p. 49-63.

incontournables : […] votre état civil, adresse et téléphones personnel et professionnel, date de naissance, situation de famille. »

Cette demande est en cohérence avec le site internet de recrutement lui-même, sur lequel le refus de révéler sa situation matrimoniale (Mme ou Mlle) bloque la poursuite de la candidature. On se demande en quoi les questions d'état civil comme la situation de famille ou l'adresse sont « incontournables » et « dévoilent le profil et la personnalité » ? Faut-il en conclure que la situation de famille est un élément déterminant faisant partie de la promotion de la diversité dans cette entreprise ?

Le label diversité ne semble donc pas empêcher des procédures de recrutement qui ne sauraient être neutres en termes de discrimination. L'AFNOR ne labellisant pas en fonction des résultats (en mesurant les discriminations lors des recrutements, en matière de salaire et de carrière), mais seulement en fonction des moyens déployés et des procédures suivies, il importerait au moins que la procédure qui est labellisée ne soit pas susceptible de conduire à des discriminations.

Mais comment le label diversité peut-il « garantir » l'absence de discrimination et l'égalité de traitement quand les CV des candidats ne sont même pas anonymés ou quand des photos sont demandées ? Impossible dans ces conditions de garantir que la trombine des candidats ou leur nom n'influence jamais les recruteurs. Comment l'égalité de traitement en matière de rémunération peut-elle être garantie quand aucune obligation de mesure approfondie n'existe ? Pas question du coup de savoir si Mohammed a le même salaire que Philippe alors qu'ils occupent tous deux des postes identiques, ont la même ancienneté, le même âge et les mêmes diplômes.

En outre, les conditions d'élaboration et de délivrance du label posent un autre problème. Élaborées par les professionnels du domaine (les DRH), elles ne reposent pas sur une expertise scientifique (juridique, sociologique ou de gestion des ressources humaines). Nous avons déjà souligné que c'est une autre norme AFNOR, élaborée dans des conditions similaires, qui permet aux graphologues français de poursuivre une activité pourtant dénuée de validité scientifique.

La délivrance du label diversité se fait après qu'une « Commission nationale de labellisation » s'est réunie. L'AFNOR ne donne pas de précisions sur sa composition, mais indique que des représentants de l'État, des syndicalistes et des représentants d'organisations patronales en font partie ainsi que des « experts ». Qui sont donc les experts en question ? Il s'agit en fait de membres de l'association ANDRH, c'est-à-dire des praticiens du domaine, mais pas des experts appartenant à la communauté scientifique.

L'AFNOR a été chargée, en 2012, de réfléchir à des normes dans le domaine des ressources humaines (gouvernance et RH) pour que soit fixée une norme internationale pour les ressources humaines (la norme TC ISO 260). L'association précise bien que « les DRH sont les premiers impliqués car ils apportent l'expertise nécessaire » à l'élaboration des normes. Puis suivent les syndicalistes. Enfin, d'autres « organismes » peuvent être associés « comme les associations d'aide à l'emploi, les organismes de développement économique, les organismes de formation, les cabinets de recrutement, les éditeurs de tests d'évaluation des compétences, les coachs et tuteurs, les éditeurs de logiciels de gestion prévisionnelle des emplois et compétences, les universitaires, les chercheurs »… Comme on le remarque, ce n'est qu'en tout dernier lieu que l'AFNOR consent à mentionner que les milieux académiques pourraient servir à quelque chose. À ses yeux, l'expertise scientifique est clairement accessoire. La réflexion sur cette nouvelle norme RH a été confiée au DRH d'Eutelsat, Izy Behar. Ce DRH, hostile au CV anonyme, se déclare notamment favorable à des discriminations en raison de l'âge au motif que les seniors s'intégreraient mal dans les équipes jeunes[3]. On se demande du coup si une expertise de cet acabit est suffisante pour définir les codes de bonne conduite qui doivent s'appliquer aux entreprises.

Le label « diversité » voisine avec le label « égalité » (qui concerne spécifiquement la question hommes/femmes). Mais que recouvre exactement cette notion de diversité ? Si une entreprise est labellisée, cela signifie-t-il qu'elle est irréprochable s'agissant du sort réservé aux syndicalistes ? Les obèses doivent-ils être rassurés par le label en étant certains qu'ils ne seront pas discriminés ? Impossible de répondre par l'affirmative à ces questions. Car la petite vingtaine de motifs de discrimination prévue dans la loi n'est évidemment pas examinée à la loupe dans les entreprises labellisées.

3. Il déclare à *L'Express* en 2005 : « Si je suis aussi critique à l'égard du CV anonyme, c'est que je ne vois pas du tout à quoi il peut servir. C'est un "truc médiatique" issu du microcosme parisien. En pratique, je ne vois pas non plus comment cela peut fonctionner. On efface l'âge du candidat, mais, s'il est précisé dans le CV qu'il a passé son bac en 1968, cela n'a pas de sens ! En plus, l'anonymat fait fi de la nécessité, pour un DRH, de veiller à l'homogénéité et à l'efficacité de ses équipes. Si la moyenne d'âge dans une équipe est de 32 ans, on comprendra qu'un DRH ne sélectionne pas un candidat de 48 ans, de peur que la greffe ne prenne pas. »

Alors que certains sujets passent à la trappe, d'autres font l'objet d'une vigilance particulière.

Par ailleurs, labelliser la diversité aurait un sens si on savait vraiment ce qu'est la diversité.

La diversité à toutes les sauces

Il existe des labels et des accords collectifs, du reste obligatoires, concernant l'égalité hommes/femmes, les seniors et le handicap. La diversité, qui théoriquement pourrait inclure de multiples dimensions, est en fait souvent réduite à la question des origines ou des minorités visibles. On labellise la diversité, on veut promouvoir la diversité et cette dernière serait un facteur de performance. Les entreprises communiquent beaucoup sur la diversité et la mesurent. On colloque aussi à tour de bras. Mais, à la lecture des textes, on ne comprend plus très bien à quoi elle correspond.

Le cas de la chaîne d'habillement Abercrombie and Fitch est éloquent. Dans les boutiques et les publicités, il a été décidé de ne montrer que des jeunes gens sexy. Les garçons évoluent torse nu (surtout sans pilosité) et les filles en petite tenue (haut moulant et short très court). Des critères d'apparence physique draconiens sont naturellement utilisés par cette enseigne. Du reste, des exercices physiques sont employés pour punir les employés et entretenir la ligne du personnel. Les vendeurs sont qualifiés de « *models* ».

Cette enseigne, comme toute firme américaine, se veut naturellement exemplaire dans le domaine de la diversité, affirmant que sa « culture diverse » est la clé de son succès. Les candidats aux emplois chez Abercrombie doivent détenir une compétence inédite :

la « *diversity awareness* ». On se demande en quoi consiste cette conscience ou ce souci de la diversité. Et comment elle est vérifiée lors de l'embauche du personnel. Pour savoir ce qu'est la diversité « façon Abercrombie », il faut se reporter au site de l'entreprise et à la page consacrée à la politique de diversité. La diversité « culturelle » n'est illustrée que par un seul exemple : le pourcentage par catégories d'emplois des salariés de couleur (50,22 %, pour ceux qui s'occupent des mises en rayon et des stocks). Aucun autre aspect de la diversité n'est évoqué par cette entreprise. Les visuels sur le site de l'entreprise et un petit tour en boutique permettent de se faire une idée de la prétendue diversité « culturelle » si enrichissante. On cherche encore les personnes ayant quelques grammes en trop, les handicapés et les plus de 35 ans.

La lecture des termes employés pour préciser ce que les entreprises ou les pouvoirs publics appellent « diversité » est un véritable gag. L'Association française des managers de la diversité et le réseau Equitylab ont ainsi publié un guide[4], soutenu par le commissaire à la diversité Yazid Sabeg et de grandes entreprises, au premier rang desquelles L'Oréal. On y rappelle que les entreprises définissent la diversité de manière large : « Les entreprises désignent par ce même mot l'ensemble des critères reflétant la pluralité de leurs salariés. Genre, âge, état de santé, origine, couleur de peau ou orientation sexuelle : tous ces

4. Alexandra Palt, « Rapport annuel diversités », AFMD-EquityLab, 2011. Un rapport remis au président de la République par Yazid Sabeg fourmillait également d'expressions confuses du même type pour désigner la diversité.

critères, à l'origine de la diversité des salariés et de la richesse qu'elle peut représenter pour l'entreprise, sont aussi la cause de nombreuses discriminations. » Jusque-là, on pense avoir compris ce qu'est la « diversité », ou les « diversités », puisque les rapporteurs utilisent le pluriel. Mais la suite est plus nébuleuse. On y parle indifféremment de salariés « issus de la diversité », « divers », « de la diversité » ou encore « issus des diversités » ! Il faut une certaine imagination pour se représenter ce que peut être une personne « issue des diversités », si cette personne peut être indifféremment un homme ou une femme, une personne en mauvaise santé ou un senior ! On peut lire dans ce rapport que les entreprises peuvent faire des études « sur la place et le vécu des personnes issues de la diversité sociale, culturelle, ethnique ou religieuse dans l'entreprise ». Une explication est même fournie au sujet de ces études possibles : « Les personnes d'origine étrangère, les "minorités visibles", les personnes ayant des convictions religieuses peuvent être confrontées à la discrimination raciale, des comportements ou du harcèlement racistes au sein de l'entreprise. Afin de connaître la réalité de leur vécu, il est très utile de mener des études ciblées leur permettant de s'exprimer sur la vie en entreprise. Il est également possible d'évaluer la discrimination raciale au travers de testings ou d'autres études. » Pour un rapport qui vise à faire en sorte que « les entreprises disposent [...] d'une batterie de recommandations et d'indicateurs dans laquelle elles peuvent puiser pour construire leur démarche, sélectionner leurs indicateurs stratégiques et opératoires », on est un peu perplexe compte tenu du flou des notions employées. Comment mesurer quelque chose que l'on ne parvient pas à définir ?

La diversité... à en perdre son latin

Le florilège d'expressions employées pour évoquer ce thème est révélateur. Il est ainsi devenu banal de parler de personnes « issues de la diversité ». On savait qu'un individu pouvait être issu de l'immigration mais « issu de la diversité »... signifie-t-il que l'on peut être d'ascendants « divers » ? Comme les « divers » désignent différents groupes – des personnes en situation de handicap, des gays, des hommes ou des femmes –, on ne comprend rien. Sauf si, en réalité, on veut parler, sans le dire, des seuls descendants d'immigrés ou des enfants de personnes de couleur noire.

On considère que ceux qui sont « divers » ou « issus de la diversité » se distinguent de ceux qui ne sont pas « divers » ou « issus de divers ». Traduisons : les personnes issues de l'immigration relèvent de la diversité, comme leurs enfants, mais pas les autres (un enfant de Bretons n'est pas issu de la diversité, il n'est pas divers). De même, les personnes appartenant aux « minorités visibles » ou de couleur de peau « noire » seraient diverses, quand les autres seraient non diverses (couleur de peau blanche, « majorité invisible »). On peut s'étonner que la diversité ne concerne ou ne désigne que ceux qui appartiennent à une minorité, alors que la diversité est justement faite de la coexistence d'individus dont les caractéristiques sont différentes (issus ou pas de l'immigration, hommes et femmes, jeunes et vieux). Un groupe divers est un groupe qui rassemble des personnes ayant des caractéristiques diverses, pas des personnes dites « diverses » et d'autres « non diverses » ou appartenant à un groupe majoritaire[5].

Au lieu de parler de diversité, on parle souvent de « minorités visibles ». Cette notion est fréquemment employée pour désigner des personnes que la « couleur de peau », le « phénotype » ou le patronyme rendraient « visibles ». Mais les tenants de la diversité veulent ratisser plus large et finissent par utiliser l'expression de « minorités visibles » à tort et à travers. Yazid Sabeg adressa ainsi, au titre de ses fonctions à l'Agence nationale de rénovation urbaine, un questionnaire aux entreprises les invitant à déclarer la place qu'elles réservaient aux « minorités visibles » :

La présence des autres minorités visibles dans votre entreprise

Dans votre entreprise, pouvez-vous donner quelques pourcentages approximatifs concernant la présence de :

Minorités ethniques :
Jeunes de moins de 25 ans :
Seniors de plus de 50 ans :
Femmes dans les cadres dirigeants :
Handicapés :
Minorités sexuelles :

Une telle définition des « minorités visibles » est inquiétante et fort heureusement les entreprises ont en général évité de répondre.

5. Walter Benn Michaels, *La Diversité contre l'égalité, raisons d'agir*, 2009 ; CARSED, *op. cit.*

La définition de ce qu'on entend par « diversité » n'est pas anecdotique. En effet, beaucoup en France, s'inspirant du modèle américain, rêvent de discrimination positive et même sautent le pas ; une dérive, à plus d'un titre.

La discrimination positive : une fausse bonne idée

Nous l'avons vu, les discriminations sont nombreuses en France. Le fait de refuser l'embauche à une personne en raison de son patronyme est un bon exemple, car le critère de choix est prohibé explicitement en droit français. En moyenne, les porteurs de certains patronymes (par exemple d'origine africaine) sont plus souvent écartés que d'autres (« toutes choses égales par ailleurs », c'est-à-dire à compétences similaires). Pour remédier à cette injustice, il a été proposé d'anonymer les candidatures, ce que le législateur a voté en 2006. Mais le patronat français a préféré que soit adoptée une démarche moins contraignante. Une partie des patrons, des hommes politiques et certaines associations communautaristes ont opté pour une logique qui se répand peu à peu : il s'agit d'une démarche de discrimination positive. Elle consiste à utiliser, par exemple, le critère du nom de famille (signalant une origine supposée), non pour exclure des candidats au patronyme à consonance africaine mais à l'inverse pour les retenir en priorité. À compétences égales de deux candidats, la discrimination positive consiste à retenir un candidat appartenant à un groupe minoritaire faisant habituellement l'objet de discriminations. C'est alors le candidat appartenant au groupe majoritaire qui est discriminé, puisqu'il est écarté du recrutement en raison d'un critère interdit (le patronyme). Le fait que l'intention se veuille louable (corriger une injustice fréquente) ou que la mesure préférentielle soit « provisoire » ne change rien au caractère discriminatoire de la mesure. On entend parfois dire qu'une telle politique serait une « action positive », une « promotion de la diversité » ou une « égalité réelle », mais ces formulations elliptiques ne changent rien à la réalité de politiques revendiquées et assumées comme discriminatoires et incontestablement illégales en France.

Les tenants de la discrimination positive expliquent qu'il n'y a pas d'injustice ou de favoritisme, car on n'a pas choisi un candidat moins compétent. Puisque les deux candidats ont les mêmes compétences et que chacun pourrait aussi bien être embauché, il serait normal et légal de retenir l'un des deux en raison de son nom de famille ou de sa couleur de peau. On croit rêver ! En effet, pour un recrutement comme pour une compétition de natation ou pour un concours d'entrée à une grande école, il est toujours possible de classer avec des méthodes objectives les individus. On peut toujours essayer de déterminer le meilleur des deux candidats au lieu de lancer les dés pour décider. S'il est absurde de sélectionner à partir d'un test de graphologie ou d'astrologie, il est illégal de choisir le candidat retenu en fonction d'un critère prohibé. Si c'était possible, n'importe quel employeur qui discrimine pourrait expliquer qu'il n'a pas discriminé puisqu'il avait le choix entre deux candidats équivalents et s'est borné à choisir en fonction de la consonance du nom de famille, comme il aurait pu lancer les dés. La discrimination, ce n'est pas seulement refuser un bon candidat noir au profit d'un candidat blanc moins bon. La discrimination consiste simplement à écarter pour un motif illégitime un candidat, même de qualité identique à un autre. Disons-le clairement, si l'on accepte la discrimination positive telle que nous la décrivons ici, il n'y a plus de droit de la discrimination.

Or, depuis plusieurs années, la discrimination positive s'est peu à peu imposée en pratique, en droit, et dans les esprits. Le Conseil constitutionnel, la Halde sous la présidence de Louis Schweitzer et Simone Veil ont bien cherché à ralentir cet irrépressible développement. Mais ce puissant *mainstream* s'est accéléré à partir de la présidence de Nicolas Sarkozy, qui avec une partie de la gauche lui est favorable.

En 2004, Yazid Sabeg, qui sera quelques années plus tard commissaire à la diversité, publie un ouvrage plaidant pour la discrimination positive[6]. Pilier de l'Institut Montaigne (un cercle de réflexion patronal créé par le P-DG d'AXA Claude Bébéar), il est à l'origine de la « charte de la diversité » lancée fin 2004 (signée par des milliers d'entreprises et administrations). Lors du lancement de cette charte, Yazid Sabeg écrit un texte l'accompagnant, dans lequel il explique : « Une entreprise peut être attentive à *réserver ses stages en priorité à des étudiants issus de la diversité.* »

Pour lui, il faut faire des « distinctions positives » pour arriver à une « égalité réelle » ou « effective ». Afin de nous rassurer, Yazid Sabeg – comme tous les tenants de la discrimination positive ou de l'action positive – explique que l'on ne recrutera pas

6. Yazid Sabeg et Yacine Sabeg, *Discrimination positive, pourquoi la France ne peut y échapper*, Paris, Calmann-Lévy, 2004.

automatiquement une personne appartenant aux minorités visibles, mais qu'il faut simplement utiliser ce critère « à compétence égale ». « Ma philosophie est nette et sans ambiguïté : l'esprit de transparence nous oblige à aborder de front la question de l'action positive… Il s'agit de tenir compte des qualités intrinsèques des individus, et de privilégier à compétence égale ceux qui s'estiment lésés en raison de leur couleur de peau ou de leur patronyme. » Et de conclure : « S'il faut changer la Constitution, comme il a fallu le faire pour la parité, changeons-la[7] ! » Les candidats à un emploi ou à une promotion apprécieront les nouveaux critères de M. Sabeg !

Après sa nomination, il propose au président de la République de mettre en place une politique de quotas en fonction des origines pour l'accès aux emplois de la haute fonction publique. L'idée est de réserver un volume d'emplois pour des candidats « issus de la diversité » passés par la troisième voie de l'ÉNA. Des emplois qui, s'ils ne sont pas pourvus par des « candidats de la diversité », seront supprimés afin d'obliger les administrations à se conformer aux objectifs de discrimination positive.

Alors en fonction, le commissaire souhaite même que soit établi un trombinoscope des dirigeants des entreprises, avec l'objectif de mesurer la diversité des dirigeants et la part des minorités visibles. Car, s'agissant des dirigeants actuels, il déclarait au dîner du CRAN (Conseil représentatif des associations noires) en 2009 : « Il suffit de regarder la couleur de nos assemblées et de nos entreprises pour voir l'ampleur du pro-

7. Yazid Sabeg, « La nouvelle frontière de l'égalité », site de Yazid Sabeg, 2010.

blème : c'est d'une pâleur, d'une blancheur, et c'est pas très frais d'ailleurs[8] ! » On suppose que la fraîcheur s'applique aux seniors.

Très attaché à la mise en place de statistiques ethniques et raciales, il fonde une commission *ad hoc*. Confiée à François Héran, elle se livre à cet exercice dans des conditions qui susciteront l'émoi de nombreux chercheurs spécialistes de ces questions, soigneusement écartés de cette commission. Dans un ouvrage, ceux-ci expliquent combien la commission en question développe une vision raciale de notre société[9].

Plusieurs associations ouvertement communautaristes sont encouragées et consacrées depuis 2007. Le cas du CRAN est caricatural. Cette association a préconisé de mettre en place des dispositifs de discrimination positive à l'américaine : « l'attribution préférentielle de marchés publics aux entreprises qui appartiennent aux minorités visibles[10] », des aides aux petites entreprises dirigées par des personnes « issues de la diversité » et des quotas en politique comme il en existe pour les femmes[11]. Son président a fini par se voir confier par le gouvernement un rapport relatif aux moyens de lutte contre le racisme, le communautarisme et les discriminations, puis la présidence d'un observatoire du racisme qu'il avait recommandé. Les positions de cette association et de son président ont pourtant fourni l'exemple le plus clair du communautarisme en France.

8. Cité dans *Le Point.fr*, le 5 février 2009.
9. CARSED, *Le Retour de la race*, Éditions de l'Aube, 2009.
10. *Le Point.fr*, le 5 février 2009.
11. CRAN, 26 juin 2012.

Quant aux entreprises, certaines d'entre elles ont ouvertement affirmé pratiquer la discrimination positive. Le directeur général de L'Oréal, Jean-Paul Agon, déclarait dans *Le Monde*, alors que – souvenez-vous – la cour d'appel venait de condamner une de ses entités, Garnier, dans une affaire de discrimination, que son entreprise avait changé de politique et récemment pratiqué la discrimination positive : « L'Oréal fait de la discrimination positive et l'assume [...], déclare le directeur général du groupe, Jean-Paul Agon. Aujourd'hui, lorsque nous rencontrons un candidat qui a un prénom d'origine étrangère, il a plus de chances d'être recruté que celui qui porte un prénom français de souche[12]. »

Cette déclaration n'a pas empêché la confirmation en cassation de la décision de la cour d'appel : Garnier et Adecco avaient subordonné des offres d'emploi à un critère discriminatoire quelques années auparavant. Finalement, L'Oréal aurait agi « à l'américaine », en corrigeant une discrimination par une autre, cette fois « positive ».

Chez Areva, la présidente Anne Lauvergeon assumait des pratiques de discrimination en défaveur des hommes et des personnes blanches. « À compétences égales, eh bien désolée, on choisira la femme ou on choisira la personne venant d'autre chose que le mâle blanc pour être clair[13] », affirmait-elle.

12. Jean-Paul Agon, « L'Oréal fait de la discrimination positive et l'assume », propos recueillis par Nathalie Brafman et Stéphane Lauer, *Le Monde*, 13 juillet 2007.

13. Propos tenus par Anne Lauvergeon lors du Women's Forum à Deauville, Journal de *France 2*, 16 octobre 2009.

L'argument fallacieux de la détection des potentiels

Les mentors de la discrimination positive affirment qu'il n'a jamais été question de donner priorité aux caractéristiques ethno-raciales sur la compétence ; ils ne préconiseraient pas de prendre de mauvais candidats au motif qu'ils sont de peau noire. Enfin, en apparence, car ils se livrent tout de même à une très inquiétante critique des recrutements actuels. Il leur semble que le diplôme et l'expérience du candidat, qui jouent un grand rôle en France, ne rendent pas bien compte des compétences réelles et du potentiel des candidats. Le diplôme n'est pas un sésame indépassable et il peut être pertinent de sélectionner avec des tests professionnels, c'est en effet un progrès. Mais s'il s'agit de recruter certains candidats parce qu'ils auraient des « talents cachés » que l'on ne parvient pas à détecter (ils sont cachés), c'est là une grave erreur. Si les talents non détectables sont *de facto* prêtés à ceux qui ont une couleur de peau noire, on nage en plein racisme et on fait le lit des pires injustices. Les talents d'un Noir seraient-ils ainsi moins visibles, moins détectables que les talents d'un Blanc ? On ne sait pas si vous êtes compétent, mais on sait qu'en raison de votre couleur de peau vous auriez des talents cachés !

Les tenants de l'« action positive » avancent par exemple que la notion de potentiel devrait être davantage prise en compte lors des sélections en entreprise. Ils n'ignorent pas que cette notion est floue, très subjective, et donne lieu tous les jours à des discriminations à l'embauche et dans les déroulements de carrière (« Vous n'avez pas le potentiel ! »). La Halde a déjà tranché à ce sujet. Il est un peu facile de s'abriter derrière l'insuffisance du potentiel, sans en apporter la moindre preuve, pour écarter un candidat pourtant aussi diplômé et compétent que son collègue de travail. Mais, pour les tenants de la discrimination positive, il faut en finir avec cette exigence d'objectivité. Si la sélection était plus subjective, on ferait davantage de diversité, certes !

Voici par exemple ce qu'en dit EquityLab, l'association de Laurence Méhaignerie et Alexandra Palt : « Il est évident que prendre en compte le potentiel d'un individu dans un processus de recrutement implique forcément de la subjectivité. Cette subjectivité concerne aussi bien le concept de potentiel que les critères permettant de l'identifier. Tout d'abord parce que le potentiel comporte par essence une prédiction, un pari sur l'avenir et donc une grande part d'incertitude. Les critères permettant d'identifier le potentiel révèlent également une grande part de subjectivité, chacun y allant de sa propre définition. C'est d'ailleurs précisément cette partialité que l'on a souhaité écarter des processus de recrutement dans la lutte contre les discriminations. Mais où en est-on ? Il est impossible de se prémunir de toute dimension subjective lors d'un recrutement, que celui-ci s'intéresse ou non à la notion de potentiel. La réalité nous le prouve : le combat de l'objectivité et de l'égalité de traitement de tous les candidats ne suffit pas pour favoriser la diversité[14]. » On ne peut être plus clair ! Pour faire de la discrimination positive, sans le dire, il faut pouvoir utiliser une notion fumeuse et introduire de la subjectivité, c'est-à-dire de l'arbitraire dans la sélection. On

14. Alexandra Palt et Kader Makhlouf, « Le potentiel, pour une action positive dans le recrutement », *EquityLab*, 2008.

utilise des notions qui permettaient aux entreprises de discriminer pour faire de la discrimination positive (« talents cachés », « potentiel »).

Techniques de discrimination positive

Une des modalités de discrimination positive consiste à s'adresser de manière ciblée à des candidats appartenant aux « minorités visibles », notamment au moyen d'associations communautaires ou de cabinets de recrutement spécialisés dans la recherche et la sélection de ces candidats.

Dans ces démarches, plusieurs cas de figure se présentent. Soit le dispositif vise à apporter une information à des candidats qui ignorent que des postes sont disponibles (il faut tout de même être un étrange candidat pour ignorer que les grandes entreprises publiques et privées recrutent). Soit des formations à la recherche d'emploi sont proposées, dans lesquelles on favorise la constitution d'un réseau par la rencontre de cadres d'entreprise. Enfin, solution plus radicale, une préférence est donnée à ces candidats.

Voici par exemple comment est décrite l'opération mise en place par Barclays en partenariat avec Mozaik RH : « L'objectif est de détecter des talents issus de la diversité, sur les secteurs de la banque et de la finance, en visant des candidats en dernière année de formation (master 2) et des jeunes diplômés (de 0 à 24 mois d'expérience). L'association se charge de présélectionner et d'évaluer les candidats potentiels en exploitant une base de données qui assure une large représentation de jeunes issus des minorités visibles, en vue de leur intégration au sein du *graduate program.* » Les candidats sélectionnés sont informés et préparés aux épreuves grâce à l'intervention de collaborateurs volontaires de la Barclays Bank. L'intérêt étant de « suppléer au manque de réseau de jeunes talents en leur permettant d'intégrer le milieu fermé des banques d'investissement[15] ». Ce type de *sourcing* communautaire participe bien d'une démarche de discrimination positive sur une base « ethno-raciale » (et non socio-économique).

Des quotas ont même vu le jour dans la présélection des candidats au sein de certaines entreprises. Recruteurs et prestataires externes sont sommés de respecter des quotas lors du tri des CV, souvent au bénéfice des femmes et, plus rarement, des personnes appartenant aux « minorités visibles ». Quand on sait que ce premier stade est une étape majeure du recrutement, le coup de pouce ainsi donné est clairement discriminatoire puisqu'il prive des candidats méritants de franchir ce palier. Pire, ces quotas (un pourcentage) sont aussi appliqués à l'embauche elle-même. Cette fois, ce n'est pas seulement une étape de la course d'obstacles qui est franchie plus facilement, mais carrément le résultat des courses qui est prédéterminé : quels que soient leur nombre et leurs qualités, les candidats sont assurés de représenter un pourcentage donné des recrutés. Il peut s'agir d'un volume de recrutement, comme pour les jeunes issus des zones urbaines sensibles, ou bien d'un pourcentage des recrutements ou des promotions (au bénéfice des femmes le plus souvent). Certaines entreprises fixent aussi des quotas à la promotion au profit de certains groupes d'individus (pour les femmes).

15. *Ibid.*

Une curieuse interprétation du droit

La Constitution française interdit la discrimination positive. Le Conseil constitutionnel l'avait rappelé au sujet d'une loi de 2006 qui prévoyait des quotas pour les femmes dans les instances dirigeantes des entreprises. Le président de la République Nicolas Sarkozy, très attaché à la discrimination positive, a fait voter une modification de l'article 1 de la Constitution en juillet 2008[16]. Il est désormais ajouté : « La loi favorise l'égal accès des femmes et des hommes aux mandats électoraux et fonctions électives, ainsi qu'aux responsabilités professionnelles et sociales. » C'est ce qui a permis la mise en place d'un quota de femmes dans les conseils d'administration de nos entreprises. Il faut bien comprendre que notre Constitution ne permet pas à la loi ou aux entreprises et administrations de rompre avec le principe d'égalité. Seul le cas des femmes est prévu, conformément aux textes européens (les autres sujets comme la religion ou les origines ne sont pas mentionnés). De plus, seul est visé l'accès des femmes aux responsabilités professionnelles, ce qui exclut les coups de pouce aux femmes pour les autres types d'emplois. Or, si l'on en croit la Halde, le ministère du Travail indiquerait que les « actions positives » ne sont pas limitées aux seules femmes, mais peuvent concerner d'autres groupes, comme les personnes d'origine étrangère : « Il s'agit d'une action visant à promouvoir une plus grande égalité de fait au bénéfice des membres d'un groupe (femmes,

16. Loi constitutionnelle n° 2008-724 du 23 juillet 2008 de modernisation des institutions de la Ve République.

personnes d'origine étrangère...). Les mesures prises dans ce cadre doivent être temporaires, la préférence ne doit être ni excessive, ni exclusive, ni automatique. L'égalité des droits constituant le principe fondamental, l'exception que représente l'action positive doit être d'interprétation stricte[17]. »

La Halde précise du reste dans ce même document que le fait de choisir, à compétences égales, de manière systématique, un type de candidat n'était plus de la discrimination (positive ou négative) mais une pratique légale ! « Les entreprises développent des *mesures de rattrapage*, afin de corriger certains écarts ou parvenir à certains rééquilibrages, en évitant toute démarche de discrimination positive, proscrite par la loi. Il s'agit par exemple de décider de *privilégier systématiquement, à compétences égales, une candidature féminine.* » Au motif que les compétences sont égales entre les candidats, on pourrait ainsi favoriser délibérément les femmes ou d'autres groupes d'individus. Cette interprétation est surprenante, puisqu'une discrimination est une inégalité de traitement fondée sur un critère prohibé par la loi, dans un domaine visé par la loi. C'est contradictoire avec la loi en matière de discrimination, notre Constitution et les textes européens. Une telle lecture ouvre la voie à toutes sortes de pratiques dans lesquelles une *préférence* est donnée à un candidat, par exemple en fonction de son origine (mais pas seulement, car le ministère et, semble-t-il, la Halde laissent ouverte cette possibilité). Si un employeur souhaite ponctuellement favoriser l'embauche d'une per-

17. Halde, « Que répondent les entreprises à la Halde ? », 4e éd., 2010 ; Halde, « Garantir l'égalité professionnelle entre les hommes et les femmes », 2010.

sonne de couleur de peau noire ou un jeune plutôt qu'une personne asiatique, blanche ou âgée de plus de 40 ans, aucun problème, ce n'est pas de la discrimination, c'est de l'« action positive » ! Autant dire que les notions de discrimination et d'égalité seront vidées peu à peu de toute portée pratique. La discrimination deviendrait « positive » au nom de l'égalité réelle. Alors qu'elle reste une discrimination, puisqu'elle ne respecte pas le principe d'égalité.

La modification de la Constitution autorisant des quotas de femmes dans les conseils d'administration et, plus largement, s'agissant des responsabilités professionnelles et sociales a ouvert précipitamment une brèche. Et cela avant même que la mission confiée par le gouvernement à Simone Veil n'ait répondu à la question qui lui était posée : « Faut-il rendre possibles de nouvelles politiques d'intégration valorisant davantage la diversité de la société française pour favoriser le respect effectif du principe d'égalité[18] ? » Le comité Veil allait-il considérer que des critères comme l'origine, les convictions religieuses ou la couleur de peau pouvaient se substituer aux seules qualités professionnelles pour obtenir un emploi, être nommé dans un jury ou à un poste à responsabilité ? Le comité Veil a tenu à dissiper une confusion souvent entretenue à dessein : quelles que soient les expressions employées (« discrimination positive », « non-discrimination active », « action positive », « forme équitable du principe d'égalité » ou encore « *affirmative action* »), il s'agit toujours, rappelle le comité, de « la distribution

18. Simone Veil, « Redécouvrir le préambule de la Constitution. Rapport du comité présidé par Simone Veil », *La Documentation française*, 2008.

préférentielle d'un bien ou d'une prestation aux membres d'un groupe favorisé ». Le comité Veil a très fermement écarté l'idée d'une modification de l'article 1 de notre Constitution qui proclame « l'égalité devant la loi de tous les citoyens sans distinction d'origine, de race ou de religion » et donc « des politiques d'action positive à fondement ethnique ou racial, fussent-elles conçues comme provisoires ».

Les États-Unis ont progressivement tourné le dos à la discrimination positive (à partir de 1978) et l'opinion publique y est de plus en plus hostile. Non seulement les quotas au profit des minorités raciales y sont dorénavant prohibés (on ne peut plus attribuer automatiquement des points à un candidat parce qu'il est noir), mais peu à peu le principe même est rejeté. Comme la Cour suprême le notait dans un arrêt de 2007 : « *The way to stop discrimination on the basis of race is to stop discriminating on the basis of race.* » Curieux chassé-croisé qui voit la France s'engager dans cette voie au moment où les États-Unis s'en éloignent !

Et copier les Américains, c'est mettre en place des statistiques ethniques et raciales permettant de compter partout Blancs, Noirs ou Asiatiques, que l'on nomme pudiquement en France « statistiques de la diversité ».

Où nous mènent les « mesures de la diversité » ?

Entreprises et administrations affirment avec entrain et candeur vouloir être à l'image du pays sans voir l'impasse dans laquelle nous nous engageons joyeusement. Voici un exemple parmi beaucoup d'autres ; il s'agit d'un article de l'accord RSE (Responsabilité sociale de l'entreprise) d'EDF, signé en 2009 : « Le Groupe EDF prend en compte le fait que la richesse d'une collectivité au travail repose sur sa *diversité*, qu'il convient de protéger et de valoriser. Dans le respect des législations applicables, cette diversité devra être stimulée à tous les niveaux des sociétés du Groupe, en sorte que la composition du corps social se rapproche de celle de la société civile dans laquelle elles opèrent. »

On peut se demander si c'est bien l'objectif d'une entreprise que de refléter la diversité de la société civile et s'interroger sur le bien-fondé d'un recrutement guidé par ces principes. Et pour ceux qui pensent tout de même que les effectifs d'une entreprise ou de la fonction publique doivent être à l'image de la France, il reste une question simple à se poser : comment définit-on cette fameuse « diversité » ?

Les médias audiovisuels se sont vu assigner un objectif de promotion de la diversité. Il leur est imposé de refléter la diversité française dans leurs effectifs et dans leur management. Le CSA s'est doté d'un observatoire afin de mesurer cette diversité. Bien sûr, il ne retient que bien peu d'aspects. La société française est résumée à la question ethno-raciale (Arabes, Noirs, Blancs, Asiatiques), au sexe (hommes/femmes), au handicap et à la catégorie socioprofessionnelle. Quatre variables pour rendre compte de la diversité de la société française est… un peu juste : quid de l'âge, de l'apparence physique, des origines régionales, etc. ? Et il y a un problème de taille : des journalistes sont recrutés ou écartés en fonction de ces critères sommaires.

Dans les médias, comme dans les entreprises et la fonction publique, des objectifs quantitatifs sont élaborés. Des droits particuliers ou des préférences explicites en découlent. Or, si l'on imagine que la « diversité » des effectifs d'une entreprise doit être examinée à l'aune de celle de son bassin d'emploi ou de la France en général, pour vérifier si l'entreprise, l'administration ou les écrans sont à « l'image de la France », alors on s'engage dans une voie bien périlleuse. On devra mesurer la diversité religieuse, des orientations sexuelles, des couleurs de peau, des « ethnies » ou des « races », etc.

Comment savoir si le corps préfectoral a déjà en son sein des « musulmans » (le ministre de l'Intérieur Nicolas Sarkozy avait nommé, expliqua-t-il, un « préfet musulman ») ? Comment savoir si la magistrature emploie déjà des fils de harkis ? Comment savoir si les conseils d'administration comportent des personnes de couleur noire ? Comment savoir si cette proportion est satisfaisante (elle « assure le respect de la diversité ») ? Comment savoir si notre haute fonction publique est respectueuse de la diversité religieuse française ? Comment délivrer un label ou sanctionner une entreprise pas assez « diverse » ? Enfin, comment repérer les candidats musulmans, fils de harkis, noirs ou gays qui se présentent ? Inévitablement, dans cette perspective, il faut pouvoir repérer des individus ayant les caractéristiques recherchées et mesurer par des statistiques le respect de la diversité au regard des statistiques nationales ou locales. Le comité chargé de réfléchir aux statistiques de la diversité a carrément proposé que l'on comptabilise la main-d'œuvre « diversifiée » dans les bassins d'emploi pour s'assurer ensuite que chaque firme a bien, chez elle, le même quota de la main-d'œuvre en question… sinon gare. La statistique en question devra donc être très précise, puisque l'accès à l'emploi, aux marchés publics ou aux aides publiques pourra par exemple en dépendre. Bien entendu, il ne pourra s'agir de statistiques respectant l'anonymat, puisqu'elles serviront notamment à décider de nominations. Il faudra se doter de référentiels « ethniques » et « raciaux ». Définir ce qu'est « objectivement » une personne noire. Préciser ce que sont les « ethnies » et les « races » alors que celles-ci n'ont aucun fondement scientifique. Et déterminer des appartenances religieuses, dans l'hypothèse où les déclarations des personnes seraient mensongères. Dans le cas des religions, devra-t-on vérifier par « l'apparence physique » ou les ascendances la réalité des appartenances religieuses alléguées par les individus ? Imagine-t-on mettre en place une cartographie solide des appartenances religieuses pour toutes les professions, à commencer par la haute fonction publique ? Imagine-t-on ajouter d'autres facettes de la « diversité », comme les convictions philosophiques (l'appartenance à la maçonnerie) ou les orientations sexuelles ? En Irlande déjà, l'appartenance religieuse (catholique ou protestante) détermine l'accès aux emplois de policier ou d'enseignant.

Si l'on suit jusqu'au bout l'exemple des États-Unis, arriverons-nous à labelliser les firmes dirigées par des gays, lesbiennes, bisexuels ou transgenres ? Dans ce pays, les entreprises exemplaires dans le domaine de la diversité passent des contrats avec ces firmes labellisées et communiquent sur cette vertueuse politique de diversité.

La discrimination positive pro-LGBT

Le site américain Diversityinc offre un *job board* (des offres d'emploi) très fourni « à destination de la communauté LGBT », le *Careerlink*. Un classement des cinquante meilleures firmes en matière de diversité est établi, soutenu par de nombreux sponsors comme IBM, Novartis, PWC, KPMG, Deloitte, etc. Pour y figurer, il faut passer des contrats avec des fournisseurs dirigés par des Hispaniques, des Asiatiques, des Noirs et des Indiens d'Amérique, des LGBT[19] et des personnes handicapées. On mesure la part des budgets alloués à ces firmes.

Pour les entreprises dirigées à plus de 51 % par des LGBT, la National Gay and Lesbian Chamber of Commerce délivre une certification. Cette structure se donne notamment pour objectif de procurer à la communauté des opportunités de *business*. Les firmes ainsi certifiées accèdent non seulement à des marchés, mais aussi à une base de données de firmes qui recherchent justement des fournisseurs LGBT : « *Corporations can search for certified LGBTBEs through our exclusive LGBT supplier database.* » Parmi les firmes qui soutiennent cette certification et sont membres du comité de direction de la Chambre de commerce gay et lesbienne, on trouve IBM et Ernst and Young. Wal-Mart et McDonald's ont en revanche renoncé à soutenir ce type de démarche devant les plaintes des familles américaines (AFA). Le site ne

19. Le sigle signifie « Lesbiennes, gays, bisexuels et transgenres (ou transsexuels) », auquel on ajoute désormais parfois un « i » pour « intersexués ».

précise pas comment on établit qu'un dirigeant est gay, lesbienne ou bisexuel.

Les femmes et les minorités ont bien entendu leurs certifications : le Women's Business Enterprise National Council et le National Minority Supplier Development Council fonctionnent exactement sur le même modèle de discrimination positive.

La question des femmes dirigeantes

Il est devenu à la mode de critiquer la composition des équipes dirigeantes de nos grandes entreprises ou administrations, comme celle du Parlement : les élites ne seraient pas à « l'image de la France » au motif que la part de femmes, de personnes issues de l'immigration, de couleur de peau noire ou jeunes serait réduite. Cette critique, devenue banale, est souvent formulée en des termes choquants (souvenez-vous de la « pâleur des dirigeants qui ne sont plus très frais ») ; mais est-elle justifiée ?

N'est-il pas aussi important d'assurer une représentation des travailleurs dans les conseils d'administration ou des enfants d'ouvriers dans les hautes sphères ? Les pays européens, à la différence des États-Unis, ont fait avancer la représentation du personnel au sein des organes dirigeants. Mais les employeurs du secteur privé français sont très réticents à la présence de représentants du personnel dans leurs conseils d'administration. On comprend qu'il est plus simple de placer quelques femmes issues des grandes écoles ou de la grande bourgeoisie, quand elles ne sont pas choisies par simple népotisme, que d'admettre la présence d'un tiers de représentants du personnel. Les femmes sont d'autant plus appréciées dans les conseils d'administration qu'elles appartiennent à la famille du propriétaire. L'universitaire Sébastien Point s'est intéressé aux conseils d'administration du SBF 120 en 2008, avant donc la loi obligeant au quota de 40 %. Il remarquait que 21 % des femmes présentes dans les conseils sont les descendantes directes du fondateur ou du dirigeant majoritaire (citons Delphine Arnaud, Vanisha Mittal) et 8 % les épouses (Mme Bouygues, par exemple[20]). La présence de femmes n'était bien entendu pas explicable par un souci de mixité ou pour tirer les fruits de la diversité, mais simplement pour solidifier un concert d'actionnaires ou réaliser une holding assurant le maintien du contrôle du capital par la famille (la famille Bettencourt et ses enfants pour L'Oréal via la holding Thetys, ou encore la famille Bellon pour Sodexo et la holding Bellon SA). Dans ces familles, il y a des femmes et elles ont évidemment toute leur place au capital et dans les conseils.

Ce n'est qu'à la suite de la loi de démocratisation du secteur public de juillet 1983 que des élus du personnel sont intégrés comme administrateurs dans les conseils des entreprises publiques. Ils forment un tiers des administrateurs, un autre tiers correspondant à l'État actionnaire et un dernier incluant des personnalités qualifiées représentant diverses parties prenantes (usagers par exemple). Certes, ces administrateurs salariés sont minoritaires, mais ils sont tout de même présents et informés. Même si cette présence est insuffisante, elle constitue malgré tout un progrès. L'élan démocra-

20. Sébastien Point, « Les femmes dans les conseils d'administration du SBF 120 : qualités féminines ou affaire de famille ? », *Revue de gestion des ressources humaines*, n° 83, 2012, p. 1-12.

tique de 1983 n'a malheureusement pas gagné le secteur privé (sauf en cas de privatisation). Aucune loi en France n'a imposé aux firmes d'intégrer dans leurs conseils d'administration un pourcentage minimum de représentants des salariés ayant un droit de vote. Où sont les actionnaires du secteur privé qui, soucieux de la diversité, ont choisi d'avoir des représentants du personnel au sein de leur conseil, comme la loi le leur permet (l'article L. 225-27 du code de commerce les autorise à aller jusqu'à un tiers du conseil) ?

La présence d'un pourcentage de représentants du personnel administrateur dans les conseils d'administration (comme c'est le cas dans les entreprises publiques) n'était pas d'actualité en France, mais celle des femmes oui. Pour imposer l'idée d'un quota de femmes au sein des conseils d'administration, on a cité en exemple la Norvège. Le rapport de Brigitte Gresy de 2009, qui a inspiré le Parlement, expliquait qu'il fallait suivre le modèle norvégien où, depuis 2003, 40 % des membres des conseils doivent être des femmes[21]. Toutefois, curieusement, on ne s'est pas inspiré de la Norvège pour inclure des administrateurs salariés élus dans les conseils d'administration. Dans ce pays scandinave, en effet, la loi prévoit un administrateur salarié dans les entreprises de trente à cinquante salariés, un tiers d'administrateurs dans les entreprises de plus de cinquante salariés, avec la possibilité d'un siège supplémentaire dans les entreprises de plus de deux cents salariés. La France n'est d'ailleurs pas en avance sur le sujet de la

21. Brigitte Gresy, « Rapport préparatoire à la concertation avec les partenaires sociaux sur l'égalité professionnelle entre les femmes et les hommes », ministère du Travail, juillet 2009.

représentation des travailleurs dans les conseils d'administration, en particulier au regard des pays scandinaves, de l'Allemagne, de l'Autriche, des Pays-Bas et d'autres pays européens[22]. Pourquoi ne pas s'inspirer de ces bonnes pratiques en matière de représentation des travailleurs[23] ?

Pour arriver à fixer des quotas de femmes, il a fallu modifier la Constitution, qui était évidemment aux antipodes de la pratique de la discrimination positive. Il a fallu d'abord prévoir une exception pour les mandats électifs. En 2008, une deuxième brèche a été ouverte pour étendre de la vie politique à la vie professionnelle la possibilité de faire de la discrimination positive. Le nouvel article 1er de la Constitution prévoit désormais que « la loi favorise l'égal accès des femmes et des hommes aux mandats électoraux et fonctions électives ainsi qu'aux responsabilités professionnelles et sociales ».

Cette révision constitutionnelle peut avoir des effets importants. En effet, si le Conseil constitutionnel considère qu'être administrateur dans un conseil d'administration est une responsabilité professionnelle, alors rien ne s'oppose à ce que l'accès aux postes à responsabilité, c'est-à-dire à l'encadrement, soit désormais à accès sélectif selon le sexe des candidats. D'ailleurs, la loi du 12 mars 2012 concernant les trois fonctions publiques a fixé un quota de 40 % de femmes (ou d'hommes) parmi l'ensemble des conseils d'admi-

22. L. Fulton, « La représentation des travailleurs en Europe », Labour Research Department et ETUI, 2009.

23. Il a fallu attendre la campagne présidentielle de François Hollande et le rapport Gallois pour que le sujet sorte de l'oubli.

nistration et des jurys de sélection ou concours. Cette loi est allée plus loin, en fixant le même quota pour tous les postes de direction. La voie est désormais ouverte vers des obligations similaires dans les secteurs privé et public concernant tous les postes de directeur ou de cadre.

Les lois sur la présence de femmes dans les conseils d'administration et pour l'accès aux postes de direction des fonctions publiques ont ouvert les vannes à toutes les revendications communautaires. On se demande par quel argument on pourrait réserver aux seules femmes des places d'administrateur et demain de dirigeantes et de cadres. Les tenants de la discrimination positive en France prennent déjà argument du taux d'emploi obligatoire des personnes en situation de handicap (6 %) pour réclamer des priorités d'embauche et des quotas dans les conseils d'administration concernant les minorités visibles. Pourquoi les personnes ayant moins de 35 ans ne souhaiteraient-elles pas que la diversité des âges soit respectée ? Il existe bien déjà une limite d'âge pour siéger dans un conseil d'administration (70 ans). Les « minorités visibles » pourraient aussi exiger des quotas. Et pourquoi la diversité des orientations sexuelles ne serait-elle pas représentée ? Si la représentation équilibrée de la diversité de la société française est l'argument qui fonde l'existence de quotas, pourquoi la diversité se limiterait-elle au sexe ? Si la raison des quotas est la lutte contre les discriminations et la correction des ralentissements de carrière dont les femmes sont victimes, pourquoi ne pas étendre le raisonnement aux nombreuses catégories discriminées ?

Non seulement ce type de politique ne peut mener qu'à une impasse, mais de plus elle repose sur des constats erronés. La présentation souvent faite du plafond de verre dans les entreprises et la fonction publique est en effet très trompeuse. Il est banal, dans les différents rapports publics sur la question, de comparer la part des femmes aux différents niveaux hiérarchiques à celle qui existe aux niveaux supérieurs. On constate, en procédant ainsi, un spectaculaire écart, qui fait l'objet d'une intense médiatisation. Cette présentation exagère beaucoup le ralentissement – bien réel – des carrières des femmes. Disons-le clairement, il y a manipulation. Si l'on veut dire que les femmes dirigeantes du public ou du privé sont moins nombreuses que la part qu'elles représentent dans la population française, on peut se borner en effet à relever que la parité 50/50 n'est pas « respectée », mais ce constat n'a guère de sens. En effet, les dirigeants des quatre cents plus grandes firmes françaises ont environ 57 ans et sont issus de grandes écoles (Polytechnique, ÉNA, HEC...). Or, il y a trente ans, la proportion de femmes dans les grandes écoles était modeste, en particulier dans les écoles d'ingénieurs (la première femme entre à Polytechnique en 1974 seulement). Encore aujourd'hui, les écoles d'ingénieurs françaises ne forment pas 50 % de femmes, mais au mieux 30 %. Dans la fonction publique, il en est de même. Comme le souligne une parlementaire, Françoise Guégot, dans un rapport, « la très faible féminisation des emplois à la décision du gouvernement s'explique en partie par un vivier trop peu féminisé. En effet, 90 à 95 % des recrutements à ces postes se font à partir d'un vivier ÉNA/Polytechnique et même si les parts des lauréates à ces concours sont en augmentation, les femmes y restent sous-représentées :

en 1996, l'ÉNA comptait 21,7 % de femmes et en compte 36 % en 2011[24] ».

Donc, si l'on tient compte de l'âge et de l'ancienneté des directeurs de la fonction publique et des présidents d'entreprise, la sous-représentation des femmes n'est pas seulement le fruit d'une discrimination dans les déroulements de carrière. Le plafond de verre dont sont victimes les femmes est une réalité incontestable et j'ai plusieurs fois analysé des statistiques de grandes entreprises pour le constater. Mais sa mise en évidence ne peut se faire qu'en examinant des cohortes d'hommes et de femmes issues des mêmes formations ou grandes écoles, et en se demandant si les chances de promotion sont égales. La seule comparaison du pourcentage de femmes non cadres, cadres et dirigeantes, montrant que les femmes sont moins nombreuses au sommet de la pyramide, n'a aucun sens si on oublie de tenir compte des âges, des diplômes et des anciennetés.

La diversité, une richesse pour la firme : le « monde des Bisounours »

Les modes et idéologies managériales sont toujours amusantes à observer, surtout quelques années après leur déchéance. Avec le thème de la diversité comme facteur de performance pour l'entreprise (le « *business case* » de la diversité), on tient un exemple de choix. Nous l'avons vu, on empile les chartes, labels et engagements de toutes sortes sur la diversité. On ne compte plus les colloques et conférences dans lesquels on

24. Françoise Guégot, « L'égalité professionnelle hommes-femmes dans la fonction publique », *La Documentation française*, 2011.

répète doctement, avec conviction et ferveur, que ce ne sont pas seulement les hommes et les femmes qui sont la richesse des entreprises, mais aussi leur diversité. La diversité dans la composition des équipes et du management serait un incontestable facteur de performance pour l'entreprise.

L'idée est évidemment plutôt sympathique et frappée au coin du bon sens. Nous sommes tous ouverts aux autres, quels que soient leur genre, leur âge et leur culture. Nos amis et nos amours ne sont pas tous sur le même modèle. Nous adorons voyager et ne détestons pas manger un « plat du monde ». Nous avons appris, écologie aidant, que la biodiversité est un capital précieux. Bref, nous sommes pluriculturels et, sauf à passer pour le dernier des xénophobes misogynes, nous sommes tous des tenants de la diversité. Les entreprises, sans surprise, reprennent en chœur le discours sur les bienfaits supposés de la diversité.

Naturellement, les adorateurs de la diversité évitent, quand elle est embarrassante ou coûteuse, de la mettre en pratique. Il est bien difficile, par exemple, d'amener les entreprises ou les administrations à embaucher des personnes en situation de handicap. Il a fallu plusieurs lois pour obliger à des quotas d'emploi. Je participe à un club d'entreprise, « Entreprise et Handicap », créé par celle qui fut à l'origine d'un de ces textes (en 2005), Marie-Anne Montchamp. On y trouve des patrons pleins de bonne volonté, parfois touchés dans leur environnement familial par le handicap. L'idée est de réfléchir aux freins qui subsistent à l'emploi de personnes en situation de handicap qu'il serait naïf de nier et qu'il faut lever. Car il n'est pas si simple de convaincre de s'ouvrir au handicap. C'est étrange, car si l'on s'en tient aux déclarations des entreprises, l'emploi de personnes en situation de handicap est une grande source de satisfaction. Un salarié qui évolue dans une entreprise qui emploie une ou plusieurs personnes handicapées juge à 88 % que « c'est facile de collaborer avec des collègues handicapés[25] ». Mieux, 90 % des employeurs sont satisfaits de leurs travailleurs handicapés[26].

Mais alors pourquoi n'embauche-t-on pas davantage de personnes au handicap visible dans le commerce ou la restauration ?

Bizarrement, les amoureux de la diversité ont encore tendance à mettre aux postes d'accueil ou à la vente les mêmes jeunes filles minces et jolies, plutôt que des hommes âgés en surcharge pondérale ou des personnes au handicap visible. Quant aux inconditionnels de la diversité culturelle, ils continuent en pratique à préférer recruter Charles-Henri plutôt que Mouloud.

La diversité des effectifs peut parfois avoir des effets bénéfiques sur la performance des firmes, mais beaucoup d'affirmations en ce domaine relèvent de la croyance et ne s'appuient sur aucune preuve empirique. Nous sommes en présence d'une idéologie à laquelle se rallient en rangs serrés tous les DRH, leurs patrons et les managers à qui des sessions de formation sont prodiguées pour porter le credo. Très peu de publications scientifiques françaises examinent les effets de la diversité sur la performance des équipes de travail et des organisations. L'idée selon laquelle « la diversité est un facteur de performance et il faut

25. Enquête IFOP pour ADIA, 2009.
26. « Handicap et travail au cœur de l'entreprise », étude qualitative AGEFIPH, 2009.

donc la promouvoir » repose sur quelques illustrations éparses et des déclarations de DRH convaincus.

Que nous disent les nombreuses études scientifiques étrangères qui étudient cette hypothèse d'un lien positif entre diversité et performance ? Ces études sont assez nombreuses pour que les chercheurs réalisent des synthèses (dites méta-analyses) de ces multiples observations. Verdict : elles ne permettent pas de conclure que la diversité, quelle qu'elle soit, est toujours un facteur de performance[27]. Des chercheurs canadiens[28] ont examiné soixante-neuf articles scientifiques publiés entre 2000 et 2003. Ils ont noté au sujet des études concernant la performance des organisations ou celle des équipes de travail plus diverses que « les conclusions restent fragiles ». À cette date, ajoutent-ils, « la majorité des études présente des mesures sur les effets de la diversité pour les individus. Mais ces mesures ne sont pas des mesures de rendement ». D'autres recensions des études ont été faites plus récemment et le constat est toujours le même.

Penchons-nous sur les effets de la diversité dans les équipes de direction. On connaît le raisonnement : si un comité de direction est plus diversifié, alors la firme serait plus performante. Les études sur le lien entre diversité des équipes dirigeantes et performance sont nombreuses hors de France et leur conclusion n'est certainement pas que par miracle la diversité est facteur de performance, c'est l'inverse qui peut même

27. Sheila Simsarian Webber et Lisa M. Donahue, « Impact of highly and less job-related diversity on work group cohesion and performance : a meta-analysis », *Journal of Management*, n° 27, 2001, p. 141-162.

28. Irène Lépine *et al.*, « La mesure des effets de la diversité de la main-d'œuvre et de la gestion de la diversité sur la performance des organisations : un état des lieux de la littérature scientifique », UQAM, 2004.

se produire. Selon une étude, la présence de femmes dans les comités de direction dégraderait par exemple la performance des firmes, sauf si elles sont plus de 30 %[29]. À ce jeu, faut-il se réjouir d'un seuil à 40 % et éviter 25 % de féminisation ? Mais alors que se passe-t-il au-delà de 50 %, une catastrophe ou un surcroît de performance ? Et quel serait, selon ces raisonnements, le « bon pourcentage » de personnes de couleur noire dans un comité de direction ?

La croyance la plus répandue est que les femmes exerceraient leur leadership différemment des hommes. Une étude du cabinet de conseil américain McKinsey, présentée à grand renfort de publicité au Womens' forum, soutient ainsi que les femmes détiennent, plus que les hommes, les compétences clés pour diriger en période de crise[30]. Les firmes les plus performantes comporteraient donc plus de femmes dans leur comité exécutif. On lit souvent que les femmes auraient ainsi des traits de personnalité distinctifs et des compétences managériales supérieures à celles des hommes. Cette assertion pose un premier problème : si les femmes font désormais de meilleures dirigeantes que les hommes, alors il deviendrait légitime, dans un objectif de profit, de discriminer les hommes dans l'accès aux postes de *top management*. Or, qu'il s'agisse du sexe, de la couleur de peau, de l'âge, de la religion pratiquée ou de tout autre critère, on ne peut pas légitimer par le profit généré une discrimination. Justifier de la nécessité de recruter des

29. Jasmin Joecks, Kerstin Pull et Karin Vetter, « Gender diversity in the boardroom and firm performance : what exactly constitutes a "Critical Mass" ? », 2012.

30. McKinsey & Company, « Le leadership au féminin : un atout face à la crise et pour la reprise », 2009.

femmes dirigeantes en raison de l'effet supposé positif sur la performance de la firme est aussi condamnable que de chercher à justifier le recrutement exclusif de jeunes filles sveltes et BBR (bleu, blanc, rouge) pour des emplois en contact avec la clientèle.

Il est absurde de combattre les discriminations avec un argument liant diversité et performance. En effet, on peut aisément trouver de multiples circonstances dans lesquelles la performance d'une entreprise sera meilleure si elle discrimine et n'est pas diversifiée.

L'audimat des chaînes de télévision est par exemple sensible au physique des individus qui apparaissent à l'écran. Cet effet sur l'audimat justifie-t-il le recrutement de journalistes jeunes et minces au détriment des plus âgés, des plus gros ou de ceux qui ont un handicap visible ?

On voit des firmes se glorifier de mettre devant les clients issus de l'immigration des vendeurs à leur image, ce qui serait meilleur pour le chiffre d'affaires… ce qui justifie *a contrario* de mettre dans les beaux quartiers des vendeurs « bien de chez nous ».

Constater un lien entre diversité et performance (en mettant en évidence les effets économiques positifs de profils nouveaux d'individus) ne peut constituer un argument autorisé pour justifier une discrimination, sauf à renoncer totalement au droit de la discrimination.

Pour les femmes, on n'hésite pourtant pas à user de cet argument… même si les travaux scientifiques n'établissent pas qu'elles exercent leur leadership différemment des hommes ! À l'Observatoire des discriminations, plusieurs thèses que j'ai dirigées ont répertorié toutes les études sur le leadership « au féminin » (Sarah Saint-Michel, Sophie Landrieux-

Kartochian). Nous avons aussi directement recherché si, en France, des différences existaient entre les manières de faire des hommes et des femmes. Comme à l'étranger, nous n'avons pas trouvé de différences[31].

Peut-être en va-t-il différemment au niveau des équipes de travail ? Il y a quelques années, les meilleurs chercheurs, rassemblés par Thomas Kochan, professeur au MIT, réalisèrent une vaste enquête sur le lien entre diversité et performance[32]. D'ordinaire, les professeurs du MIT font l'objet de davantage de publicité. Ici, malgré la notoriété de Kochan, rien de tel. Il est vrai que son étude va à contre-courant de l'idéologie dominante, en montrant que la diversité ethno-raciale dégrade à court terme la performance. Les chercheurs étrangers ont tellement étudié les effets de la diversité culturelle (genre, race, nationalité...) que l'on peut conclure soit à l'absence de liens[33], soit à des effets plutôt négatifs[34] ou des impacts sur la performance qui vont dépendre du contexte.

Ainsi, en compilant cent huit études scientifiques sur plus de dix mille équipes de travail, des chercheurs montrent que tantôt la diversité culturelle fait perdre

31. Voir sur ce sujet la thèse de Sarah Saint-Michel et son article avec Nouchka Wielhorski, « Style de leadership, LMX et engagement organisationnel des salariés : le genre du leader a-t-il un impact ? », *Revue @grh*, n° 1, 2011, p. 13-38.

32. Thomas Kochan *et al.*, « The effects of diversity on business performance : report of the diversity research network », *Human Resource Management*, n° 42 (1), 2003, p. 3-21.

33. Clint A. Bowers, James A. Pharmer, Eduardo Salas, « When member homogeneity is needed in work teams : a meta-analysis », *Small Group Research*, vol. 31, n° 3 305-327, 2000.

34. Greg L. Stewart, « A meta-analytic review of relationships, between team design features and team performance », *Journal of Management*, n° 32 (1), 2006, p. 29-55.

en performance, à cause des conflits dans le travail et d'une moins bonne intégration, tantôt elle a un effet positif (créativité et satisfaction des travailleurs)[35]. En fait, tout dépend des tâches à accomplir (produire vite et beaucoup ou être créatif ?). On voit le piège du discours sur la diversité : faut-il inviter les employeurs à cloner les travailleurs pour certaines équipes (l'équipe de maçons portugais marcherait mieux sans recruter de Sénégalais, comme on le dit dans le bâtiment) et à diversifier seulement dans certains cas particuliers (imaginer de nouveaux produits) ?

Les études sont donc bien peu concluantes[36] et on se demande comment a pu se forger dans les milieux de la gestion des ressources humaines une telle croyance. Et il y a plus grave : supposer que, par nature, une femme ou une personne de couleur noire aurait une personnalité différente, des talents cachés ou des comportements au travail différents, n'est-ce pas finalement risquer d'enfourcher le cheval du racisme et de la misogynie ? Un groupe de chercheurs s'en est alarmé en 2009 dans l'ouvrage *Le Retour de la race*, auquel j'ai contribué.

Finalement, comment expliquer ce formidable engouement pour la diversité ? D'abord, c'est une mode managériale venue des États-Unis. Le discours

35. Günter K. Stahl, Martha L. Maznevski, Andreas Voigt et Karsten Jonsen, « Unraveling the effects of cultural diversity in teams : a meta-analysis of research on multicultural work groups », *Journal of International Business Studies*, n° 41, 2010, p. 690-709.

36. Sophie Landrieux-Kartochian, « Femmes et performance des entreprises, l'émergence d'une nouvelle problématique », *Travail et emploi*, n° 102, 2005.

est des plus sympathiques, il prône l'ouverture. Il est en outre « positif », car on promeut la diversité au lieu de lutter contre les discriminations, permettant de s'affranchir des contraintes de l'égalité de traitement. Par définition, la promotion de la diversité amène en effet à rompre avec le principe d'égalité (recruter ou promouvoir un individu en raison de son genre, de son origine, de son âge). À partir du moment où se diffuse l'idée qu'au nom de la diversité on peut discriminer, la lutte contre les discriminations et pour l'égalité perd beaucoup de sa légitimité. La diversité est une notion indéfinissable et passe-partout qui présente l'avantage de donner lieu à des interprétations souples et diverses. Au lieu de devoir précisément garantir une égalité de traitement en fonction de dix-huit critères légaux, on peut communiquer sur trois ou quatre (sexe, handicap, nationalité, par exemple).

La diffusion de l'idéologie de la « diversité » semble irrépressible. La Halde restait un lieu de résistance où on lui préférait les notions, fort différentes, d'égalité et de lutte contre les discriminations. Mais, après le départ de Louis Schweitzer, une autre orientation a été prise. En janvier 2011, un de ses successeurs, présentant le bilan de la « charte pour la promotion de l'égalité dans la fonction publique », se félicitait, par exemple, que la fonction publique soit plus ouverte et « diversifiée ». Alors même que la charte en question se gardait bien de prôner la diversité. L'objectif était celui de l'égalité, pas de la diversité.

Pour beaucoup de salariés ou de fonctionnaires, l'agitation sur le thème de la diversité n'est malheureusement pas la principale préoccupation. Il s'agit avant tout pour eux de garder leur travail, de supporter collègues et chefs, d'être bien évalué ou encore de résister au stress. Car si avoir un travail est le souhait de tous, en revanche le travail ne procure évidemment pas que du bonheur.

8

Des salariés perdus et des DRH impuissants

Les mauvaises pratiques du management se répercutent sur le bien-être des salariés. Ces dernières années, les témoignages tragiques de la dégradation des conditions de travail se sont multipliés. Mais quelle est la part de responsabilité des DRH ?

Suicides et qualité de vie au travail

Les salariés ne sont pas, dans leur ensemble, malheureux au travail. En France, trois salariés sur quatre sont contents d'aller travailler, surtout pour retrouver des collègues de travail[1]. Ce résultat est rassurant, mais il faut s'intéresser à ceux qui prennent avec peine le chemin de leur bureau ou atelier. De plus, si l'on est heureux d'avoir un travail, cela n'exclut pas que celui-ci soit stressant ou pénible. Le stress est ce qui plaît le moins aux salariés[2]. Les cadres sont en général plus heureux de se rendre au travail que les moins qualifiés. Pourtant, à cause de leur travail, 7 % d'entre eux ont

1. Sondage OpinionWay-20 minutes-En Ligne Pour l'Emploi, octobre 2011.
2. *Ibid.*

eu des idées suicidaires au cours de l'année écoulée, un sur quatre a des problèmes conjugaux et 63 % dorment mal[3]. Les rapports officiels ou les enquêtes statistiques soulignent tous un réel mal-être des salariés.

L'opinion publique a été avant tout sensibilisée à ces problèmes par les suicides de salariés sur leur lieu de travail et pour des motifs professionnels. Plusieurs suicides chez Renault, EDF, France Télécom ou encore La Poste ont été largement médiatisés et ont déclenché des initiatives visant à traiter ce que l'on appelle le « risque psychosocial ».

De très nombreuses publications ont été consacrées au stress, au harcèlement, à la souffrance au travail. La « gestion » et le « management » sont directement mis en cause. Il existe en France une véritable tradition de critique du management, du capitalisme, voire de l'horreur économique.

Cette singularité n'est peut-être pas infondée : dans la dernière comparaison européenne sur la « qualité du travail », la France se classe bonne dernière sur trente-trois pays[4]. Que savons-nous de façon certaine de l'évolution des conditions de travail et de la qualité de vie au travail ? Le travail est-il vraiment plus dur qu'auparavant ?

En matière de pénibilité du travail d'abord, la France réalise de piètres performances. Elle figure au 11ᵉ rang sur quinze pays européens inclus dans les enquêtes régulières de la fondation européenne pour l'amélioration des conditions de tra-

3. Sondage OpinionWay pour la CFE-CGC, 2011.
4. Eurofound, *Trends in Job Quality in Europe,* Publications Office of the European Union, Luxembourg, 2012.

vail[5]. Les trois enquêtes nationales publiques « SUMER » (Surveillance médicale des expositions aux risques professionnels), réalisées de 1994 à 2010, fournissent des précisions très intéressantes[6]. Première réalité : 40 % des salariés ont été soumis à au moins une contrainte physique intense au cours de la dernière semaine travaillée[7]. Un salarié sur cinq subit un bruit supérieur à 85 décibels (au-delà de 80 décibels il faut un suivi médical). L'exposition aux produits chimiques concerne 60 % des ouvriers (un sur quatre plus de dix heures par semaine).

On note également une dégradation nette de l'intensité des contraintes dans les pays européens dont la France entre 1995 et 2010. Le travail a connu une intensification sur cette période, dans un contexte où la France fait toutefois nettement mieux que les autres pays européens. Or nous savons que l'intensité du travail est l'une des principales dimensions des facteurs psychosociaux de risque au travail. 36 % des salariés du privé sont « contraints » dans leur travail (28 % en 1994). Bien souvent, les salariés subissent plusieurs contraintes, par exemple en cas de travail à la chaîne, de dépendance vis-à-vis du travail des collègues ou des normes et délais de production à respecter. Facilitant cette évolution, le contrôle ou le

5. Nathalie Greenan *et al.*, « La dégradation de la qualité de vie en Europe entre 1995 et 2005 », *Connaissance de l'emploi*, CEE, n° 84, 2011.

6. Bernard Arnaudo *et al.*, « L'évolution des risques professionnels dans le secteur privé entre 1994 et 2010 », *DARES Analyses*, n° 23, mars 2012.

7. Les contraintes physiques qualifiées d'intenses sont les suivantes : position debout ou piétinement vingt heures ou plus par semaine, manutention manuelle de charges vingt heures ou plus par semaine, gestes répétitifs dix heures ou plus par semaine, vibrations transmises aux membres supérieurs dix heures ou plus par semaine, contraintes posturales deux heures ou plus par semaine (à genoux, bras en l'air, accroupi ou en torsion).

suivi exercé via des systèmes informatiques s'est fortement développé pour toutes les catégories de salariés, passant de 15 % en 1994 à 30 % en 2010. Demander beaucoup à des individus qui n'ont pas de latitude d'action fait surgir des tensions[8]. Tensions associées à davantage de troubles cardiovasculaires, de troubles musculo-squelettiques et de troubles dépressifs. Entre 2003 et 2010, les exigences des postes ou la charge de travail (la « demande psychologique ») ont augmenté pour toutes les catégories sociales, alors que les marges de manœuvre ont diminué pour la plupart. Les évolutions sont en moyenne modestes, mais elles indiquent une tendance et certains salariés peuvent être particulièrement confrontés à une tension accrue dans leur travail (c'est le cas des cadres et professions intermédiaires, par exemple).

Les Français partagent globalement le sentiment que leur situation de travail est plus dure qu'auparavant. La responsabilité en incombe selon eux aux modes de gestion des entreprises ou des administrations. Ainsi, dans un sondage[9] réalisé auprès des cadres, on apprend que pour 41 % d'entre eux les « pratiques managériales » se sont détériorées dans l'année écoulée (seulement 17 % décèlent une amélioration). Ils sont même une majorité à le penser dans les grandes entreprises et dans le public (et seulement un sur dix constate un progrès). Ce sentiment est largement partagé par une majorité des salariés. Cadres

8. Robert A. Karasek Jr., « Job demands, job decision latitude, and mental strain : implications for job redesign », *Administrative Science Quarterly*, n° 24, 1979, p. 285-308.
9. OpinionWay, UGICT-CGT, 17-20 janvier 2012.

comme non-cadres déclarent que leur charge et leur rythme de travail ont récemment augmenté[10].

Une des raisons du désarroi des salariés provient donc des objectifs à atteindre. Ces objectifs sont-ils réalistes ? Comment est mesuré le travail accompli ? Le maintien dans l'emploi, les primes, les avancements et tout simplement la reconnaissance de son supérieur en dépendent. Or les systèmes d'évaluation posent problème.

L'évaluation des performances est tout, sauf performante !

Les Français n'ont guère le sentiment que leurs efforts sont reconnus et récompensés. Les deux éléments d'insatisfaction au travail les plus soulignés sont la reconnaissance de l'investissement au travail (33 %) et les perspectives d'évolutions professionnelles (39 %)[11]. D'une façon générale, les trois quarts des salariés ne sont pas satisfaits de la reconnaissance dont ils bénéficient, que ce soit en matière de rémunération, de formation ou de parcours professionnel. Et 58 % des cadres n'ont pas le sentiment que leurs efforts sont reconnus[12].

La majorité des cadres du privé et près des deux tiers de ceux du public jugent l'évaluation injuste et fondée sur de mauvais critères[13]. Or les cadres sont non

10. Sondage OpinionWay-20 minutes-En Ligne Pour l'Emploi, octobre 2011.

11. Sondage réalisé par l'Agence nationale pour l'amélioration des conditions de travail en 2010.

12. Sondage OpinionWay/CFE-CGC, décembre 2011.

13. Sondage OpinionWay/UGICT-CGT, janvier 2012.

seulement évalués, mais ils ont pour certains d'entre eux la responsabilité de mener les évaluations en question. On pourrait se dire que chacun se fait toujours une haute idée de ses mérites et que personne n'aime être évalué, mais ces jugements sévères sur les systèmes d'évaluation ne sont pas sans fondement.

Pour être bien évalué, il est bon d'appartenir au même réseau que son évaluateur. Avoir des liens familiaux ou d'amitié ne fait pas de mal. L'évaluation est quasiment toujours réalisée par le supérieur hiérarchique. Or celui-ci se forge une opinion globale du salarié qui n'est pas forcément très objective. Par exemple, il oublie certains événements (succès ou échecs de l'année écoulée) et s'en remémore d'autres. On parle d'effet de halo pour décrire cette impression globale. À ce jeu, ce qui compte pour un salarié, c'est de plaire à son chef pour être bien évalué, pas forcément de bien travailler. En somme, sourire au chef rapporte plus que sourire au client.

Si les évaluations sont ressenties comme injustes et blessantes, c'est parce qu'elles s'appuient parfois sur des critères étroits qui ne tiennent pas compte de la réalité du travail accompli. Quand le serveur se fait remonter les bretelles par son chef parce qu'il parle avec des clients en prenant des nouvelles de leur nouveau-né, est-ce une perte de temps ou une astucieuse manière de fidéliser un client ? Il arrive aussi que l'on demande aux individus de courir plusieurs lièvres à la fois. Les objectifs deviennent inatteignables ou contradictoires : appliquer des consignes et dans le même temps être imaginatif et souple face au client.

Les critères de l'évaluation sont source d'injustices également parce que les personnes ne sont pas bonnes sur tous les terrains. Quelques-uns sont toujours très ponctuels et peu absents, mais restent assis sur leur siège à ne rien faire ; d'autres sont moins assidus, mais plus efficaces. Et pour les femmes, le problème est redoutable. Si l'idée est d'être présent aux multiples réunions de fin de journée ou aux dîners de travail, les mères de famille en font les frais. Celles qui se nourrissent d'une pomme à midi et ont envie de voir leurs enfants en fin de journée sont-elles moins performantes pour autant ? On connaît la réponse et du reste certaines entreprises en sont venues à édicter des codes de bonne conduite proscrivant les réunions tardives.

Par ailleurs, fixer des objectifs est une bonne chose. Encore faut-il qu'ils soient atteignables et qu'ils paraissent prioritaires et légitimes. La « politique du chiffre » heurte ainsi les personnels. Au lieu de faire son travail en conscience, on est amené à atteindre des objectifs quantitatifs, quitte à délaisser des missions pourtant essentielles. Dans la fonction publique, les policiers se plaignent de cet effet pervers qui pousse par exemple à multiplier les contrôles au lieu de chercher à résoudre de complexes affaires. Dans la recherche universitaire, c'est la course au volume des publications sans que leur portée ou leur originalité soit prise en compte.

Le flou des critères d'appréciation

En septembre 2011, le système d'évaluation d'Airbus – appelé « Performance & Développement » – a été jugé non conforme aux exigences légales. La CGT d'Airbus et l'UGICT-CGT avaient assigné l'avionneur, faisant valoir que les représentants du personnel (le CHSCT) n'avaient pas été suffisamment informés des modifications apportées au système. Les syndicats avaient également souhaité montrer le caractère illicite des critères comportementaux intégrés dans cette méthode d'évaluation. La cour d'appel de Toulouse a donné raison à la CGT en considérant que « si des critères reposant sur le comportement ne sont pas *a priori* illicites, encore faut-il qu'ils soient exclusivement professionnels et suffisamment précis pour permettre au salarié de l'intégrer dans une activité concrète et à l'évaluateur de l'apprécier avec la plus grande objectivité ». Or, aux yeux des juges, certains critères étaient trop « imprécis » et « subjectifs » pour constituer des critères pertinents de l'évaluation. Il en est ainsi de celui-ci : « agir avec courage », qui était notamment le fait de « bâtir, comprendre, partager la vision à long terme de manière sensée ».

Les juges précisent qu'« adhérer » ou « partager » relève de l'intime, de l'être et ne peut être exigé du salarié. Un cadre ne doit certes pas dénigrer son entreprise devant des tiers et il doit appliquer des consignes et agir en fonction des orientations, mais il peut au fond de lui-même ne pas adhérer ou partager les valeurs de la société (« the Airbus Way »), sa « culture globale unique et mondiale ». L'adhésion aux idéologies, aux valeurs d'une entreprise ne peut pas être imposée à un salarié. Celui-ci conserve sa liberté de pensée, s'il n'en dit rien et si cette liberté ne nuit pas à son activité professionnelle.

Le problème que posait cette grille d'évaluation est que le salarié qui est parfaitement performant en atteignant ses objectifs peut être évalué comme non performant (« *low performer* »), s'il ne satisfait pas aux critères flous et interprétables de la grille concernant ses comportements. Par contre, un salarié insatisfaisant au plan professionnel pourra tout de même donner satisfaction (« *meeting expectations* »), tout simplement parce que son comportement a été apprécié. Un cadre non performant en raison de son comportement risque le licenciement, une fois épuisées les actions possibles (formation et coaching).

La DRH d'Airbus a précisé aux évaluateurs qu'environ 10 % des cadres devaient *a priori* être des « *low performers* », 70 % des « *meeting expectations* » et 20 % des « *top et high performers* ». Pour le moment, il est admis qu'un employeur puisse encadrer la réflexion de ses évaluateurs en donnant ce type de pourcentages. En revanche, si ces pourcentages doivent impérativement être appliqués et qu'au besoin on change des notes pour satisfaire aux quotas, alors c'est interdit. Chez HP et Airbus, les pourcentages réels n'ont pas correspondu aux pourcentages mentionnés par les directions, ce qui a amené les juges à conclure qu'il ne s'agissait pas vraiment de quotas. Même si l'on fait souvent le distinguo entre objectifs à atteindre et quotas, cette dichotomie paraît assez contestable. En effet, il est évident qu'un cadre chargé d'évaluer se voit lui-même évalué sur sa capacité à aller dans la direction attendue. En lui indiquant, même de manière approximative ou comme un objectif simplement souhaitable, un pourcentage, on fixe bien un quota, sauf à imaginer que durablement les évaluateurs ne tiennent aucun compte des éléments de cadrage de leur direction. Pour les quotas en matière de recrutement et de promotion il en est de même. Indiquer par exemple que le pourcentage de femmes recrutées ou promues doit atteindre un niveau précis, et dans le même temps demander aux cadres de favoriser diversité et parité, c'est avoir une politique de quotas.

Ces dernières années, les systèmes d'évaluation de General Electric Medical, de Hewlett Packard, du groupe Mornay, de Wolters-Kluwer France ou de Sanofi ont été examinés par les tribunaux. Chez l'éditeur Kluwer, une grille d'évaluation avait déjà été jugée illicite par un tribunal en 2008 en raison de la subjectivité des critères employés. Pour le système d'évaluation des cadres de Sanofi, attaqué par plusieurs syndicats, le TGI de Paris [14] a ainsi jugé en 2012 que le critère comportemental « penser de façon stratégique » était flou. Pour les juges, cette compétence « est imprécise et sujette à une appréciation subjective de la part de l'évaluateur ». Et ils ajoutent qu'une telle compétence « apparaît particulièrement difficile à appréhender et à évaluer objectivement dans des conditions permettant un débat contradictoire entre le cadre évalué et son manager ». Ce système d'évaluation est du coup jugé illicite.

Il suffit de jeter un œil sur les grilles d'évaluation actuellement en usage dans la fonction publique et les entreprises pour trouver de nombreux exemples de critères tellement flous que l'évaluation de la performance ne peut être que subjective. Le Centre d'analyse stratégique [15] en donne quelques exemples et recommande de clarifier et d'objectiver certains critères d'évaluation comportementaux : « envie et passion pour l'atteinte des résultats », « capacité à transmettre

14. TGI de Paris, n° RG 11/15323, 6 mars 2012.

15. Salima Benhamou et Marc-Arthur Diaye, « Pratiques de gestion des ressources humaines et bien-être au travail : le cas des entretiens individuels d'évaluation en France », *Note du CAS*, n° 239, 2011.

sa passion au client et à le satisfaire » ou encore « empathie et chaleur dans ses relations avec les autres à tous les niveaux ».

Les systèmes d'évaluation posent un problème évident d'arbitraire dans une partie des critères utilisés. Ces systèmes soulèvent également une question d'importance croissante : comment peut-on concilier les nécessités de l'évaluation de la performance dans un poste, de l'atteinte des objectifs, avec l'impératif d'éviter le harcèlement et de préserver la santé des salariés ? En effet, des obligations légales de prévention des risques psychosociaux et du harcèlement s'imposent aux employeurs. Or les vagues de suicides dans certaines entreprises ont attiré l'attention sur les effets que pouvaient avoir les outils de gestion des ressources humaines sur les salariés. La manière dont sont fixés des objectifs et évalués les résultats atteints n'est pas sans conséquences.

La Cour de cassation a jugé en 2007 que les CHSCT (Comités d'hygiène, de sécurité et des conditions de travail) devaient être consultés (et pas seulement les comités d'entreprise) au sujet des nouvelles grilles d'évaluation, en raison des répercussions évidentes de ces grilles sur la vie des salariés (l'évaluation a des effets sur les salaires, les promotions, le maintien dans l'emploi, et génère une insécurité et une pression psychologique ayant des répercussions sur les conditions de travail).

Dans les grilles d'évaluation en usage dans les fonctions publiques et les entreprises, on trouve en général un volet « comportemental », les « savoir être ». Il ne s'agit pas seulement pour le salarié de sourire au client et de ne pas insulter ses collègues de travail, ce qui est bien compréhensible. Il est fait référence au fait que le salarié doit résister au stress. Un salarié performant sait ne pas se plaindre, accepter les changements, des rythmes importants et des modifications imprévues, des situations stressantes, il est disponible, etc.

Pourtant, on a vu de grandes firmes françaises confrontées à des suicides décider de geler des réorganisations, limiter les mobilités géographiques et professionnelles difficiles à vivre pour certains salariés. On a également dû revoir des grilles d'évaluation ou des pratiques managériales fixant des objectifs intenables ou contradictoires. Et c'est parfois des réductions d'effectifs qui sont remises en cause.

Les DRH inaudibles

Les responsables de la gestion des ressources humaines ne sont pas nécessairement en cause dans les effets désastreux de la dégradation de la qualité de vie au travail que certains salariés connaissent. Nous savons que ce sont certains managers ou collègues de travail qui peuvent être à l'origine du stress ou du harcèlement. Les rythmes de production, les objectifs assignés, la mesure des résultats du travail accompli, les moyens donnés pour atteindre les objectifs ou encore les soutiens dans la réalisation des tâches sont de la responsabilité de la hiérarchie ou des directions opérationnelles. Les supérieurs hiérarchiques sont en règle générale un soutien reconnu par les salariés. En 2010, trois salariés sur quatre disent que leur supérieur les aide à mener leur tâche à bien[16]. Mais ce soutien de

16. Bernard Arnaudo *et al.*, « L'Évolution des risques professionnels dans le secteur privé entre 1994 et 2010 », *op. cit.*

la hiérarchie est-il suffisant lorsque les contraintes du travail à accomplir sont imposées par d'autres que le hiérarchique ? Les hiérarchiques ont eux-mêmes des objectifs qui leur semblent souvent difficiles à atteindre et ils en sont stressés.

Par ailleurs, nous savons par les sondages CSA/Défenseur des droits que l'auteur le plus fréquemment cité des discriminations vécues et observées reste le supérieur hiérarchique direct. Or plus du quart des salariés ou fonctionnaires déclarent avoir été des victimes de discriminations.

Les collègues de travail sont également un soutien important : 88 % des salariés déclarent que leurs collègues sont amicaux et nous avons vu que c'est une motivation importante pour aller au travail chaque matin. Si les salariés se sentent ainsi soutenus par leurs chefs et leurs collègues, on se demande pourquoi le stress au travail exerce alors tant d'effets. C'est qu'il faut tenir compte du fait que tous les chefs et tous les collègues ne sont pas prévenants et sympathiques. Il suffit de quelques supérieurs ou collègues moqueurs, tyranniques, désagréables, indifférents aux difficultés rencontrées ou harceleurs pour gâcher une ambiance de travail. L'intensification du travail et l'accroissement de la tension au travail sont en quelque sorte une toile de fond. Certains salariés vont être particulièrement tendus dans leur travail et dans le même temps dépourvus parfois de soutien social (collègues ou chef).

Une partie des salariés sont victimes de comportements hostiles sur leur lieu de travail et les salariés en situation de stress professionnel en sont plus souvent victimes. Ce harcèlement moral est associé à un nombre beaucoup plus élevé de problèmes de santé et d'arrêts maladie. Les enquêtes du ministère du Travail SUMER[17] permettent de mesurer la proportion de salariés harcelés dans le secteur privé en 2010. Près de 3 % d'entre eux déclarent avoir été victimes d'atteintes dégradantes. Ce qui se caractérise par le fait qu'on « laisse entendre que vous êtes mentalement dérangé », « vous dit des choses obscènes ou dégradantes » ou « vous fait des propositions à caractère sexuel de façon insistante ». 13 % sont victimes d'un déni de reconnaissance du travail. Ce sont les salariés qui n'ont pas cité d'atteinte dégradante, mais au moins l'un des comportements suivants : « critique injustement votre travail », « vous charge de tâches inutiles ou dégradantes », « sabote votre travail, vous empêche de travailler correctement ». Enfin, les victimes de comportements méprisants représentent 15 % des salariés. Il s'agit de ceux n'ayant cité que l'un des items suivants : « vous ignore, fait comme si vous n'étiez pas là », « vous empêche de vous exprimer », « vous ridiculise en public » ou « tient sur vous des propos désobligeants ».

Le harcèlement a fortement progressé depuis 2003, même si une part de cette progression dans les enquêtes s'explique par la sensibilité accrue sur ces sujets. En 2010, 22 % des salariés du privé doivent affronter des comportements hostiles.

Les collègues de travail et la hiérarchie ne sont pas les seuls responsables du harcèlement. Les clients et les usagers, par exemple dans les hôpitaux, les transports ou les écoles, peuvent être les auteurs des comportements hostiles. Bien entendu, des facteurs externes à

17. Voir aussi Jennifer Bué et Nicolas Sandret, « Un salarié sur six estime être l'objet de comportements hostiles dans le cadre de son travail », *Premières Synthèses*, n° 22 (2), 2008.

l'entreprise, relevant de la vie privée du salarié, vont souvent s'ajouter pour créer les conditions de dépressions ou de suicides.

Que peuvent faire les DRH face à ce désespoir et à ces suicides ? Ils peuvent définir les modalités de l'évaluation du personnel et les règles qui encadrent les mobilités professionnelles et géographiques. Ils peuvent mettre en place des dispositifs d'alerte et de signalement pour les cas de harcèlement et de discrimination. Par exemple, en mettant à disposition des « numéros verts » permettant aux individus de faire ces alertes. Ou bien en instaurant des voies de recours interne ou des systèmes de médiation pour que les problèmes soient traités et non étouffés. Ils ont la possibilité de rendre obligatoires des formations aux prises de poste pour les cadres, portant non seulement sur la manière de manager, mais aussi sur les risques psychosociaux, le harcèlement et les discriminations. Les DRH peuvent mettre en place des systèmes de veille, des observatoires sur le stress ou la qualité de vie au travail. Libre à eux enfin d'entretenir un dialogue social fécond, non seulement au sein des CHSCT, mais aussi par la conclusion d'accords collectifs.

Les vagues de suicides ont parfois permis de redonner aux DRH un rôle plus important. On est revenu du « tous DRH » des années 1990, lorsque l'on pensait que la fonction personnel pouvait être partagée et que les effectifs de spécialistes des ressources humaines devaient diminuer. Prenons-en deux exemples.

Chez France Télécom, il a été décidé de recruter dans les services de gestion des ressources humaines, car la marginalisation de ces services laissait une trop grande latitude aux opérationnels. À La Poste, en septembre 2012, c'est cinq mille créations d'emplois supplémentaires qui ont été décidées. Il s'agit d'un ralentissement dans la baisse prévue des effectifs. Une partie de ces effectifs correspond à un renforcement de la filière RH. Dès qu'un établissement de La Poste compte cent personnes, un responsable ressources humaines sera installé (plusieurs centaines de postes sont donc à créer). L'autorité des DRH sort clairement renforcée. Il s'agit d'une part des DRH des différents métiers de La Poste (le courrier, par exemple) et d'autre part des services RH centraux (communs aux différents métiers de cette entreprise). Le dialogue social connaît un nouveau coup d'accélérateur.

On le voit à travers ces deux exemples, les DRH n'ont pas été assez entendus et, comme souvent, c'est une crise majeure qui déclenche une prise de conscience : la médiatisation de suicides de salariés, une affaire perdue devant les tribunaux s'étalant dans les journaux ou un grand conflit social. Les DRH tentent d'alerter sur l'imminence de ces crises, mais ne sont pas souvent entendus. Ainsi, dans une grande entreprise de services, un directeur d'établissement décide de licencier une salariée en situation de handicap qui ne pouvait pas occuper le nouveau poste de travail qui lui était proposé dans le cadre d'une réorganisation. La direction régionale et les responsables de la division concernée soutiennent cette décision que désapprouvent les services RH centraux comme le responsable du département Handicap-Diversité. J'essaie, comme les organisations syndicales, d'alerter pour que cette question soit réglée sans contentieux. Rien n'y fait, et une cour d'appel donne finalement raison à cette salariée qui était défendue par les syndicats. Non seulement l'affaire était perdue d'avance juridiquement parlant mais aussi « politiquement » délicate. Pour une firme très engagée sur le handicap, la médiatisation d'une telle affaire n'est pas heureuse. L'autorité des DRH face aux opérationnels est limitée, car les répercussions pénales, financières et médiatiques des erreurs de management ne sautent pas aux yeux des opérationnels.

La souffrance au travail et les suicides ne traduisent pas un échec de la gestion des ressources humaines, mais plutôt une absence de gestion des ressources humaines. Encore faut-il que cette gestion progresse en certains domaines, si elle veut avoir l'autorité nécessaire face aux dirigeants et aux autres fonctions de l'entreprise (production, marketing, finance). Pas toujours entendus, quand il s'agit des conditions de travail ou des objectifs productifs, les DRH le sont-ils davantage lorsqu'il est question de créer des emplois ou de réduire les effectifs ?

La précarité de l'emploi

Les Français sont très sensibles à l'insécurité de l'emploi. Lorsqu'on les interroge sur ce qui les motive à aller vers un type d'emploi plutôt qu'un autre, le premier critère mis en avant est la sécurité de l'emploi. Avant même le salaire, les perspectives de carrière ou l'intérêt du travail. Comparativement aux salariés d'autres pays, les Français sont les plus préoccupés par ce thème, bien que notre système d'indemnisation du chômage ne soit pas le plus mauvais. Et face au risque de la précarité de l'emploi, les Français ne sont pas sur un pied d'égalité.

Les diplômés d'école d'ingénieurs ne sont guère concernés par les petits boulots (contrat à durée déterminée, intérim, stages à rallonge, contrats aidés, etc.) lors de leur début de carrière. De leur côté, les moins diplômés (CAP, BEP, bac, bac + 2, licence) sont cantonnés aux deux tiers ou aux trois quarts dans des emplois précaires[18]. Cette précarité prend souvent la forme du stage.

Stages à tous les étages

Il a fallu la mobilisation très médiatisée des stagiaires en novembre 2005 – « génération précaire » – pour que l'on réalise la dérive qui s'était produite en quelques années. L'idée s'est imposée selon laquelle les diplômés ne sauraient être recrutés sans avoir auparavant effectué des stages. L'alternance, l'apprentissage ou les stages en cours d'études sont parés de toutes les vertus. Le leitmotiv est que le système éducatif est incapable de fournir une main-d'œuvre opérationnelle. Les stages seraient devenus incontournables. Les jeunes n'ont pas le choix, parce que l'obtention d'un diplôme passe par la réalisation d'un stage. C'est une difficulté pour ceux qui ne parviennent pas à obtenir un stage faute de réseau ou en raison des discriminations. Dans l'enseignement supérieur, on voit se multiplier les formations de master en apprentissage. Il y a quelques années, on faisait un apprentissage pour devenir boucher, désormais tout le monde s'y est mis. L'activité professionnelle empiète de plus en plus sur le temps de formation, mais c'est pour les établisse-

18. CÉREQ, *Quand l'école est finie*, 2012.

ments de formation une source de financements supplémentaire. Les jeunes sont eux-mêmes convaincus que l'expérience professionnelle, quelle qu'elle soit, est indispensable. Ils savent bien que, pour décrocher un travail, stages et contrats d'apprentissage sont des passages obligés. Ils sont peu à peu acquis à l'idée que le vrai savoir est dans la pratique professionnelle. Il y aurait un système éducatif à côté de la plaque, incapable de s'adapter aux besoins des employeurs, des enseignements théoriques décalés par rapport à la réalité du travail. Cette antienne bien connue conduit à une inquiétante évolution.

Il suffit de prendre l'exemple des formations des futurs DRH, les masters spécialisés en gestion des ressources humaines. Un classement de ces formations est établi depuis plusieurs années par un journal de référence spécialisé dans les ressources humaines. Un critère important est le pourcentage d'enseignements assurés par des professionnels (les autres sont l'ouverture internationale, la sélectivité à l'entrée telle que déclarée par les responsables des formations et l'existence d'un réseau d'anciens). Plus cette proportion est élevée, meilleure est la note du master. Il ne s'agit même pas d'un équilibre heureux entre apports de professionnels et apports académiques. La formation la meilleure est celle qui compte 100 % de professionnels. En somme, les enseignants-chercheurs sont des amateurs qui ne produiraient que des théories sans portée pratique. Il ne vient à l'idée de personne de se demander quelle est l'expertise réelle des praticiens chargés de former. Ils peuvent être mordus de graphologie et de numérologie ! Pourquoi diable ce savoir pratique aurait-il plus de valeur qu'un solide enseignement en droit du travail ?

Il est évident que la pratique professionnelle est importante à connaître et, dans les formations que je dirige, je sollicite des DRH de qualité dont je connais la compétence. Mais ce qui est en cause est la dévalorisation complète des savoirs académiques. Ce qui compterait serait la diffusion des bonnes pratiques d'entreprise, mais pas de savoir de manière scientifiquement établie si une solution est meilleure qu'une autre. Comment s'étonner dans ces conditions de la diffusion du relativisme scientifique ? L'idée selon laquelle il faut absolument former « sur le tas » pour doter les étudiants du supérieur d'une réelle employabilité s'est imposée. Il en est résulté une explosion du nombre de stagiaires dans les pays européens. En France, il est curieusement impossible de la mesurer précisément. Le nombre de stages effectués, chaque année, par des jeunes n'est pas connu avec précision, faute de collecte des données statistiques. En 2010, le Medef a estimé à environ huit cent mille le nombre de stages effectués par des étudiants, mais la même année Génération précaire avançait le chiffre de 1,2 million. Le cumul emploi/études s'est diffusé, surtout du fait d'une professionnalisation accrue des études. Cela tient au développement des filières courtes (IUT, STS), intégrant des périodes en entreprise dans leurs cursus, mais pas seulement : dans les grandes écoles, les périodes de stage et l'apprentissage se multiplient. Même si ces formes d'emploi restent encore minoritaires parmi la masse des étudiants, leur poids a augmenté (les stages ne sont pas obligatoires dans les premières années) : alors qu'en mars 1990, seuls 2 % des étudiants du supérieur effectuaient un stage ou étaient en apprentissage, en mars 2002, ils étaient déjà un peu plus de

5 %[19]. La progression du nombre de stagiaires s'est poursuivie depuis. Selon Génération précaire, le nombre des stagiaires a crû de 50 % en quatre ans, entre 2006 et 2010.

L'effet d'aubaine est évident pour les entreprises qui trouvent ainsi une main-d'œuvre pas ou peu rémunérée. Tout pousse d'ailleurs à des stages peu rétribués, car les indemnités de stages modestes ne coûtent rien en charges aux employeurs (un stage de moins de deux mois peut ne pas être rémunéré et, en dessous de 436 euros par mois en 2012, il est exonéré de charges). Des entreprises utilisent les stagiaires pour faire face à un surcroît de travail, pour des activités saisonnières, ou encore pour occuper des emplois permanents à moindre coût. Bien souvent, les stages sont en fait des périodes d'essai qui ne disent pas leur nom (une embauche en contrat à durée indéterminée est proposée à la fin du stage).

En faisant abstraction des pratiques illégales et des usages abusifs, ces stages sont-ils si bénéfiques pour les étudiants ? Les étudiants qui en effectuent devraient mieux s'intégrer au marché du travail. Les étudiants les moins dotés en soutiens familiaux (issus de milieux modestes) devraient plus que les autres en tirer un avantage. En Allemagne, une étude récente[20] montre pourtant que les stages obligatoires effectués par les étudiants ne changent rien aux inégalités d'accès au marché du travail et sur les salaires perçus en fonction du milieu social. Cela ne remet pas en cause l'intérêt

19. Insee Première n° 1204, juillet 2008.

20. Markus Klein et Felix Weiss, « Is forcing them worth the effort ? Benefits of mandatory internships for graduates from diverse family backgrounds at labour market entry », *Studies in Higher Education*, 36 (8), 2011.

de l'alternance sous toutes ses formes, mais amène à s'interroger sur les véritables raisons de son développement et sur ses effets.

Quelques années après la fin de leurs études, la situation s'améliore heureusement pour les salariés, y compris les moins qualifiés, mais la précarité prend alors une autre forme : c'est le licenciement.

Licenciements : les DRH font de la figuration… les financiers décident

Le problème le plus aigu n'est pas le licenciement économique, car il ne représente que 6 % des fins de contrat de travail[21]. Les licenciements pour cause réelle et sérieuse sont beaucoup plus nombreux (19 %). Il n'y a pas, d'un côté, de gentils travailleurs tous très efficaces, injustement remerciés par leurs employeurs, et, de l'autre, de méchants patrons. Et si les affaires en prud'hommes sont banales à la suite d'un licenciement, les entreprises sont loin d'avoir toujours licencié sans motifs sérieux. Mais l'attention se focalise davantage sur les fermetures de sites industriels que sur la myriade des licenciements pour d'autres motifs.

À ces licenciements s'ajoutent les ruptures négociées (conventionnelles), soit 11 % des cas. Dans la moitié de ces ruptures, c'est l'employeur qui souhaitait le départ du salarié. On est en présence d'une forme de licenciement négocié. Et lorsque les salariés sont à l'initiative de la rupture (un tiers des ruptures), c'est parce qu'ils souhaitent quitter leur entreprise en raison

21. Claude Minni, « Les ruptures conventionnelles de la mi-2008 à fin 2010 », *Dares Analyses*, n° 46, juin 2011.

de difficultés et de souffrances au travail. Finalement, la rupture correspond à un désir de mobilité choisie dans moins d'un quart des ruptures. Les ruptures conventionnelles paraissent financièrement avantageuses, si l'on en croit le bilan établi par le ministère du Travail, mais certains syndicalistes y voient un marché de dupes. Les trois quarts des salariés ne négocient pas leurs indemnités et seulement un sur dix obtient une somme d'argent supérieure à ce qu'il aurait obtenu avec un banal licenciement[22]. Les plus qualifiés, qui bénéficient des conseils d'un avocat, sont les gagnants du système.

Il y a également les démissions sans qu'un accord soit trouvé avec l'employeur, qui ne sont pas toutes si volontaires que cela. Ces démissions sont parfois le fait de salariés qui ont jeté l'éponge à la suite par exemple de harcèlement ou de mise au placard.

Depuis plusieurs années, les licenciements dits « boursiers » ont suscité une émotion croissante. Ces licenciements boursiers ne sont qu'une petite partie des réductions d'effectifs pour cause économique qui s'expliquent par les défaillances d'entreprises. Mais ils ont rendu très visible et particulièrement évidente une logique de rentabilité qui pousse des entreprises à fermer leurs établissements en France, alors même que ces entreprises réalisent de confortables bénéfices. La pression exercée par la concurrence de pays à bas coût de main-d'œuvre s'ajoute à des exigences plus élevées de rentabilité. Naturellement, les grandes entreprises

22. Raphaël Dalmasso, Bernard Gomel, Dominique Méda, Evelyne Serverin, *Des ruptures conventionnelles vues par des salariés,* rapport Centre d'étude de l'emploi-CFDT, juillet 2012.

tiennent souvent compte des répercussions médiatiques, politiques et sociales de fermetures de sites industriels. Jusqu'en 1986 existait une autorisation administrative de licenciement qui était évidemment de nature à freiner des ardeurs (même si le contrôle administratif était limité). Mais les réticences à la délocalisation et aux licenciements, même si la situation financière des entreprises est bonne, ont moins cours. Et si on s'est posé la question de légiférer sur les licenciements « boursiers », c'est parce que les juges ne peuvent guère actuellement interdire à un employeur de réduire ses effectifs. D'ailleurs, le taux de recours au juge dans les cas de licenciement économique est dix fois inférieur (2,5 %) à celui du licenciement pour motif personnel (un quart). Et depuis 1986, le nombre de contentieux n'a pas explosé alors que les plans sociaux étaient légion. Dans ces conditions, faut-il s'inquiéter, comme certains juristes, d'un « très sévère contrôle judiciaire du licenciement économique » et d'une « interdiction jurisprudentielle des licenciements dits "boursiers"[23] » ? Pas vraiment : un arrêt récent rendu par la Cour de cassation en mai 2012[24], concernant un éditeur de logiciels informatiques, Viveo France, rappelle que le juge ne saurait s'immiscer dans les décisions de gestion des employeurs. Un licenciement est valable s'il a respecté les formes : « Seule l'absence ou l'insuffisance de plan de sauvegarde de l'emploi soumis aux représentants du personnel entraîne la nullité de la procédure de licenciement pour motif économique. » Et même si la cause

23. Jean-Emmanuel Ray, *Droit du travail, droit vivant*, Éditions Liaisons, 2010, p. 398 et p. 407.

24. Arrêt n° 1299 du 3 mai 2012 (11-20.741), Cour de cassation, Chambre sociale.

économique du licenciement n'est pas établie, peu importe, le licenciement reste valable. En l'occurrence, la société avait décidé de supprimer soixante-quatre emplois, sur cent quatre-vingts environ, après son intégration dans le groupe Temenos. Les juges avaient remarqué que l'entreprise était très loin d'être en péril : « Il résulte du rapprochement de l'analyse des éléments comptables des sociétés du groupe Temenos et des perspectives de l'avenir commercial des activités de celui-ci que l'activité de ce groupe ne présente aucune fragilité actuelle ou inéluctable dans un proche avenir ; qu'il n'est pas établi que la compétitivité du groupe Viveo France soit actuellement en cause et que, partant, la procédure de licenciement réponde à une nécessité d'assurer la sauvegarde de cette compétitivité. » Les licenciements ne sont pas « interdits » par les juges, de sorte que l'objectif des salariés et des organisations syndicales qui contestent le « sérieux » du licenciement économique est d'obtenir des dommages et intérêts, des compensations financières, mais pas d'éviter des fermetures de sites ou des réorganisations supprimant des emplois. Ils le font par les tribunaux ou par des actions « médiatisables » comme des grèves de la faim, des occupations, des séquestrations de dirigeants ou des menaces (explosifs, pollution, etc.). Les licenciements boursiers peuvent certes parfois se révéler coûteux pour l'entreprise, et être retardés, mais ils ne sont pas empêchés.

Depuis bien des années, les objectifs financiers l'emportent sur toute autre considération. Dans les *Annales des mines*[25] ont été publiés des résultats

25. Philippe Chevalier et Daniel Dure, « Quelques effets pervers des mécanismes de gestion », dossier « Pourquoi licencie-t-on ? », *Annales des mines. Gérer et comprendre*, 1994.

montrant une corrélation forte entre l'évolution du résultat et les réductions d'effectifs. Les licenciements économiques ont lieu en certaines périodes de l'année : un pic est observable en juillet et un autre en janvier. Ces deux périodes correspondent en fait à la présentation des budgets en décembre et à leur révision à mi-année, en juin, en fonction des résultats déjà acquis et des prévisions. Par ailleurs, en juillet les congés payés feront plus aisément passer ces licenciements. Les auteurs en concluent que les licenciements économiques semblent plus liés à des procédures budgétaires qu'à la nécessité industrielle. Ces licenciements paraissent obéir à une règle appliquée de manière automatique. Les auteurs ont calculé que l'évolution du résultat des entreprises (pertes ou baisse du bénéfice) entraînait une contraction mécanique des effectifs.

Dans la fonction publique, il n'y a pas eu de licenciements de fonctionnaires, mais des réductions d'effectifs qui, entre 2007 et 2012, ont été réalisées de manière uniforme, avec une règle automatique du non-remplacement d'un départ à la retraite sur deux. La Cour des comptes a souligné les inconvénients de l'application quasi automatique de la règle. Même si cette dernière obéit à une logique compréhensible d'économie budgétaire, les réductions d'effectifs n'ont pas été assez modulées en fonction des situations.

Les réductions d'effectifs, qu'elles soient ou non accompagnées de licenciements secs, génèrent un chômage récurrent, en particulier en France, ce qui les rend évidemment impopulaires. Par ailleurs, les salariés et les fonctionnaires subissent les conséquences des baisses d'effectifs avec l'intensification de leur travail et des mobilités forcées motivées par la recherche de gains de productivité. Certaines grandes entreprises, aidées par des consultants, s'attachent à accompagner psychologiquement les licenciés et ceux qui restent, les « survivants ». Ces consultants et formateurs sont chargés de faciliter un « travail de deuil », une résilience. Le bon salarié serait ainsi celui qui comprend que les baisses d'effectifs et les contraintes qui s'imposent à lui sont normales. S'opposer à ces baisses d'effectifs et à leurs effets ne serait pas un comportement adéquat. Le salarié n'aurait pas été résilient.

Le problème, c'est que les réductions d'effectifs sont de plus en plus dictées par une recherche de profits supplémentaires, et de moins en moins par un impératif de survie des entreprises face à une baisse de leur activité. Les marchés financiers n'apprécient guère les baisses d'effectifs qui visent seulement à sauver une firme en difficulté ; c'est mauvais signe. En revanche, les marchés sont beaucoup moins négatifs si la diminution des effectifs dite « offensive » est dictée par l'accroissement des profits[26].

Les DRH ont-ils leur mot à dire lorsque se décident les réductions d'effectifs ? Certes, ils seront en première ligne pour élaborer un PSE (Plan de sauvegarde de l'emploi), négocier avec les syndicats et gérer des conflits sociaux. Ils seront peut-être séquestrés par quelques ouvriers voulant sauver leur usine ou au moins arracher une meilleure indemnité de licenciement. Mais ils ne sont bien souvent que des pompiers. Lorsque l'on a l'occasion de discuter « en off » avec des DRH de grands groupes, on s'aperçoit qu'ils ne se font pas d'illusions sur la place qu'ils occupent au sein

26. Henry S. Farber, Kevin F. Hallock, « The changing relationship between Job Loss announcements and stock prices : 1970-1999 », *Labour Economics*, n° 16 (1), 2009, p. 1-11.

des comités exécutifs. Ce sont bel et bien les financiers et les hommes du marketing qui font la pluie et le beau temps. Les entreprises affirment bien que leur personnel est leur principale richesse, mais c'est aussi la variable d'ajustement la plus classique.

Il ne faut pas s'étonner que les ressources humaines soient considérées comme bien peu importantes par beaucoup de managers et souvent par les plus jeunes, car la gestion des ressources humaines est peu considérée ou inexistante au sein des écoles de commerce ou d'ingénieur. C'est un enseignant d'HEC, Charles-Henri Besseyre des Horts, qui tire la sonnette d'alarme dans un article paru fin 2011[27]. À Harvard, comme à l'INSEAD, à HEC, et dans bien d'autres écoles, les enseignements en GRH disparaissent au profit de formations au leadership, aux organisations et bien entendu à la Finance. Les relations sociales et le dialogue social sont quant à eux quasiment toujours passés sous silence. Le futur manager sera bien démuni face aux conflits, ignorant qu'il est de l'importance des syndicats et de la négociation. On fait comme si la gestion des ressources humaines était une simple affaire de bon sens. Il suffirait d'avoir la fibre ou d'apprendre sur le tas. Des chaires sont consacrées à la finance, mais pas à la Gestion des Ressources Humaines. À l'exception du domaine de la diversité, dont nous avons déjà souligné les faiblesses.

27. « Quand les business schools abandonnent les RH : faut-il se réjouir ou s'indigner ? » *Revue Personnel*, n° 523, octobre 2011.

Conclusion

À l'issue de notre voyage dans les coulisses des ressources humaines, il s'avère que nombre d'erreurs, de souffrances et de discriminations pourraient être évitées si nous parvenions à convaincre qu'il faut se doter des outils de gestion adéquats. Ceux-ci ne peuvent être choisis au hasard ou pour suivre une mode managériale. Par exemple, un test graphologique ou numérologique n'est pas une technique comme une autre. Toutes les manières de faire ne se valent pas et, en dépit de la tolérance dont nous faisons tous preuve, on ne doit pas laisser se développer ou perdurer ce type de pratiques.

Les croyances erronées comme les modes les plus pernicieuses sont légion dans le management. Malheureusement, nous peinons à les endiguer, et à convaincre de leurs effets parfois calamiteux. Comment convaincre qu'une technique communément utilisée par des patriciens ne vaut rien et devrait être abandonnée ? En effet, si cette technique est si médiocre, pourquoi autant de professionnels aguerris la pratiquent-ils ? Ne sont-ils pas les mieux placés pour juger de la pertinence de l'outil de gestion qu'ils utilisent ? En gestionnaires avertis, animés par un objectif de maximisation du profit de leur entreprise, les employeurs ne sauraient durablement dépenser sans compter pour des méthodes inefficaces. Au nom de quoi des universitaires viendraient-ils donner des leçons à ceux dont c'est le métier ? Après tout, le « point de vue » des chercheurs est peut-être moins légitime, déconnecté qu'il est de la réalité de nos entreprises, confrontées, elles, aux impératifs de la performance et d'une compétition mondialisée. Mais c'est oublier un peu vite que l'universitaire n'avance pas un point de vue parmi d'autres (même s'il peut se tromper). Dire que la graphologie n'est pas une bonne technique de recrutement n'est pas une simple opinion. Une telle affirmation s'appuie sur des preuves scientifiques.

Il serait facile de faire évoluer la gestion des ressources humaines si nous n'étions pas immergés dans une culture « relativiste ». Ce relativisme explique que certains puissent penser que le 11 septembre 2001 n'a pas existé ou que le nazisme est un « point de vue ». Il explique aussi, comme le souligne le sociologue Raymond Boudon, « la prolifération des croyances irrationnelles, l'épanouissement des sectes, le développement du communautarisme ou la disqualification du savoir[1] ». Il ajoute : « La magie est revenue en force pour traiter des problèmes de la vie quotidienne mais aussi des institutions… et il est de notoriété publique que des entreprises sérieuses ont recours à la numérologie et à d'autres formes de techniques magiques pour recruter leur personnel. »

Les pouvoirs publics et les DRH eux-mêmes devraient enfin se décider à enrayer la diffusion de pratiques de gestion fantaisistes. On laisse prospérer

1. Raymond Boudon, « Relativisme et modernité », *Revue européenne des sciences sociales*, tome XXXIV, n° 106, 1996, p. 169-192.

tout un monde de consultants et coachs en tout genre qui tirent les cartes de tarot, utilisent les signes astrologiques, professent la numérologie ou encore se disent doués d'intuition, quand ce n'est pas de capacité de voyance. Comment l'argent public et celui des fonds de la formation peuvent-ils être ainsi dilapidés au profit de ces gourous ? Pourquoi la fonction publique dépense-t-elle ne serait-ce qu'un centime pour de telles pratiques ésotériques ?

Gilles Amado, professeur à HEC, avait tiré la sonnette d'alarme en 1990, lorsque nous avons créé l'Association de gestion des ressources humaines. Il est désormais à la retraite et, ironie, c'est dans l'école prestigieuse où il enseignait jadis que se sont développées des formations au coaching dont l'encadrement scientifique est réalisé par un professeur adepte de l'intuition et du management par le tarot de Marseille.

La consécration de la graphologie par une norme AFNOR publiée au *Journal officiel* de la République française montre l'ampleur de la tâche à accomplir pour convaincre. Il faut sans doute s'appuyer sur de nouveaux acteurs pour y parvenir. Les scientifiques devraient être un peu entendus pour éviter de tels dérapages. Les organisations syndicales, de leur côté, n'ont pas souhaité ou pu s'immiscer dans certains choix de gestion des employeurs, même si elles en avaient parfois la possibilité en droit. Elles pourraient pourtant constituer un levier de changement. Et les DRH les plus conscients des dérapages et des insuffisances de la gestion des ressources humaines doivent contribuer à éradiquer ces pratiques.

Pour une bonne part, les politiques de gestion des ressources humaines sont hélas des rideaux de fumée qui évitent d'aborder les questions qui fâchent. Ainsi en est-il de la vogue de la diversité. Car il est plus simple de communiquer sur la diversité que de lutter contre les discriminations. Plus facile pour des actionnaires de faire rentrer une femme dans un conseil d'administration que d'y propulser un enfant d'ouvrier ou un syndicaliste. Et cette recherche de la diversité conduit à de multiples effets pervers. Cette mode managériale venue des États-Unis conduit sans coup férir à vouloir mesurer non pas l'égalité des chances ou la discrimination, mais bien la diversité des entreprises (combien d'hommes et de femmes, combien de Noirs et de Blancs). Mesurer et promouvoir la diversité par des « actions positives » fait le lit du communautarisme. Une telle approche se fait en général au détriment d'une amélioration des méthodes de gestion. C'est ce qui explique que l'on n'ait pas mis en place l'anonymat des CV et que l'on développe le CV vidéo. La notion de diversité tourne le dos au principe d'égalité, fondateur de la République française. Selon ce principe, aujourd'hui remis en cause, le droit à être recruté ou promu ne doit pas dépendre du prénom que l'on porte : être Séverine plutôt que Franck, Mohammed ou Nicolas.

Recruter sans les noms de famille et les photos n'est ainsi pas une question anecdotique. L'enjeu de la réforme du recrutement, de la manière de fixer les salaires, d'évaluer, de promouvoir ou encore de licencier dépasse la sphère de la bonne gestion des firmes. La gestion des ressources humaines est un élément clé pour vaincre les discriminations et les inégalités. Les DRH n'ont pas pour vocation de rendre les gens heureux, mais ils peuvent néanmoins aider à résoudre bien des difficultés que rencontrent les salariés dans leur vie professionnelle. L'enjeu n'est pas seulement de rendre les entreprises et nos fonctions publiques plus efficaces, mais de construire une société plus juste. On ne peut se contenter de constater, par exemple, le poids des réseaux dans le recrutement ou la fixation des salaires, il faut aussi combattre ces phénomènes. La manière dont la vie professionnelle des individus est gérée n'est pas une banale question technique. La construction d'une société plus égalitaire et moins discriminante, ou encore le bien-être au travail passent par là. Si les DRH parviennent à convaincre les dirigeants, les salariés et l'opinion publique, ils peuvent largement contribuer à la construction d'une société plus juste et plus humaine. Beaucoup de DRH ont choisi ce métier parce qu'ils croyaient sincèrement pouvoir le faire. Je connais bien les grands DRH ; beaucoup sont pleins de bonne volonté, souvent innovants et ouverts au dialogue social. Nos étudiants qui optent pour les ressources humaines ont, pour certains d'entre eux, une fibre sociale qui anime moins leurs camarades choisissant la finance ou le marketing. Ce livre, qui se présente comme une critique des dérapages et des insuffisances de nombreuses techniques, n'est donc pas un réquisitoire. Il veut contribuer à la refondation parfois engagée par certains DRH.

Table

COMPOSITION : IGS-CP À L'ISLE-D'ESPAGNAC
IMPRESSION : CPI BUSSIÈRE À SAINT-AMAND-MONTROND (CHER)
DÉPÔT LÉGAL : FÉVRIER 2014. N° 116065-2 (2013466)
IMPRIMÉ EN FRANCE